Murdock **Der Weg der Heldin**

Maureen Murdock

# Der Weg der Heldin

## Eine Reise zur inneren Einheit

Aus dem Amerikanischen von
Susanne Kahn-Ackermann

Übersetzung der Gedichte von
Verena Stefan

IRISIANA

IRISIANA

Eine Buchreihe herausgegeben von
Margit und Rüdiger Dahlke

Die Originalausgabe erschien unter dem Titel
*The Heroine's Journey*
bei Shambhala Publications Boston & London


Die Deutsche Bibliothek – CIP-Einheitsaufnahme
Murdock, Maureen:
Der Weg der Heldin: Eine Reise zur inneren Einheit /
Maureen Murdock. – München: Hugendubel, 1994
(Irisiana)
Einheitssacht.: The heroine's journey ‹dt.›
ISBN 3-88034-769-7



Umschlaggestaltung: Zembsch' Werkstatt, München
Produktion: Tillmann Roeder, München
Satz: Uhl + Massopust, Aalen
Druck und Bindung: Ebner Ulm
Printed in Germany

ISBN 3-88034-769-7

# Inhalt

# Danksagung

Dieses Buch ist das Resultat der Zusammenarbeit vieler Frauen, mit denen ich mich auf die Reise begeben habe. Ganz besonders möchte ich mich bei den Frauen in meinen Frauengruppen der letzten zwölf Jahre bedanken. Gemeinsam haben wir alle Stadien der Reise durchlaufen, als Verbündete, Ungeheuer, Weggefährtinnen und Heilerinnen agiert, um uns schließlich im Rat der kichernden weisen Alten zusammenzufinden.

Die Teilnehmerinnen und Teilnehmer an meinen Workshops und Seminaren über die Helden- und Heldinnenreise lehrten mich viel über die feinen Unterschiede des männlichen und weiblichen Heldenwegs. Mein Dank gilt hier besonders jenen Männern und Frauen, deren Anliegen die Heilung der weiblichen Wunde war. Ich bin dankbar dafür, daß ich an den Reisen der Frauen teilhaben durfte, die ich auf eine Visionssuche geleitete, Frauen in Therapie, meine Freundinnen und die Frauen in meiner Familie. Und ich möchte jenen Frauen meinen besonderen Dank aussprechen, die mir die Erlaubnis gaben, ihre Träume und Geschichten in diesem Buch zu erzählen.

Eine Frau im besonderen war meine Führerin, die mir half, mein Vertrauen in das alte Heldenmodell aufzugeben und meine eigene Mutter-Tochter-Spaltung zu heilen: Ich möchte mich bei Gilda Frantz zutiefst bedanken dafür, daß sie da ist und mich im Prozeß meiner schöpferischen Reise ermutigt hat.

Mein Dank geht auch an die Menschen, die ich in Vorbereitung dieses Buches interviewt habe: an Joseph Campbell, der am Anfang da war, und an die Künstlerinnen, Malerinnen und Dichterinnen, die in ihrer Arbeit ein so tiefes Engagement für unsere Wiederaneignung der Macht und Schönheit des Weiblichen zum Ausdruck bringen. Dank auch der Gruppe Impossible Women, der ich zuerst mein graphisches Bild von der Reise der Heldin vorstellte.

Einige Menschen haben mir bei der Arbeit an der Fertigstellung dieses Manuskripts geholfen: meine Tochter Heather, die als meine Assistentin bei den Recherchen, Fußnoten, dem Redigieren und ganz allgemein ermunternd agierte. Jeffrey Herring, der sich der Forschungsarbeiten wegen der Nachdruckgenehmigungen annahm. Mein Mann, Lucien Wulsin, mein Mann mit Herz, der mich stets auf meiner Reise ermutigt hat und als fairer Zeuge meiner Abstiege fungierte. Die Mitarbeiter der C.-G.-Jung-Bibliothek in Los Angeles haben mir großzügig ihre Zeit und Hilfe geschenkt, und Martha Walford stellte ihre Dias von alten Göttinnendarstellungen zur Verfügung, während Sandra Stafford die Illustrationen anfertigte.

Mein besonderer Dank gilt auch meiner Lektorin, Emily Hillburn Shell bei Shambhala Publications, mit der es bei den Endarbeiten an diesem Buch viel zu lachen gab. Ich liebte ihren Humor, ihre bodenständige Weisheit und ihren Enthusiasmus für dieses Projekt, als es noch in den Anfängen steckte. Ich möchte auch den spirituellen Beistand erwähnen, der mir während der Entfaltung dieser Heldinnenreise ständig zuteil wurde, der Beistand der großen Mutter. In ihren vielen Gestalten hat sie ihren Platz auf meinem Computer: Ich bedanke mich bei Mutter Bär, Kuan Yin, Mari-Aphrodite, Nut und Mahuea. Und schließlich bedanke ich mich bei den Frauen meiner Abstammungslinie für ihre keltische Stärke, ihre Lieder, ihr Geschichtenerzählen und ihre Hingabe an die unsichtbaren Welten.

# Einleitung

Dieser Tage fühlen Frauen und Männer eine Leere in sich – Frauen und Männer, die den Verdacht hegen, daß ihre weibliche Natur wie Persephone zur Hölle gegangen ist. Wo immer sich eine solche Leere auftut, diese Kluft oder verwundete Agape, muß die Heilung im Blut der Wunde selbst gesucht werden. Hier kommt eine alte alchemistische Wahrheit zum Tragen, wonach die Lösung ausschließlich in ihrem eigenen Blut geschaffen werden soll. Es kann diese weibliche Leere nicht durch die Vermählung mit dem Männlichen geheilt werden, sondern nur durch eine innere Vermählung, durch eine Integration der eigenen Aspekte, durch die Wiederherstellung oder ein neuerliches Zusammenfügen des Mutter-Tochter-Körpers.

Nor Hall, *The Moon and the Virgin*

Bei meiner therapeutischen Arbeit mit Frauen, vor allem mit Frauen im Alter zwischen dreißig und fünfzig Jahren, habe ich immer wieder Klagen der Unzufriedenheit über ihre in der Geschäftswelt errungenen Erfolge zu hören bekommen. Sie beschrieben diese Unzufriedenheit als ein Gefühl von Sterilität, der Leere und Fragmentierung, ja sogar des Betrogenseins. Diese Frauen traten die stereotype männliche Heldenreise an, sind inzwischen in akademischer, künstlerischer oder finanzieller Hinsicht erfolgreich, aber eine Frage bleibt für viele offen: »Wozu das alles?«

Der Erfolg fordert seinen Preis. Sie leiden an chronischer Terminnot, Erschöpfung und Streßkrankheiten und fragen sich nun, wann und wie sie von der Spur abkamen. Dies war nicht der Handel, auf den sie sich eingelassen hatten, als sie auszogen, um Erfolg und Anerkennung zu erringen. Im Bild, das sie sich vom Gipfel ausgemalt hatten, kam ein Opfer von Körper und Seele nicht vor. Die physischen und emotionalen Blessuren, die sie auf ihrer Heldenreise davontrugen, ließen mich zu einer Schlußfolgerung gelangen: Sie erleiden soviel Schmerz, weil sie sich zur Nachfolge eines Modells entschlossen, das das, was sie sind, negiert.

Ich wollte gerne verstehen, in welcher Beziehung die Reise der Frau zur Reise des Helden steht, und suchte deshalb 1981 zunächst

Joseph Campbell auf. Mir war klar, daß die Stadien der Heldinnenreise Aspekte der Reise des Helden beinhalten, doch meinem Gefühl nach lag der Schwerpunkt der weiblichen spirituellen Entwicklung auf der Heilung der inneren Spaltung zwischen der Frau und ihrer weiblichen Natur. Dazu wollte ich gerne Campbells Ansichten hören. Zu meiner Überraschung antwortete er mir, daß Frauen diese Reise nicht zu unternehmen bräuchten. »Die gesamte mythologische Tradition besagt, daß die Frau bereits *da* ist. Sie muß nur erkennen, daß sie der Ort ist, wohin die Leute streben. Erkennt die Frau ihr wunderbares Wesen, dann verstrickt sie sich nicht in die Vorstellung, pseudomännlich zu sein.«[1]

Diese Antwort schockierte mich, und ich empfand sie als zutiefst unbefriedigend. Die Frauen, die ich kenne und mit denen ich arbeite, wollen nicht *da*, nicht der Ort sein, wohin die Leute streben. Sie wollen keine Wiederverkörperung der geduldig wartenden, endlos webenden und endlos das Gewebte wieder auftrennenden Penelope sein. Sie wollen nicht die Mägde einer vorherrschenden männlichen Kultur sein, den männlichen Göttern dienend. Und sie wollen auch nicht den Rat fundamentalistischer Prediger befolgen und an den heimischen Herd zurückkehren. Sie brauchen ein neues Modell, das das Verständnis von dem, wer und was eine Frau ist, in sich birgt. Anne Truitt schreibt in *Daybook: The Journal of an Artist*:

»Es ist gemütlich für mich in der Höhle der Weiblichkeit und ich denke, ich werde mich immer mit dem angenehmen Gefühl in sie zurückziehen, daß ich in einem tieferen Sinn, als Worte es auszudrükken vermögen, da bin, wo ich sein sollte. Wie Männer eine Höhle der Männlichkeit empfinden, darüber kann ich nur spekulieren. Es steckt eine gesunde Vernunft darin, die Unterschiede zwischen Männern und Frauen als Salz in der Suppe zu akzeptieren. Aber die Tatsache, daß mir meine Weiblichkeit mein ›Zuhause‹ bedeutet, heißt nicht, daß ich immer zu Hause bleiben will. Die Höhle würde allmählich übel riechen, wenn ich sie nie verließe. Ich habe zuviel Energie, zuviel Neugier, zuviel Kraft, um mich auf sie zu beschränken. Ganze Bereiche meines Selbst würden verdorren oder bitter werden. Wenn ich für mich verantwortlich sein will, und das will ich, dann muß ich meinen Sehnsüchten folgen.«[2]

Die Frauen unseres Kulturkreises müssen sich dieser Tage auf die Suche begeben. Sie müssen lernen, ihre weibliche Natur ganz und gar zu akzeptieren, sich als Frauen wertzuschätzen und die tiefe Wunde des Weiblichen zu heilen. Es ist eine äußerst wichtige Reise zur vollen inneren Integration, Ausgewogenheit und zum ganzheitlichen menschlichen Sein. Wie die meisten dieser Reisen ist der Weg der Heldin nicht leicht; er weist keine deutlichen Wegweiser auf, es sind keine erkennbaren Reiseführer verfügbar. Es gibt keine Land- und keine Seekarte, und es gibt kein chronologisch festgesetztes Alter, in dem die Reise beginnt. Sie folgt keinen geraden Linien. Es ist eine Reise, die in der Außenwelt nur selten Anerkennung findet, ja häufig ist es so, daß sie von der Außenwelt sabotiert und behindert wird.

Mein Modell der Heldinnenreise ist teilweise von Campbells Modell der Heldenreise[3] abgeleitet. Die Beschreibung der Stadien jedoch richtet sich in ihrer Sprache speziell an Frauen, und die Inspiration dafür erhielt ich auf eine sehr weibliche Weise. Sie kam sozusagen aus meinem Rücken.

Im Frühjahr 1983 nahm ich an einem Trainingsprogramm für Postgraduierte des Familieninstituts von Los Angeles teil und erlernte eine therapeutische Technik, die sich »family sculpting« nennt. Dabei wird eine Szene ausgewählt und ausagiert, die sich im Elternhaus der betreffenden Person immer wieder abspielte, wie etwa ein typisches Mittagessen im Kreis der Familie. An einer solchen Mittagessensszene nahm ich in eigener Person teil, wobei die Rolle meines Vaters, meiner Mutter und meiner jüngeren Schwester von Kolleginnen und Kollegen übernommen wurde. Als wir nun alle die für mich und meine Familienangehörigen typischen Positionen eingenommen hatten und darin erstarrten, gab es einen Knacks in meinem Rücken. Ich konnte die Position der »Verrenkung« nicht länger aufrechterhalten, die ich stets eingenommen hatte, um den Frieden zu wahren.

Drei Tage lang war ich bewegungsunfähig. Ich lag bäuchlings auf dem Boden im Wohnzimmer und weinte über den Schmerz und das Chaos in meiner Familie, die ich durch meine Arbeit und Leistungsansprüche auszublenden gelernt hatte. Und dem Fluß dieser Tränen entstieg das Bild von der Reise der Heldin, eine Kreisbewegung im Uhrzeigersinn. Sie begann mit einer sehr abrupten Ablehnung des Weiblichen, das für mich mit Abhängigkeit, einem übermäßigen

Wunsch, alles unter Kontrolle zu haben, und mit Wut und Zorn verbunden war. Das nächste Stadium beinhaltete ein völliges Aufgehen in der allseits bekannten Heldenreise in der Außenwelt samt männlichen Verbündeten, um den Preis von Unabhängigkeit, Prestige, Geld, Macht und Erfolg zu erringen. Dem folgte eine verwirrende Phase des Ausgedorrtseins und der Verzweiflung, die zum unvermeidlichen Abstieg in die Unterwelt und zur Begegnung mit dem *dunklen Weiblichen* führte.

Aus dieser Dunkelheit entstand das dringliche Bedürfnis, die *Spaltung zwischen Mutter und Tochter*, wie ich es nenne, zu heilen, die *tiefe weibliche Wunde*. Der Weg zurück beinhaltete eine neue Definition und Bekräftigung weiblicher Werte und deren Integration mit den männlichen Fähigkeiten, die ich während der ersten Hälfte meiner Reise erlernt hatte.

Dieses Bild erschien mir in seiner Gesamtheit so, wie es auf Seite 15 abgebildet ist, und in den folgenden Jahren machte ich es mir zur Aufgabe, die einzelnen Stadien der Reise tiefer zu ergründen. Es war ein langwieriger Prozeß. Ich lauschte den Geschichten meiner Klientinnen und Freundinnen und sah mir die tiefere Ebene meines eigenen Bedürfnisses nach Anerkennung und Zustimmung in einer männlich dominierten Gesellschaft an.

Die Reise wird aus meiner Sicht und aus der Sicht vieler Frauen meiner Generation beschrieben, die Bestätigung in patriarchalen Systemen suchten und feststellen mußten, daß diese nicht nur große Mängel aufweisen, sondern auch grauenhaft destruktiv sind. Wir sind die Kinder der Post-Sputnik-Ära, die aufgefordert wurden, Großartiges zu leisten, um die Vorherrschaft und Überlegenheit des Westens wiederherzustellen.

Ich bin das, was man eine *Vatertochter* nennt – eine Frau, die sich vorrangig mit dem Vater identifizierte, die Mutter oft ablehnte, die Aufmerksamkeit und Zustimmung des Vaters suchte und männliche Werte anstrebte. Das hier vorgestellte Modell entspricht nicht unbedingt der Erfahrung aller Frauen zu allen Zeiten und beschränkt sich nicht allein auf Frauen. Es bezieht sich auf die Reisen beider Geschlechter. Es beschreibt die Erfahrungen vieler Menschen, die ihren Beitrag in der Welt leisten wollen, aber auch Angst vor dem haben, was unsere fortschrittsorientierte Gesellschaft der menschlichen Psyche und dem ökologischen Gleichgewicht des Planeten angetan hat.

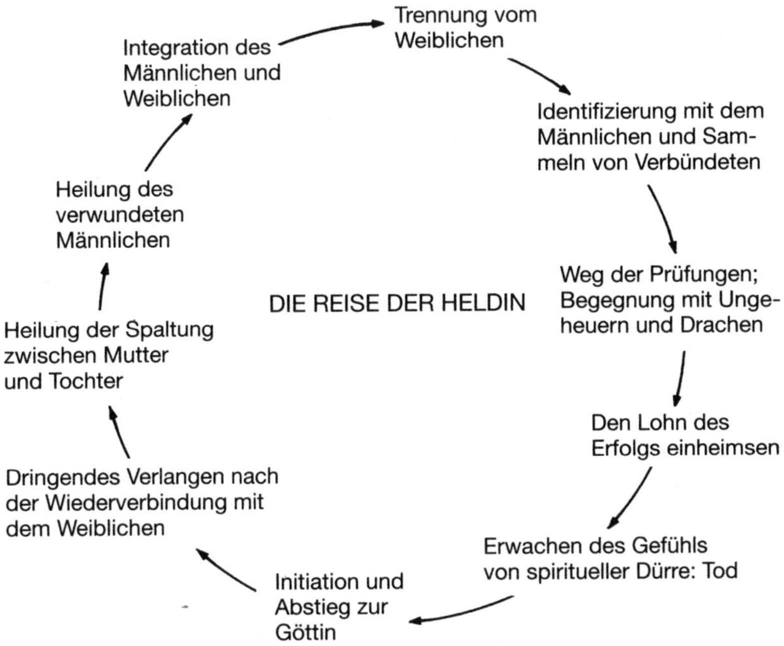


*Die Reise der Heldin beginnt mit der »Trennung vom Weiblichen« und endet mit der »Integration des Männlichen und Weiblichen«*

Die Bewegung durch die Stadien der Reise verläuft zyklisch, und wir können uns in mehreren Stadien zugleich befinden. Ich kann beispielsweise simultan an der Heilung der Mutter-Tochter-Spaltung und der Integration der beiden Seiten meiner Natur arbeiten. Die Reise der Heldin stellt einen kontinuierlichen Zyklus der Entwicklung, des Wachstums und des Lernens dar.

Sie beginnt mit der Suche der Heldin nach Identität. Dieser »Ruf« wird nicht in einem bestimmten Alter vernommen, sondern ist immer dann zu hören, wenn das »alte Ich« nicht länger taugt. Das kann etwa der Fall sein, wenn eine junge Frau ihr Elternhaus verläßt, um zu studieren, berufstätig zu werden, eine Reise zu unternehmen oder eine Beziehung einzugehen. Oder wenn die Frau nach der Scheidung wieder anfängt zu arbeiten oder ihr Studium wieder aufnimmt, oder wenn sie den Beruf wechselt oder sich mit einem leeren Nest konfrontiert sieht. Oder etwa ganz einfach dann, wenn sie merkt, daß sie kein Identitätsgefühl hat, sich selbst als Person nicht wahrnimmt.

Das Anfangsstadium der Reise beinhaltet häufig eine Ablehnung des Weiblichen, das als passiv, manipulativ oder unproduktiv definiert wird. In unserer Gesellschaft gelten Frauen oft genug als zu unkonzentriert, launisch und emotional, um irgend etwas zuwege bringen zu können. Ihr vermeintlicher Mangel an Konzentrations- und klarem Unterscheidungsvermögen wird dann als Schwäche, Unterlegenheit und Abhängigkeit ausgelegt – nicht nur ganz allgemein in der vorherrschenden Kultur, sondern auch von den Frauen selbst.

Frauen, die in einer männlich orientierten Arbeitswelt nach Erfolg streben, wählen diesen Weg oft, um genau diesen Mythos zu zerstören. Sie wollen beweisen, daß sie Verstand besitzen, die Dinge durchziehen können und sowohl emotional wie auch finanziell unabhängig sind. Sie diskutieren und besprechen ihre Angelegenheiten mit ihrem Vater und ihren männlichen Familienangehörigen. Sie wählen Männer oder sich mit Männern identifizierende Frauen als Rollenvorbilder und Mentoren, die sie in ihrem Intellekt, ihrer Entschlußkraft und ihrem Ehrgeiz bestätigen und das Gefühl von Sicherheit, Zielgerichtetheit und Erfolg vermitteln. Alles ist darauf ausgerichtet, den Job zu erledigen, die akademische Rangleiter oder Firmenleiter zu erklimmen, Prestige, eine gute Position und finanzielle Gleichstellung zu erlangen und sich in dieser Welt machtvoll zu fühlen. Das ist eine berauschende Erfahrung für unsere Heldin, die darin von unserer materialistisch gesinnten Gesellschaft, die höchsten Wert auf das legt, was man *tut*, voll und ganz unterstützt wird. Es zählt allein, daß man »wichtige Arbeit in der Welt« leistet; was weniger ist, hat keinen Wert an sich.

Unsere Heldin legt die Rüstung an, nimmt ihr Schwert in die Hand, sucht sich das schnellste Pferd und zieht in die Schlacht. Und sie findet ihren Schatz: einen hohen akademischen Grad, eine leitende Position in der Firma, Geld, Autorität. Die Männer lächeln, schütteln ihr die Hand und heißen sie im Club willkommen.

Nachdem sie eine Weile den Ausblick vom Gipfel genossen hat, alles deichselt, möglicherweise auch Karriere *und* Kinder, überkommt sie vielleicht ein Gefühl von: »Gut, ich hab's geschafft, was jetzt?« Sie hält Ausschau nach der nächsten Hürde, die sie nehmen könnte, der nächsten Beförderung, dem nächsten gesellschaftlichen Ereignis und füllt jede freie Minute mit *Tun* aus. Sie weiß nicht, wie sie innehalten oder »nein« sagen soll, und fühlt sich schuldig beim

Gedanken, daß sie irgend jemanden, der sie braucht, enttäuschen könnte. Etwas zu leisten und zu erreichen ist zur Sucht geworden, und zudem verbindet sich mit ihrer neu errungenen Macht ein unglaubliches Hochgefühl.

In diesem Stadium geschieht es oft, daß sich die Frau nicht mehr in Übereinstimmung mit sich selbst fühlt oder daß sie krank wird oder einen Unfall hat. Sie fängt an zu fragen: »Wozu das alles? Ich habe alles erreicht, was ich erreichen wollte, und ich fühle mich leer. Warum habe ich dieses in mir nagende Gefühl von Einsamkeit und Trostlosigkeit? Warum dieses Gefühl von Verrat? Was habe ich verloren?«

In ihrem Wunsch, die sich mit dem Weiblichen verbindenden negativen Assoziationen zu vertreiben, hat unsere Heldin in sich ein Ungleichgewicht geschaffen, das sie nun voller Narben und Brüche zurückläßt. Sie hat gelernt, wie man die Dinge logisch und effizient durchzieht, aber sie hat ihre Gesundheit, Träume und Intuition geopfert. Wenn sie sich fragt, was sie verloren hat, so ist es möglicherweise die tiefe Beziehung zu ihrer eigenen weiblichen Natur. Vielleicht beschreibt und betrauert sie das Betäubt- und Erstarrtsein ihrer Körperweisheit, den Mangel an Zeit für ihre Familie oder kreative Projekte, den Verlust tiefer Freundschaften mit anderen Frauen oder die Abwesenheit ihres inneren »kleinen Mädchens«.

Campbell zufolge ist »die Frau vorrangig mit Nähren, Hegen und Pflegen befaßt. Sie kann einen Körper, eine Seele, eine Kultur, eine Gemeinschaft nähren und pflegen. Hat sie nichts, worum sie sich in diesem Sinne kümmern kann, dann verliert sie irgendwie das Gefühl für ihre Funktion«.[4] Ich meine, daß viele Frauen, die sich der männlichen Heldenreise verschrieben, vergessen haben, wie und was sie nähren, hegen und pflegen können – nämlich sich selbst. Sie gingen davon aus, daß sie, um Erfolg zu haben, ihre Klingen geschärft halten müssen, und endeten schließlich mit einem Loch in ihrem Herzen.

Was Campbell über Männer in ihrer Midlifekrise sagt, kann auch für die Verwirrung und Unzufriedenheit gelten, die viele Frauen angesichts ihres Erfolgs empfinden. »Sie haben die oberste Sprosse der Leiter erreicht und stellen nun fest, daß sie an der falschen Wand steht. Ihnen sind schon am Anfang ein paar Fehlurteile unterlaufen.«[5]

Manche Frauen entdecken, daß ihr Streben nach Erfolg und Anerkennung darauf gründet, daß sie ihren Eltern gefallen wollen, vor allem dem verinnerlichten Vater. Wenn sie anfangen, ihre Motivationen zu ergründen, finden manche nur sehr schwer ein paar Aspekte, die zu ihrer eigenen Person gehören. Ein Verlassenheitsgefühl setzt ein. »Wenn ich nach innen sehe, dann weiß ich nicht, wer da ist«, sagt eine Filmemacherin, die Anfang Vierzig ist. »Das einzige, dessen ich mir sicher bin, ist diese Sehnsucht, mein Herz zu heilen, ganz zu machen. Mein Körper ist das einzige, dem ich trauen kann.«

Diese Frauen sind auf dem Weg zur Befreiung nicht weit genug gegangen. Sie haben dem männlichen Vorbild folgend gelernt, erfolgreich zu sein, aber dies befriedigt nicht das Bedürfnis nach Ganzheitlichkeit. Das »Fehlurteil«, das ihnen schon »am Anfang« unterlief, mag der Entschluß gewesen sein, nach den Spielregeln anderer Personen Selbstwertgefühl und Erfolg anzustreben. Beschließt die Frau, nicht mehr nach patriarchalen Regeln zu spielen, dann hat sie keine Richtlinien mehr, die ihr sagen, wie sie handeln oder was sie fühlen soll. Will sie archaische Formen nicht ewig fortbestehen lassen, dann wird das Leben aufregend – aber auch angsteinflößend. »Veränderung macht angst, aber Hexen haben einen Spruch: ›Wo Angst ist, ist Kraft.‹ ... Doch wenn wir lernen, unsere Angst zu spüren, ohne uns von ihr aufhalten zu lassen, dann kann Angst ein Verbündeter werden, ein Zeichen, das uns sagt, daß etwas, dem wir begegnet sind, transformiert werden kann. Oft ist unsere wirkliche Stärke nicht in den Dingen, die das repräsentieren, was uns vertraut, angenehm, positiv ist, sondern in unseren Ängsten und sogar in unserem Widerstand gegen Veränderung.«[6] Ein Initiationsprozeß hat eingesetzt.

Während dieses Reiseabschnitts beginnt die Frau mit ihrem Abstieg in die Unterwelt. Dies kann eine anscheinend endlose Phase des Herumwanderns, der Trauer und der Wut beinhalten; die Entthronung von Königen; der Suche nach verlorenen Teilen ihrer selbst und der Begegnung mit dem dunklen Weiblichen. Es kann Wochen, Monate oder Jahre dauern, und für viele Frauen mag es auch eine Zeit der freiwilligen Isolation bedeuten – eine Phase der Dunkelheit und des Schweigens und des Erlernens der Kunst, tief im Innern wieder auf das eigene Selbst zu hören, *zu sein*, statt zu tun. Die Außenwelt sieht darin vielleicht eine Depression oder Phase der Stockung. Familie, Freunde und Arbeitskollegen beschwören unsere Heldin, endlich »voranzumachen«.

In dieser Zeit treten häufig Träume von Zerstückelung und Tod auf, von Schattenschwestern und Eindringlingen, von Reisen durch Wüsten und Durchquerungen von Flüssen, von alten Göttinnensymbolen und heiligen Tieren. Es besteht das Verlangen, mehr Zeit in der Natur zu verbringen, von der Erde genährt zu werden, und ein gesteigertes Gewahrsein vom Wechsel der Jahreszeiten und der Rhythmen des Mondes. Vielen Frauen wird die Menstruation zum wichtigen Anlaß, dem Frausein, dem Blut, der Reinigung und Erneuerung des Körpers und der Seele Ehre zu erweisen. Dieser Abstieg kann nicht beschleunigt werden, da er eine heilige Reise ist. Es geht hier nicht nur um die Rückforderung der verlorenen Teile von sich selbst, sondern auch um die Wiederentdeckung der verlorenen Seele der Kultur – was für viele Frauen heute die Wiederbeanspruchung der Göttin bedeutet. Dazu ein Eintrag in meinem Tagebuch aus einer solchen Phase:

»Dies ist unkartographiertes Territorium. Es ist dunkel, feucht, blutig und einsam. Ich sehe keine Verbündeten, keinen Trost, keine sichtbaren Zeichen. Ich fühle mich aufgerissen und wund. Ich suche nach den zerstückelten Teilen von mir selbst – irgend etwas Erkennbares –, aber es sind nur Fragmente da, und ich weiß nicht, wie ich sie zusammensetzen soll. Noch nie hatte ich einen solchen Kampf zu bestehen. Es geht nicht um den Sieg über den anderen; ich stehe mir selbst von Angesicht zu Angesicht gegenüber. Ich gehe nackt auf der Suche nach der Mutter. Ich suche mir die Teile von mir selbst wiederanzueignen, die noch nie das Tageslicht gesehen haben. Sie müssen hier in der Dunkelheit sein. Sie warten darauf, daß ich sie finde, denn sie haben kein Vertrauen mehr. Ich habe sie schon früher verleugnet. Sie sind meine Schätze, aber ich muß nach ihnen graben. Bei dieser Reise geht es nicht um eine Feenpatin, die mir den Weg hinaus zeigt. Ich grabe ... nach Geduld, nach dem Mut, das Dunkel auszuhalten, nach Ausdauer, damit ich nicht zu früh ans Licht steige und die Begegnung mit der Mutter umgehe.«

Nach der Phase des Abstiegs beginnt unsere Heldin damit, den Bruch zwischen Mutter und Tochter langsam zu heilen, diese Wunde, die sie sich mit der anfänglichen Ablehnung des Weiblichen zufügte. Dies kann oder kann auch nicht die tatsächliche Heilung der Beziehung zwischen der Frau und ihrer Mutter bedeuten. In jedem Falle aber geschieht eine Heilung in ihrem Innern, wenn sie nun beginnt, ihren Körper und ihre Seele zu nähren und ihre Gefühle, Intuition, Sexualität, Kreativität und ihren Humor wieder für sich in Anspruch zu nehmen.

Vielleicht hat sie plötzlich den Drang, Unterricht im Töpfern oder Kochen zu nehmen, sich im Garten zu betätigen, massiert zu werden oder sich ein behagliches Nest zu schaffen. Ein Teil der vormals nach außen gerichteten Energie wird nun langsam in eine andere Richtung gelenkt, um kreativen Projekten zur Geburt zu verhelfen, den Körper neu zu entdecken und die Gesellschaft anderer Frauen zu genießen. Frauen, die sich vorrangig der Karriere gewidmet haben, streben jetzt vielleicht eine Ehe und Kinder an. Dieses Stadium verlangt klare Entscheidungen und Opfer, die sich für alle patriarchal Gesinnten wie ein Ausstieg ausnehmen mögen.

Eine meiner Klientinnen, eine Zahnärztin Ende Dreißig, der wegen Krebs schon eine Brust entfernt worden war, entschloß sich zu schreiben, zu gärtnern und Mutter zu sein. »Es ist eine schwierige Entscheidung; der regelmäßige Gehaltsscheck gab mir Sicherheit und das Gefühl, nützlich zu sein. Und ich gehe davon aus, daß mich so gut wie keine Krankenkasse wegen meiner vormaligen Krebskrankheit versichern wird. Aber ich bin voller Ungeduld, all diese Dinge zu tun, die mir wichtig waren, bevor mein Beruf als Zahnärztin alles andere beiseite fegte.«

Während ich an diesem Buch schrieb, hatte ich eine ähnliche Erfahrung. Die äußere Reise hin zur Anerkennung wurde, während ich das innere Terrain erkundete, immer weniger wichtig. Meine weibliche Stimme wurde stärker, als ich allmählich den Mut aufbrachte, mich nicht mehr ausschließlich auf mein lineares Denken zu verlassen. Danach war ich frei, auf Träume zu hören, auf Bilder und innere Verbündete. Sie wurden zu meinen Führern. Sobald eine Frau nicht mehr mit allem Nachdruck ihre heroische Suche nach Selbstbestimmung im Äußeren verfolgt, ist sie frei, ihre eigenen Bilder und ihre eigene Stimme zu erkunden.

Wenn sie sich auf den Prozeß der inneren Reise konzentriert, erhält sie von der Außenwelt wenig Anerkennung und Applaus. Die Fragen, die sie nach den Werten des Lebens stellt, erwecken in jenen Unbehagen, die dem äußeren Tand und Schmuck des Erfolgs nachjagen. Deshalb verlangt eine solche Reise Mut und das Vertrauen, daß der spirituelle Beistand nicht ausbleiben wird. Frauen kommen zusammen, um zu lernen, innere Bilder auszutauschen und dem Weiblichen und dem, was ihnen und der Kultur verlorengegangen ist, Achtung zu erweisen. Viele finden Trost und Freude im gemeinsamen Erschaffen von Ritualen, um die Rhythmen der Natur zu feiern und Übergänge in ihrem Leben und im Leben der von ihnen geliebten Menschen zu kennzeichnen.

Mir will scheinen, daß die gegenwärtige intensive Konzentration auf eine weibliche Spiritualität eine direkte Folge davon ist, daß sich so viele Frauen auf die Reise des Helden begeben haben, nur um sie dann für sich persönlich inhaltslos und für die Menschheit gefährlich zu finden. Frauen eiferten der Reise des männlichen Helden nach, weil es keine anderen Modelle gab, denen sie hätten nacheifern können; sie waren entweder in der männlich orientierten Gesellschaft »erfolgreich« oder als weibliches Wesen beherrscht und abhängig. Wir müssen jetzt neue Mythen und Heldinnen finden, um die ökonomischen, sozialen und politischen Strukturen unserer Gesellschaft zu verändern. Möglicherweise ist dies der Grund, warum sich so viele Frauen und Männer Göttinnengestalten und alten matriarchalen Kulturen zuwenden; sie suchen nach Leitmodellen, denen Partnerschaft statt Vorherrschaft und Kooperation statt Gier zugrunde liegt. »Während wir nun die letzten Jahre des 20. Jahrhunderts durchlaufen und ins 21. Jahrhundert eintreten, gehört es zur Aufgabe der Frauen, eine Spiritualität der Kreativität wiederzubeleben, die sich vor der seltsamen Schönheit der Unterwasserwelt des Unbewußten nicht fürchtet, und Männern aus ihrer beschränkten und engen Welt der beweisbaren und begrenzten Fakten zu helfen, in die sie die Gesellschaft eingekerkert hat«, schreibt Madeleine d'Engle in einem Artikel in der *Ms.*-Sommerausgabe von 1987.[7] Und sie schreibt weiter: »Meine Rolle als Feministin besteht nicht darin, mit den Männern in ihrer Welt zu konkurrieren – das wäre zu einfach und letztlich unproduktiv. Meine Aufgabe ist es, voll und ganz als Frau zu leben, mich an meiner gesamten Persönlichkeit und an meinem Platz im Universum zu freuen.«

Und wo ist im gegenwärtigen Stadium unserer kulturellen Entwicklung der Platz der Frauen zu finden? Meinem starken Empfinden nach sind wir aufgerufen, die Spaltung zu heilen, die besagt, daß unser Wissen, unsere Wünsche, unser Verlangen weniger wichtig und gültig sind als die der vorherrschenden männlichen Kultur.

Unsere Aufgabe besteht darin, die innere Spaltung zu heilen, die uns anweist, unsere Gefühle, unsere Intuition, unsere Traumbilder, die uns über die Wahrheit des Lebens informieren, zu mißachten. Wir müssen den Mut aufbringen, mit dem Paradoxen zu leben; die Stärke, die Spannung auszuhalten, die daraus entsteht, daß wir die Antwort nicht wissen; und die Bereitschaft, auf unsere innere Weisheit zu hören und die Weisheit des Planeten, der um einen Wandel fleht.

Die Heldin muß zur spirituellen Kriegerin werden. Dazu muß sie die feine Kunst der Balance erlernen und die Geduld für die langsame, komplexe Integration ihrer weiblichen und männlichen Aspekte aufbringen. Erst hungert sie danach, ihr weibliches Selbst loszuwerden und im Männlichen aufzugehen. Und hat sie das erst einmal bewerkstelligt, dann merkt sie, daß dies weder die Antwort noch das Ziel ist. Weder muß sie das, wie sie auf ihrer Heldenreise gelernt hat, nun unbeachtet lassen noch es aufgeben, aber sie muß lernen, ihre hart errungenen Fähigkeiten und Erfolge nicht so sehr als *Ziel*, sondern vielmehr als Bestandteil der Reise zu betrachten. Dann wird sie anfangen, diese Fähigkeiten nicht mehr nur zum persönlichen Gewinn einzusetzen, sondern für die Arbeit an der größeren Aufgabe, der Aufgabe, die Menschen zusammenzubringen. Dies ist die heilige Hochzeit zwischen dem Weiblichen und Männlichen – die Frau ist nicht nur imstande, den Bedürfnissen anderer wahrhaft zu dienen, sondern auch in der Lage, ihre eigenen Bedürfnisse wertzuschätzen und auf sie zu reagieren. Diese Konzentration auf Integration und das sich daraus ergebende Bewußtsein über die wechselseitigen Beziehungen und Abhängigkeiten ist zum gegenwärtigen Zeitpunkt für uns alle eine Notwendigkeit, wenn wir gemeinsam für die Bewahrung des Gleichgewichts des Lebens auf dieser Erde arbeiten wollen.

## LOTS FRAU

Wenn du aber weit genug wanderst, wirst du dir eines Tages leibhaftig auf der Straße begegnen und dich erkennen. Und dann wirst du Ja sagen.

Marion Woodman

Irgendwo an der Straße
mit anderer Stimme
und in einer anderen Sprache
wartet sie auf eine andere Zeit
und auf die Fußwaschung
während ich, eine Träne in Frauengröße,
salzig erstarrt stehe, Lots Frau,
und auf meine brennende Stadt zurückblicke. Verschwunden sind
Täler und Hügel und Ebenen. Erkenne im Stillstand der Drehung
wie jahrmillionenschweres Gewicht sich dreht um die
wartende Frau weit weg
unzählbare Epochen
namenloses Leben
das sich überschlägt und
an felsverkrusteten Hügeln hinabstürzt
Frau ohne Ende
ihre Reime begleiten sie
ihre Erinnerungen
ihre harten Worte, ihre sanften Worte, Schreie
meine Worte, meine Schreie, alles was von uns ungehört blieb,
höre auf welche Weisen
die erstickten Laute der Frauen
aufzubrechen beginnen
und nah und fern gehört werden.
Volle Drehung, mit einem Schritt voran,
bewege ich mich auf der Straße
auf sie zu die ich bin
und noch nicht bin.

Rhett Kelly[8]

## Kapitel 1

# Die Trennung vom Weiblichen

Die Mutter steht für das Opfer in uns selbst, die unfreie Frau, die Märtyrerin. Unsere persönlichen Eigenarten scheinen auf gefährliche Weise mit denen unserer Mütter zu verschwimmen und teilweise zusammenzufallen. Und in einem verzweifelten Versuch, herauszufinden, wo die Mutter aufhört und die Tochter beginnt, führen wir radikale chirurgische Eingriffe aus.

Adrienne Rich – *Von Frauen geboren*

Sowohl sich dem Thema der Mutterschaft widmende Historiker wie auch Theoretiker der Psychodynamik weisen uns immer wieder darauf hin, daß seit der industriellen Revolution die Mütter für den Menschen, zu dem sich ihr Kind entwickelt hat, verantwortlich gemacht, dafür glorifiziert und schuldig gesprochen wurden.[1] Die Mutter gilt als die wesentliche Ursache für die positive oder negative Entwicklung eines Kindes, ohne Rücksicht darauf, welcher Respekt und welche Autorität im jeweils gegebenen familiären und kulturellen Umfeld der Mutterrolle zugestanden wird. Die Gesellschaft bürdet der Mutter eine enorme Verantwortung auf, läßt ihr aber dabei weder die finanzielle Unterstützung noch das Prestige und den Beifall zukommen, die einer für die ganze Gesellschaft so überaus wichtigen und einflußreichen Aufgabe angemessen wären. Wir lassen der Mutter nur selten die ihr gebührende Anerkennung zuteil werden, sind aber schnell dabei, ihr alle Übel unserer Gesellschaft anzulasten. Kürzlich wurde in Los Angeles die in einem von Crack überschwemmten Viertel lebende Mutter eines verurteilten Bandenmitglieds gerichtlich belangt, weil sie, wie das Gericht sich ausdrückte, ihre Mutterrolle nicht angemessen erfüllt hatte. Die Tatsache, daß es niemanden gab, der die Vaterrolle angemessen erfüllte, die Tatsache des Mangels an Ausbildungsmöglichkeiten, anständiger Wohnverhältnisse oder der Möglichkeit, in einer sicheren und stabilen Gesellschaft aufzuwachsen, fand keine Erwähnung.

Wir leben in einer androzentrischen Gesellschaft, die die Welt aus einer männlichen Perspektive betrachtet. Männer werden für ihre

Intelligenz, Antriebskraft und Verläßlichkeit mit einer entsprechenden Position, mit Prestige und finanziellem Gewinn belohnt. Frauen erhalten in dem Maße, wie sie wie Männer sind, eine ähnliche, aber nicht gleichwertige Belohnung. Wenn Frauen sich selbst durch eine männliche Brille betrachten und sich ständig in den Maßstäben einer männlich definierten Kultur messen, werden sie feststellen, daß sie die von Männern geschätzten Qualitäten nur in minderem Maße oder gar nicht aufweisen. Frauen werden nie Männer sein, und viele Frauen, die den Versuch machen, »so gut wie Männer« zu sein, fügen ihrer weiblichen Natur Schaden zu. Sie fangen an, sich im Sinne von Defiziten, von dem, was sie *nicht* besitzen oder *nicht* erreicht haben, zu definieren und setzen sich allmählich als Frauen selbst herab, werten sich ab.[2] Diese Abwertung der Frau beginnt mit der Mutter.

Nach Aussage Campbells besteht die Aufgabe des wahren Helden darin, die etablierte Ordnung zu zerstören und eine neue Gemeinschaft zu schaffen. Dabei erschlägt der Held/die Heldin als Ungeheuer des *status quo*, den Drachen der alten Ordnung – Haltefest, der die Vergangenheit festhält.[3] Auf kultureller Ebene ist diese etablierte Ordnung zutiefst von patriarchalen Werten durchdrungen, Werte, die die Dominanz und Herrschaft der stärkeren, lautstärkeren und mächtigeren männlichen Bevölkerung implizieren. Gegenwärtig fechten sowohl Frauen wie Männer die patriarchale Sprache und Denkweise, patriarchale ökonomische, politische, soziale, religiöse und erzieherische Strukturen an und schaffen neue Formen. Doch auf der persönlichen Ebene wird die alte Ordnung von der Mutter verkörpert, und so besteht die erste Aufgabe der die Individuation anstrebenden Heldin darin, sich von ihr zu trennen.

Es kann passieren, daß die Tochter ihr ganzes Leben lang mit diesem Trennungsprozeß zu kämpfen hat, und manche Frauen vollziehen einen dramatischeren Bruch als andere. Sie mag, um sich von der Mutter und der *Macht der Mutter* über sie zu distanzieren, eine Phase durchlaufen, in der sie alle weiblichen Qualitäten ablehnt, die sie durch das kulturelle Klima bedingt mit Vokabeln wie unterlegen, passiv, abhängig, verführerisch, manipulativ und ohnmächtig definiert.[4]

In dem Ausmaß, wie die Mutter den *status quo* repräsentiert, den restriktiven Kontext der Geschlechterrollen, das tiefsitzende Gefühl weiblicher Unterlegenheit und Minderwertigkeit in einer patriarchalen Gesellschaft, möchte sich die Tochter von ihr trennen. Wenn sie dann ihre weiteren Entwicklungsstadien durchläuft und allmählich erkennt, wo die Wurzeln der Abwertung des Weiblichen in unserer Kultur zu suchen sind, wird sie begreifen, daß nicht ihre Mutter die Ursache ihrer Unzulänglichkeitsgefühle ist. Diese dient lediglich als praktische Zielscheibe, der man die Verwirrung und das niedrige Selbstwertgefühl anlasten kann, das so viele Töchter in einer das Männliche glorifizierenden Gesellschaft empfinden.

In Wahrheit wurden unsere Mütter und davor deren Mütter wie Lots Frau in eine Gestalt gezwängt, die die Männer auf sie projizierten. Den Müttern der 1940er und 50er Jahre standen nicht viele Möglichkeiten offen, ihre eigenen Ziele zu verfolgen und zu verwirklichen. Sie wurden mit Hilfe von Werbung, Hüfthaltern und Valium manipuliert, eingesperrt und unterdrückt. Es war die Aufgabe ihrer Töchter, ihre weiblichen Wunden bloßzulegen und zu heilen.

## Ablehnung des Weiblichen

Vor fünfundzwanzig Jahren schrieb sich Mary Lynne in einem Frauencollege ein, um höhere Mathematik zu studieren. Der Sputnik-Schock in den 50er Jahren und die Aufforderung, die in der Folge an die amerikanischen Schulkinder erging, Mathematik und Naturwissenschaften zu studieren, hatten sie dazu inspiriert. Der wahre Grund dafür aber war der, daß es sich hier um ein Gebiet handelte, auf das sich damals nicht viele Frauen vorwagten. »Die Mädels, die ich kannte, studierten nicht Mathematik, und ich wollte anders sein. Die meisten studierten Englisch, und ich haßte es, Stücke und Charaktere zu analysieren. Ich hatte es auch satt, von meinen Eltern immer wieder gesagt zu bekommen, ich solle Krankenschwester oder Lehrerin werden, damit ich auf etwas ›zurückgreifen‹ könne, falls mein zukünftiger Ehemann arbeitsunfähig werden sollte. Ich machte mir keine Gedanken über einen zukünftigen Ehemann, und schon gar nicht wollte ich auf irgend etwas zurückgreifen! Ich wollte irgend etwas Wichtiges auf dem Gebiet der Computerwissenschaft leisten. Ich war voller jugendlichem Idealismus. Außerdem wollte ich meinem Vater zeigen, daß ich genausogut war wie der Sohn, den er immer haben wollte, aber nie bekam.«

Mary Lynne kam nie auf den Gedanken, daß sie vielleicht gar nicht die Fähigkeiten zu einem Studium der höheren Mathematik besaß, obgleich sie in den naturwissenschaftlichen Fächern keine allzu guten Noten hatte und ihr der Berufsberater des Colleges riet, Englisch zu studieren. Sie fiel aus allen Wolken, als ihr am Ende des ersten Studienjahres der Lehrstuhlinhaber nahelegte, ein anderes Hauptfach zu wählen, da ihre Noten für ein Studium der höheren Mathematik nicht ausreichend gut waren. »Ich war am Boden zerstört«, erzählt sie. »Unsere Unterredung hatte ganze zwei Minuten gedauert, und ich ging völlig benommen davon. ›Das war's, jetzt werde ich doch wie ein Mädchen enden‹, dachte ich. Ich hatte geglaubt, die Mathematik würde mich davor bewahren, eine Frau zu sein.«

Weitere Nachfragen ergaben, daß Mary Lynne alles, was sich für sie mit dem Weiblichen verband, abgelehnt hatte, weil sie nicht so wie ihre Mutter werden wollte, eine traditionelle Hausfrau, die sie als frustrierte, herrschsüchtige, verärgerte und rigide Frau wahrnahm. »Ich kam mit meiner Mutter nie zurecht. Ich glaube, sie war eifersüchtig, weil ich in der Schule war und Möglichkeiten zu einer höheren Ausbildung hatte, die ihr verwehrt gewesen waren. Ich wollte keinesfalls so wie sie enden; ich wollte wie mein Vater sein, der für mich ein flexibler, erfolgreicher und mit seiner Arbeit zufriedener Mensch war. Mutter war nie glücklich. Damals kam mir nie der Gedanke, daß sein Erfolg auf ihre Kosten ging oder daß ihr Selbsthaß und die ambivalenten Botschaften, die sie ihren Töchtern übermittelte, ihren Ursprung in der Art und Weise hatten, wie die Gesellschaft Frauen behandelt.«

Mary Lynne versteht nun allmählich, welchen Einfluß ihre totale Identifikation mit männlichen Werten auf ihr Selbstbild als Frau hatte und wie sie dazu gebracht wurde, andere Frauen abzuwerten. »Ich empfand mich als anderen Frauen überlegen; ich wollte wie ein Mann denken. Aber natürlich haßte ich mich selbst als Frau. In meinem Wunsch, mich mit Männern zu identifizieren, habe ich weite Bereiche in mir abgeschottet. Ich setzte mir einen Maßstab, der besagte, daß alles, was sich irgendwie lohnt, schwierig, konkret und quantifizierbar sein mußte. Mir ist nun klar, daß ich durch diese Ablehnung des Weiblichen in meiner Teenagerzeit mein Wachstum als Frau behinderte, meine angeborenen Fähigkeiten verleugnete und alles ignorierte, was mir Vergnügen machte.«

Kurz vor ihrem zweiundvierzigsten Geburtstag hatte sie folgenden Traum: »Ich sitze in der hintersten Reihe in einem Bus in Schottland. Ich bin eingeschlafen und wache auf, als der Bus an der Endstation eine Kehrtwende macht. Wir sind in der Dickschädelstraße. Es ist Viertel vor neun, aber draußen ist es noch hell. Nordlichter erhellen den Himmel.«

Folgendes fällt ihr zu diesem Traum ein: »Ich sehe, daß sich die Dickschädel-Buslinie auf meine Lebenseinstellung bezieht. Viele Jahre lang bin ich ein Dickschädel gewesen; ich habe mich beharrlich gegen alles, was als weiblich gilt, verwahrt. Als ich mit meinem Mathematikstudium keinen Erfolg hatte, verlegte ich mich voll aufs Geldverdienen. Ich lernte zu konkurrieren, um Macht zu pokern und nach den Spielregeln der Männer zu spielen. Ich habe nicht gelernt, mich zu entspannen, mir selbst gegenüber fürsorglich zu sein oder das Leben zu genießen. Meine Freunde sagen, daß ich arbeitssüchtig bin; ich sage, daß ich nicht anders kann, so arbeitet das System nun mal. Jetzt habe ich das Gefühl, meine Schulden abgetragen zu haben. Ich will nicht mehr die Dickschädellinie nehmen. Ich habe, um mich in der Männerwelt zu behaupten, die Beziehung zu meiner Mutter, meinen Schwestern und mir selbst geopfert. Es ist Zeit, zu dem zurückzukehren, was wirklich wichtig ist.«

## Die Reise beginnt: Trennung von der Mutter

Die Reise beginnt mit dem Kampf der Heldin, sich sowohl physisch wie psychisch von ihrer Mutter und vom Mutter-Archetypus, der eine noch größere Macht besitzt, zu trennen. Der Mutter-Archetypus wird noch oft als das Unbewußte bezeichnet, hier vor allem in seinem Körper und Seele einbeziehenden mütterlichen Aspekt. Die Muttergestalt repräsentiert nicht nur einen einzelnen Aspekt des Unbewußten, sondern stellt auch ein Symbol für das gesamte kollektive Unbewußte dar, das die Einheit aller Gegensätze in sich birgt.[5]

Die Trennung von der eigenen Mutter beinhaltet für die Tochter einen besonders intensiven Prozeß, weil sie sich von der trennen muß, die dasselbe ist wie sie. Sie empfindet Verlustangst, die sich in der Angst ausdrückt, allein, getrennt und anders zu sein als der Elternteil des eigenen Geschlechts, der in den meisten Fällen ihre primäre Beziehung darstellte. Für sie, die Tochter, bedeutet die Trennung von der Mutter eine komplexere Angelegenheit als für den Sohn, weil sie »sich von einer Mutterfigur trennen und unterscheiden muß, mit der sie sich identifizieren soll, wohingegen sich das männliche Kind von einer Mutterfigur trennen und unterscheiden muß, deren Eigenschaften und Verhaltensweisen es in seinen Bemühungen, zum Mann zu werden, in sich selbst ablehnen soll, wie man ihm sagt.«[6]

Viele Töchter sehen sich in eine Konfliktsituation gestellt: Sie wollen ein freieres Leben als ihre Mutter führen, und sie wünschen sich deren Liebe und Zustimmung. Sie möchten die Mutter überflügeln und fürchten doch, den Verlust ihrer Liebe zu riskieren. Eine geographische Trennung mag zunächst der einzige Weg sein, um die Spannung zwischen dem Bedürfnis der Tochter, erwachsen zu werden, und dem Wunsch, ihrer Mutter zu gefallen, zu lösen. Mädchen haben unseren kulturellen Mythos von der weiblichen Minderwertigkeit verinnerlicht und von daher ein größeres Bedürfnis nach Zustimmung und Bestätigung. Es fällt ihnen schwer, das Risiko elterlicher Mißbilligung und Verärgerung einzugehen. »Das Unabhängigkeitsbestreben wird bei Mädchen – da man es nicht erwartet – sehr viel wahrscheinlicher als eine Ablehnung der Eltern interpretiert als die Rebellion bei den Jungen, auf die man schon eher gefaßt ist.«[7] Die erste Trennung »wird oft mehr als Zerstückelung denn als Befreiung empfunden.«[8]

Um diese Trennung von der Mutter zu erreichen, machen viele jungen Frauen ihre Mutter zu einer Figur des archetypischen, rachsüchtigen, besitzergreifenden und verschlingenden Weiblichen, die sie, um zu überleben, ablehnen müssen. Gleich ob diese Eigenschaften nun von der realen Mutter verkörpert werden oder nicht, die Tochter verinnerlicht sie in jedem Falle zu einem Konstrukt ihrer inneren Mutter. Jung zufolge agiert diese innere Mutter dann in uns als Schattengestalt, als ein autonomes Muster, das für unser Ego unannehmbar ist. Da wir dies in uns selbst nicht akzeptieren können, projizieren wir es auf andere.[9]

Diese die Tochter vernachlässigende oder gefangenhaltende Monstergestalt wird also auf die Mutter projiziert, die dann erschlagen werden muß. Die Stiefmutter wird, wie im Märchen von Hänsel und Gretel, zur bösen Hexe, die schließlich der Tod im Ofen erwartet.

Die Beziehung zwischen Mutter und Tochter und die Trennung von der Mutter sind eine so komplexe Angelegenheit, daß die Mutter in den Mädchenbüchern und in den Märchen zumeist abwesend, tot oder eine garstige und niederträchtige Person ist.[10]

*»Gorgo«,*
*Illustration von Sandra Stafford*

## Die furchtbare Mutter und das negative Weibliche

Der Archetypus der Mutter drückt sich in zwei Polen aus: Da ist die große Mutter, die grenzenlose Fürsorge, nie versiegende Nahrung und allumfassenden Schutz verkörpert, und da ist die furchtbare Mutter, die Erstarrung, Erstickung und Tod repräsentiert. Diese archetypischen Modelle sind Elemente der menschlichen Psyche, die sich in Reaktion auf die menschliche Abhängigkeit im Säuglings- und Kindesalter herausbilden.[11] In den meisten Fällen stellt die Mutter für den Säugling das primäre Objekt seiner Abhängigkeit dar, und die Aufgabe des Kindes besteht darin, sich aus dieser symbiotischen Beziehung zu lösen und in Richtung Eigenständigkeit, Individuation und Autonomie zu bewegen. Wird die Mutter vom Kind als die Quelle der Nahrung und Unterstützung wahrgenommen, dann wird sie als positive Kraft erfahren; wird sie als nachlässig oder erstickend wahrgenommen, wird sie vom Kind als destruktive Kraft erlebt.

Im Erwachsenenleben reagieren viele Menschen auf die weibliche Macht und oft auch auf ihre eigene Mutter im Sinne des archetypischen Aspekts der furchtbaren Mutter.[12] Es gelingt ihnen nicht, das Leben ihrer Mutter im Kontext der historischen Zeit, in der sie lebte und lebt, ihres familiären Hintergrunds und der Möglichkeiten, die Frauen zu jener Zeit offenstanden, zu sehen. Ihre Fehler und Schwächen werden als Bestandteil der inneren negativen Mutter verinnerlicht.

Es gab Zeiten, in denen eine selbstbewußte, anspruchsvolle und zielbewußte Frau als alles verschlingender Vamp (wie zum Beispiel

Bette Davis) und eine sich über ihren Mangel an Möglichkeiten beklagende Frau als passiver Jammerlappen hingestellt wurde. So manche Tochter, die von ihrer Mutter eine subtilere Form des Kompromisses und Selbsthasses gelehrt wurde, kämpft nun darum, sich von diesem äußerst zerstörerischen Bild zu befreien. Ein junges Mädchen sucht bei ihrer Mutter nach Anhaltspunkten, die ihr sagen, was es heißt, eine Frau zu sein, und hat diese keine Macht, dann empfindet die Tochter ihre Weiblichkeit als demütigend. In ihrem Wunsch, ihrer Mutter in nichts zu gleichen, strebt sie vielleicht auf Kosten anderer Bedürfnisse nach Macht. »Die Wut auf die Mütter findet sich im Leben vieler Töchter, die Wut darüber, daß sie so bereitwillig und widerstandslos akzeptierten, ›was immer auch kommt.‹«[13] Solange sie sich diese unbewußte Reaktion nicht bewußt macht, wird die Tochter weiterhin *in Reaktion* auf ihre Mutter agieren.

Die Tochter flieht vor der verschlingenden Mutter, die sie, eifersüchtig und neidisch auf ihre Talente und potentielle Freiheit, einzusperren versucht. Sie distanziert sich von der überkritischen und rigiden Mutter, von der sie keine Unterstützung erfährt. Sie hält sich fern vom Märtyrer-Archetypus der Mutter, die ihr eigenes Leben im Dienste ihres Gemahls und ihrer Kinder geopfert hat. Die Bitterkeit der Mutter über ihre eigenen zerbrochenen Träume können zu Wutausbrüchen oder einem passiv-aggressiven Verhalten gegenüber der Tochter führen, der mehr Möglichkeiten offenstehen. Die von destruktivem Zorn erfüllte Göttin Kali stellt eine Verkörperung jener dem Klischee von der wütenden, hysterischen Frau entsprechenden Mutter dar, die, während sie zusieht, wie das Leben an ihr vorbeigleitet, Teller gegen die Wand schleudert.

Kali Ma, die hinduistische dreifaltige Göttin der Schöpfung, Bewahrung und Zerstörung, ist als die dunkle Mutter bekannt. Sie ist die grundlegende archetypische Gestalt der Mutter von Geburt und Tod, Schoß und Grab zugleich, die ihren Kindern das Leben schenkt und es ihnen wieder nimmt. Sie ist das uralte Symbol des Weiblichen in tausend verschiedenen Formen dargestellt.[14] Marija Gimbutas und Merlin Stone zufolge sind in den letzten sechseinhalbtausend Jahren die matriarchalen Religionen von den patriarchalen Religionen unterdrückt und entwertet worden.[15] Kalis Macht wurde in den Untergrund gezwungen, wie so viele Talente, Fähigkeiten und Energien von Frauen unterdrückt wurden, während sich die Frauen in Geschlechterrollen fügten, die sie depressiv und selbstmordgefährdet machen. Kalis Zorn, wenn er sich nicht in kreativen Formen ausdrükken oder kanalisieren kann, wird zur dunklen, verschlingenden Stagnation unbelebtenLebens.

Die meisten Frauen können es kaum erwarten, sich endlich von der zornigen, negativen Mutter zu distanzieren. Wir alle haben schon Frauen sagen hören: »Ich will keinesfalls wie meine Mutter sein, ich will nicht einmal wie sie aussehen.« Manche Frauen haben nicht nur Angst, ihrer Mutter zu ähneln, sie haben tatsächlich Angst, *wie die eigene Mutter zu werden.*[18] Diese Angst, *Matrophobie* genannt, steckt so tief in unserer Kultur, daß sich eine Mutter, wenn die Kinder das Elternhaus verlassen, oft ganz und gar abgelehnt, ungewürdigt und verlassen fühlt.

## Die Mutter verlassen

Nicht nur die Mutter, die verlassen wird, mag sich verraten fühlen, sondern auch die Tochter. »Jede Frau macht ihre erste Erfahrung mit Wärme, Nahrung, Zärtlichkeit, Sicherheit, Sinnlichkeit und Gegenseitigkeit durch ihre Mutter. Dieses erste Eingehülltsein eines weiblichen Körpers in einen anderen kann früher oder später geleugnet oder abgelehnt werden, als erstickendes Besitzergreifen, als Zurückweisung, Falle oder Tabu erlebt werden; aber am Anfang bedeutet es die ganze Welt.«[17]

Viele Frauen verspüren den starken Wunsch, sich von ihrer Mutter zu lösen, haben aber gleichzeitig ein gewaltiges Schuldgefühl, wenn sie sie überflügeln. Susan, eine junge Frau Mitte Zwanzig, hat eine Karriere als erfolgreiche Geschäftsfrau eingeschlagen und eine stützende, liebevolle Beziehung mit einem Mann, den sie bald heiraten wird. Ihre Mutter ist seit siebzehn Jahren geschieden und hat nie die Befriedigung einer selbst gewählten Karriere erlebt. Sie arbeitete hart, um als alleinerziehende Mutter ihre Kinder durchzubringen, suchte sich hierbei aber nur angemessen bezahlte Jobs statt einen Beruf, der sie persönlich erfüllte.

Jetzt ist sie Mitte Fünfzig, sieht kein Ziel in ihrem Leben und ist deprimiert. Ihre Depression wirkt sich auf Susans Entscheidung aus, ob sie ihr Geschäft erweitern oder aber ein Kind bekommen soll. Sie hat das Gefühl, nie zufrieden oder erfolgreich sein zu können, solange ihre Mutter nicht glücklich und abgesichert ist, und ärgert sich über deren Weigerung, sich ein besseres Leben zu schaffen.

»Ich hatte immer das Gefühl, daß ich nicht glücklich sein kann, solange Mutter ihr Leben nicht auf die Reihe bringt«, erzählt sie. »Sie lebt bei meiner Schwester, ist unfähig, sich selbst in finanzieller und emotionaler Hinsicht zu versorgen, und ich glaube nicht, daß sie jemals glücklich sein wird. Ich habe Schuldgefühle, weil ich eine funktionierende Beziehung habe, und ich weiß, daß ich mich selbst bremse, um in meinem Geschäft nicht allzu erfolgreich zu sein. Einerseits will ich ihr zeigen, daß ich tun kann, was sie nicht tun konnte, andererseits bin ich mir sicher, daß sie mein allzu großer Erfolg umbringen würde.«

Wann immer Susan ihre Mutter anruft und ihr von einem neuen Kunden erzählt, wechselt die Mutter das Thema und spricht über Susans Schwester und deren Kinder. Susan fühlt sich von ihrer Mutter herabgesetzt und unterminiert. Sie betrauert die Tatsache, daß sie nie in der Lage sein wird, ihre Leistungen oder ihr Glück mit ihr zu teilen. Gleichzeitig hat sie das Gefühl, ihre Mutter verraten zu haben, weil sie sie überflügelt hat. Sie hat Schuldgefühle wegen ihres eigenen Erfolgs und ist wütend über das Versagen der Mutter. Sie hat auch Ängste, weil sie anders ist als sie. In früheren Zeiten hatten diese Schuldgefühle und Wut zu Depressionen geführt, aber jetzt ist sie bereit, ihre Mutter als ein von ihr gesondertes Wesen zu betrachten und deren Entscheidungen im Zusammenhang mit deren Lebensumständen zu akzeptieren.

Viele Frauen distanzieren sich von ihren Müttern, weil diese nicht imstande sind, ihre Töchter in ihrem Individuationsprozeß und Erfolg zu unterstützen und zu bestätigen. Harriet Goldhor Lerner beschreibt eine Klientin, Ms. J., deren Mutter eine Migräne bekam, durch die sie daran gehindert wurde, an der Collegeabschlußfeier ihrer Tochter teilzunehmen, die das College mit Auszeichnung absolviert hatte. Als Ms. J. ihrer Mutter mitteilte, daß sie daran dächte, den Doktor zu machen, wechselte diese das Thema und erzählte ihr von einer Freundin der Tochter, die sich gerade an einer medizinischen Hochschule eingeschrieben hatte.[18] Weder wollte die Mutter die Kompetenz ihrer Tochter anerkennen, noch etwas von ihren Zukunftsplänen hören, weil ihr das nur ihre eigene Unzulänglichkeit vor Augen führte.

Leider ist dies ein Thema, auf das man nur allzu häufig stößt. »Eine Mutter, die an ihrer eigenen persönlichen Entwicklung und an ihrem Wachstum gehindert wurde, ignoriert möglicherweise die Kompetenz ihrer Tochter oder wertet sie ab, oder aber sie tut vielleicht das Gegenteil und ermutigt die Tochter dazu, das ›besondere‹ oder ›begabte‹ Kind zu sein, an dessen Erfolg die Mutter dann mittelbar teilhat.«[19] Viele Mütter übermitteln ihren Töchtern widersprüchliche und ambivalente Botschaften, wie etwa: »Sei nicht so wie ich, aber sei wie ich«, oder »sei erfolgreich, aber nicht zu erfolgreich.« Kein Wunder, wenn eine Frau das Weibliche zugunsten des Männlichen ablehnt, das sie in ihrer Unabhängigkeit und ihrem Erfolg wertzuschätzen scheint.

## Trennung von der guten Mutter

Die Mutter, die ein positives Rollenvorbild liefert, die Mutter, die lustig, fürsorglich und unterstützend ist, mag am schwersten zu verlassen sein. Die Trennung von ihr kommt dem Verlassen des Paradieses gleich, dem Verlassen des Zustands der Unschuld, der Verbundenheit und der Annehmlichkeit, dem Hinaustreten in eine ungewisse Welt. Aber selbst diese gute Mutter kann unbewußt die Tochter in eine Falle geraten lassen. Sollte diese sie nämlich als übermenschliche Göttin betrachten, an der sie sich zu messen hat, dann muß sie möglicherweise, um zu ihrer eigenen Identität finden zu können, auch diese gute Mutter ablehnen.[20]

Alison ist Ende Zwanzig und kommt aus einer angesehenen Familie an der Ostküste. Ihre Mutter arbeitet in einer leitenden Position in einer Bank, ist aktives Gemeindemitglied und eine sehr liebevolle Mutter. Sie stand Alison bei ihrem Collegestudium ermunternd zur Seite und unterstützte sie in ihrem Entschluß, an die Westküste umzuziehen, um dort Schauspielunterricht zu nehmen. Alison vermißt ihre Mutter sehr, will aber nicht mit ihr in der gleichen Stadt und in ihrem Schatten leben. Sie möchte sich nicht länger die Vergleiche zwischen ihr und ihrer Mutter anhören müssen und auch nicht Schuldgefühle haben, weil sie anders als ihre Mutter ist. Nach jedem

Telefonat empfindet sie den tiefen Verlust der Intimität, die einst zwischen ihr und ihrer Mutter bestand, und ist deprimiert darüber, daß sie einen Beruf wählte, der völlig im Gegensatz zum stabilen Leben ihrer Mutter steht. Sie und ihre Mutter sind nun nicht mehr eins. In ihrem Kampf um eine Ablösung hat Alison allmählich zu der Tiefe und dem Stoff der Emotionen gefunden, die sie für die Schauspielerei braucht. Der mit der Trennung verbundene Schmerz war ein erster wesentlicher Schritt zur Entdeckung ihrer eigenen künstlerischen Talente.

Viele Frauen fürchten sich vor dem Begriff *weiblich*; er ist zu einem belastenden Wort geworden. Manche meinen, daß sich damit inhärent die Verpflichtung verbindet, sich um andere zu kümmern. Die Gesellschaft hat Frauen dazu ermuntert, indirekt durch andere Menschen zu leben, statt ihre eigene Erfüllung zu finden. Catherine, eine Frau Ende Vierzig, sagt: »Die weiblichen Rollenvorbilder, die uns in meiner Kindheit präsentiert wurden, waren entweder das des Sexobjekts Marilyn Monroe oder das der großen, selbstlosen Fürsorgerin. In beiden Fällen landest du bei großen Titten. Ich habe Angst, meine Unabhängigkeit zu verlieren und ausgebeutet zu werden, wenn man in mir die Frau sieht.«

Die Tochter, die die in ihrer Mutter verkörperten negativen Aspekte des Weiblichen ablehnt, läuft unter Umständen Gefahr, auch die positiven Aspekte ihrer eigenen Weiblichkeit abzulehnen, wie etwa Verspieltheit, Sinnlichkeit, Leidenschaftlichkeit, Fürsorglichkeit, Intuition und Kreativität. Viele Frauen, die Erfahrungen mit einer zornigen und stark emotionalen Mutter gemacht haben, versuchen ihre eigene Wut und ihre Gefühle unter Kontrolle zu halten, um nicht für eine destruktive und kastrierende Person gehalten zu werden. Diese Unterdrückung von Wut und Zorn hindert sie dann oft daran, die Ungerechtigkeiten eines männlichen definierten Systems zu sehen. Frauen, die ihre Mutter abergläubisch, religiös oder altmodisch finden, lehnen häufig die dunklen, geheimnisvollen, magischen Aspekte des Weiblichen zugunsten einer kalten Logik und Ratio ab. Hier tut sich eine Kluft zwischen der Heldin und ihren mütterlichen Qualitäten auf. Und dieser Bruch wird später auf der Reise geheilt werden müssen, damit sie zur Ganzheitlichkeit gelangen kann.

## Ablehnung des weiblichen Körpers

Mutter
Ich schreibe nach Hause
Ich bin allein und
Gib mir meinen Körper wieder.

Susan Griffin *Mother and Child*

Die Ablehnung des Weiblichen geschieht nach beiden Richtungen hin, von der Tochter zur Mutter, und von der Mutter zur Tochter. Kommt ein Mädchen in die Pubertät und entdeckt es seine Sexualität, so kann es passieren, daß die Mutter den physischen Körper ihrer Tochter ablehnt oder herabwürdigt. Oder sie beneidet die Tochter um ihre Jugend und Attraktivität und löst im Mädchen Scham- oder Konkurrenzgefühle aus. Viele Töchter halten dann diese Angst der Mutter für ein Zeichen der Rivalität um die Aufmerksamkeit des Vaters.

Auch der Vater mag sich angesichts der aufblühenden Sexualität der Tochter unbehaglich fühlen und verbringt nun immer weniger Zeit mit ihr. So erlebt sie die traditionelle Zweiteilung in Madonna und Hure; vom Vater wird sie als tabu angesehen und von der Mutter als Rivalin. Um ihren Eltern nicht zu mißfallen, bremst sich die junge Frau dann eventuell in ihrer sexuellen Entwicklung, bis sie außer Haus ist. Oder sie bekommt eine solche Angst vor ihrer Sexualität, daß sie den ersten Mann heiratet, in den sie sich verliebt. Mutter und Vater üben in diesem Fall Macht über ihren Körper aus.

Meiner Vermutung nach beginnt eine Frau an diesem Punkt mit der Ablehnung ihrer instinktiven Körperweisheit. Die meisten Frauen spüren es körperlich, wenn irgend etwas in ihrem Leben geschieht, das sich »nicht richtig anfühlt«. Aber wenn sie anfangen, ihren Körper zu ignorieren, werten sie ihre Intuition zugunsten des Verstands ab.

Wenn ein pubertierendes Mädchen merkt, daß sich seine Eltern angesichts seiner ausblühenden Sexualität unbehaglich fühlen, lehnt es vielleicht seinen sich verändernden Körper ab. Möglicherweise betäubt es seine Minderwertigkeitsgefühle mit Essen, Alkohol oder Sex, oder es greift zu Drogen, um sich Erleichterung von der Verwirrung und der Pein zu verschaffen, nicht akzeptabel zu sein. Es verliert die Fähigkeit, die Grenzen seines Körpers zu erkennen, und die zunehmend tiefere Kluft zwischen Körper und Geist führt zu Schmerzen und Krankheit. Frauen bestätigen sich in ihrer Spiritualität durch Bewegung und Körperbewußtsein, und eine Leugnung des Körpers behindert die spirituelle Entwicklung der Heldin. Sie ignoriert ihre Intuition und ihre Träume und widmet sich den gefahrloseren Aktivitäten des Geistes.

Sara, die auf Ende Dreißig zugeht, schreibt an ihrer Doktorarbeit in Anthropologie. Als sie zu mir in Therapie kam, beklagte sie sich über immer wieder auftretende und sie stark beeinträchtigende Schmerzen in ihrer Seite. Ihr Arzt konnte keine physische Ursache feststellen, doch sie konnte sich oft tagelang nicht bewegen. Wir arbeiteten zusammen an Entspannungsübungen, um den mit ihrer Dissertationsarbeit verbundenen Streß abzubauen, und dann schlug ich ihr vor, es mit einer gelenkten Phantasieübung zu versuchen, während der sie ihr inneres Kind fragen sollte, was in ihrem Körper geschah.

Sara macht dann eine sehr intensive Erfahrung mit ihrem »inneren Kind« im Alter von neun Jahren. Dieser Teil von ihr will unbedingt hinaus ins Freie und kopfüber an einer Kletterstange hängen. Sara spielt zwanzig Minuten lang voller Freude mit ihrem jüngeren Selbst, kommt dann wieder zurück und bricht in Tränen aus.

Ihr wird klar, daß sie über ihren akademischen Bestrebungen diesen spielerischen Aspekt ihrer selbst verloren hat. Sie spricht darüber, daß sie alles allein schafft. Sie erzählt, daß sie eine wunderbare Beziehung mit einem Mann hatte, der aber nach Alaska ging und jetzt Tausende von Meilen von ihr entfernt lebt, und sie, die Starke, »schafft das alles allein«. Sie wollte nicht wie ihre Mutter sein und sich von einem Mann abhängig machen. Aber ihre linke Seite schmerzt noch immer. Ich frage sie, was ihr ihr Körper dazu zu sagen hat.

Sie sagt: »Ich habe einen sehr großen Teil von mir verleugnet – nicht nur das innere Kind, das gerne spielt, sondern auch den Teil meines erwachsenen Selbst, der sich in der freien Natur regeneriert. Ich wandere sehr gerne, aber habe mir nicht mehr die Zeit dazu genommen. Ich liebe auch Kinder, aber sie sind in meinem Leben nicht vorhanden. Mein Studium hat mir einfach nicht erlaubt, mich mit den Dingen zu beschäftigen, die ich gerne tue. Ich bin eine starke Frau geworden, aber ich habe niemanden, den ich umhegen kann, und ich weiß nicht und kann mich auch nicht daran erinnern, wie ich mich selbst umhegen soll. Ich habe Angst, für schwach gehalten zu werden, wenn ich meine Familie oder Freunde um Unterstützung bitte.« Weil Frauen als manipulativ oder wehleidig gelten, wenn sie die Grenzen ihres physischen Körpers akzeptieren, haben sie gelernt, Schmerzen zu mißachten, um mit den Männern mitzuhalten. Der weibliche Körper war sowohl ein Objekt des Verlangens wie der Verachtung.

Seit über fünftausend Jahren wurde in männlich dominierten Religionen die Ablehnung des weiblichen Körpers, die in unserer Kultur ihren Ursprung in der alttestamentarischen Darstellung Evas als Verführerin hat, durch Tabus in bezug auf die weibliche Sexualität installiert. Das Geschlecht der Frau mußte als Ausrede herhalten, um sie von Machtstellungen in politischen und religiösen Institutionen fernzuhalten.

Die Performancekünstlerin Cheri Gaulke wuchs in einer religiösen, von Männern und männlichen Gottheiten beherrschten Atmosphäre auf. Als sie vier Jahre alt war, wurde ihr klar, daß ihr Schicksal von ihrem Körper bestimmt wurde. »Mein Vater, mein Großvater, mein Urgroßvater und mein Bruder waren oder sind lutheranische Pfarrer. Mein Bruder ist nun die vierte Generation. Mit vier hatte ich meinen ersten feministischen Gedanken, als mir nämlich klar wurde, daß ich nicht in die Fußstapfen meines Vaters treten konnte, weil ich ein Mädchen war. In diesem Moment wußte ich, daß ich aufgrund meines Fleisches vom Christentum verraten worden war. Im Christentum sind der Geist und das Fleisch voneinander getrennt. Frauen sind das Fleisch, und der männliche Gott ist der Geist. Die einzige Möglichkeit, den Geist zu erlangen, ist die, das Fleisch zu leugnen, das Fleisch zu transzendieren und zu sterben. Also, das glaube ich nicht.«[21]

Cheris Mutter war eine unsichtbare Kraft in ihrem Leben. »In meiner Arbeit ging es immer nur um meinen Vater, um den Versuch, meine Macht wiederzuerlangen, derer mich die Männer beraubt haben. Mich inspiriert die weibliche Spiritualitätsbewegung, weil die Göttin eine Gottheit ist, mit der ich mich identifizieren kann. Ihr Körper und der meine sind eins; ihre Macht und die meine sind eins; und das können mir die Männer nicht wegnehmen.«[22]

## Von der Mutter abgelehnt

Eine Frau, die sich von ihrer Mutter abgelehnt fühlte – seien die Gründe eine Adoption, eine Krankheit, Depression oder die Flucht in den Alkohol –, wird sich zutiefst unbemuttert fühlen und stets weiter nach dem suchen, was sie nie hatte. Sie wird möglicherweise ständig als »Tochter« agieren, die sich nach Zustimmung, Liebe, Aufmerksamkeit und Akzeptanz von seiten einer Mutter sehnt, die nicht imstande war, ihr diese Dinge zu geben. Hat sie ihre Mutter als abwesend oder zu beschäftigt erlebt, um ihre Tochter zu bemuttern, macht sie sich unter Umständen auf die Suche nach einem positiven weiblichen Rollenvorbild, zum Beispiel einer älteren Frau, mit der sie eine engere Beziehung eingehen kann.

Lila, eine Afroamerikanerin Ende Dreißig, erinnert sich daran, daß ihre Mutter mit dem Kinderkriegen zu beschäftigt war, um von ihr Notiz zu nehmen. »Sie war ständig erschöpft; für sie war ich nur ein verschwommenes Etwas. Aber meine Tante Essie sah mich. Sie wußte, wer ich war. Sie sagte mir, daß ich jemand bin. Sie gab mir Hoffnung; sie lehrte mich, an mich selbst zu glauben. Immer wenn sie mir in die Augen sah, dann hatte ich das Gefühl, schön zu sein. ›Mädchen‹, sagte sie immer, ›du wirst noch rumkommen. Du bist was Besonderes.‹ Ich konnte es kaum erwarten, von zu Hause wegzukommen und ihr zu beweisen, daß sie recht hatte.«

Fühlt sich eine Frau ihrer Mutter entfremdet oder von ihr abgelehnt, mag sie zunächst das Weibliche ablehnen und die Anerkennung beim Vater und in der patriarchalen Kultur suchen. Männer befinden sich in einer Position der Stärke, also wenden sich Frauen an Männer, um unterstützt zu werden und sich selbst zu stärken.

Unsere Heldin macht sich auf, um sich mit dem machtvollen, allwissenden Männlichen zu identifizieren. Erst erlernt sie die verwirrenden Spiele der Väter, die Strategien des Wettbewerbs, des Gewinnens und des Erreichens von Zielen. Sie versucht zu beweisen, daß sie dem Standard genügt, den Männer nach ihrem Bilde geschaffen haben. Doch ganz gleich, wie erfolgreich sie ist, sie muß feststellen, daß sie in ihrem Wert noch immer unterschätzt wird und sie selbst überarbeitet ist.[23] Sie beginnt sich zu fragen, was eigentlich mit den weiblichen Werten geschehen ist.

Janet Dallett, eine Jungsche Therapeutin, schreibt: »Das kollektive Bewußtsein unserer Kultur, das sich aus Millionen von Grundannahmen zusammensetzt, welche unsere Werte, Wahrnehmungen und Entscheidungen bestimmen, ist fundamental männlich. Das kollektive *Un*bewußte einer patriarchalen Gesellschaft, die Quelle ihrer großen Träume, beinhaltet die vom Bewußtsein ausgeschlossenen Werte und hat deshalb eine weibliche (matriarchale) Tendenz. Kreative Personen sehen sich heute gezwungen, von der patriarchalen Gier zu lassen und in den sumpfigen Bereich der Mütter hinabzusteigen, um das heraufzubringen, was danach drängt, ins Bewußtsein eines neuen Zeitalters geboren zu werden.«[24]

An diesem Punkt der Reise mag die Heldin danach streben, den ursprünglichen Bruch mit der Mutter zu heilen und die Mutter-Tochter-Beziehung in ihrem größeren Kontext wiederherzustellen. Sie wird nach Göttinnen, Heldinnen und zeitgenössischen kreativen Frauen suchen, mit denen sie sich identifizieren kann und die sie etwas über weibliche Macht und Schönheit lehren und ihre Erfahrung mit ihrer eigenen sich entwickelnden Autorität bereichern können.[25] Letztlich wird sie ihre Heilung in der großen Mutter finden.

»Ob wir uns die Göttin als ein personifiziertes Wesen vorstellen oder als Energie, die in und zwischen Frauen erzeugt wird, in jedem Falle stellt die Gestalt der Göttin eine Anerkennung der weiblichen Macht dar, die nicht von Männern abhängig ist und sich auch nicht aus der patriarchalen Anschauung über Frauen ableitet ... Die Göttin spiegelt uns zurück, was wir in unserer Kultur so sehr vermißt haben: positive Bilder von unserer Macht, unseren Körpern, unserem Willen, unseren Müttern. Die Göttin zu betrachten heißt, uns an uns selbst zu erinnern, uns selbst als Ganzes vorzustellen.«[26]

## Kapitel 2

# Identifikation mit dem Männlichen

## Vatertöchter

Trotz der Erfolge der Frauenbewegung herrscht in unserer Gesellschaft noch immer der Mythos vor, daß bestimmte Menschen, Positionen und Ereignisse von sich aus einen höheren Wert besitzen als andere. Diese Menschen, Positionen und Ereignisse sind im allgemeinen mit dem männlichen Geschlecht verbunden beziehungsweise im Sinne des Männlichen definiert. Was Dinge wie Führerschaft, persönliche Autonomie und Erfolg angeht, so sind die männlichen Normen zum gesellschaftlichen Standard erhoben worden, und Frauen müssen feststellen, daß man ihnen im Vergleich dazu einen Mangel an Kompetenz, Intelligenz und Kraft zuschreibt.

All das beobachtet ein aufwachsendes Mädchen, und so möchte es sich mit dem Glanz, Prestige, der Autorität, Unabhängigkeit, dem Geld, den Dingen, die die Männer kontrollieren, identifizieren. Viele sehr erfolgreiche Frauen werden als *Vaters Tochter* betrachtet, weil sie nach der Zustimmung und Macht dieses ihres ersten Rollenvorbildes streben. Die Zustimmung der Mutter zählt irgendwie nicht so sehr; der Vater definiert das Weibliche, und das wirkt sich auf ihre Sexualität, ihre Beziehungen zu Männern und ihre Fähigkeit, in der äußeren Welt erfolgreich zu sein, aus. Die Beziehung einer Frau zu ihrem Vater entscheidet darüber, ob sie es absolut in Ordnung findet, wenn sie ehrgeizig ist, Macht hat, Geld scheffelt oder eine erfolgreiche Beziehung mit einem Mann hat.

Lynda Schmidt definiert die Vatertochter als »die Tochter, die eine starke, positive Beziehung zu ihrem Vater hat, und das vielleicht unter Ausschluß der Mutter. Diese junge Frau wird sich möglicherweise während ihres Aufwachsens an Männern orientieren und eine etwas geringschätzige Haltung gegenüber Frauen an den Tag legen. Vatertöchter organisieren ihr Leben entsprechend dem männlichen Prinzip, indem sie entweder in der Außenwelt an einen Mann gebunden bleiben oder durch einen inneren männlichen Modus getrieben werden. Vielleicht finden sie einen männlichen Mentor oder Mann, der sie anleitet und führt, doch gleichzeitig haben sie Probleme, von einem Mann Befehle entgegenzunehmen oder sich von ihm belehren zu lassen.«[1]

Im Bereich der Motivationsforschung tätige Psychologen fanden heraus, daß viele erfolgreiche Frauen einen Vater hatten, der ihre Talente förderte und ihnen in jungen Jahren das Gefühl gab, attraktiv zu sein und geliebt zu werden. Marjorie Lozoff, eine in der San Francisco Bay Area ansässige Sozialwissenschaftlerin, die eine vierjährige Studie über die Karriereerfolge von Frauen durchführte, kam zum Schluß, daß Frauen eher selbstbestimmt auftreten, »wenn der Vater seine Tochter als interessanten und wertvollen Menschen behandelte, der Respekt und Ermunterung verdient«.[2] Solche Frauen »hatten nicht das Gefühl, durch die Entfaltung ihrer Talente in ihrer Weiblichkeit gefährdet zu sein«.[3] Und solche Väter zeigten ein aktives Interesse am Leben ihrer Tochter und ermunterten sie auch zu einem aktiven Interesse an ihrem Berufsleben oder ihren politischen, sportlichen oder künstlerischen Betätigungen.

Die ehemalige Kongreßabgeordnete Yvonne Brathwaite Burke, deren Vater sein Leben in den Dienst der Gewerkschaft gestellt hatte, nahm mit vierzehn Jahren zum erstenmal an einem Streik teil. Ihr Vater war achtundzwanzig Jahre lang Hausmeister bei Metro Goldwyn Meyer, und ihr Elternhaus war immer voll von Gewerkschaftlern. Es war seine Gewerkschaft, die ihr durch ein Stipendium das Jurastudium ermöglichte.

»Ich war sehr am Gedanken des Arbeitskampfes interessiert und an dem, was mein Vater durchmachte. Ich wußte, daß es für ihn sehr schwer war und sicherlich auch ein Opfer bedeutete, aber er glaubte daran. Er sprach mit mir über seine Gewerkschaftsarbeit, und ich war mit allen Details vertraut. Später hat er mich in meinem Ziel, Rechtsanwältin zu werden und in die Politik zu gehen, stark unterstützt. Er hat mich dazu gebracht, daß ich mich für etwas engagieren wollte.«[5] Burkes Mutter, eine Immobilienmaklerin, war nicht davon begeistert, daß sich ihre Tochter der Politik zuzuwenden gedachte, weil sie sie nicht in Kontroversen verstrickt sehen wollte. Sie drängte ihre Tochter, Lehrerin zu werden, aber diese wollte aktiver sein und an Konfliktlösungen mitarbeiten.

Auch die ehemalige Bürgermeisterin von San Francisco, Dianne Feinstein, wurde durch das Beispiel ihres Vaters in die Feinheiten der Bürokratie eingeführt, lernte auf diese Weise diplomatisches Verhalten, für die eigenen Rechte einzutreten und stark und beharrlich zu sein. Ihr Vater arbeitete mit Begeisterung bei ihren Wahlkampagnen mit und kümmerte sich vom Geldauftreiben bis zur Verköstigung ihres Büropersonals um alles. Als Arzt hatte er ohnehin eine starke Neigung, sich dem öffentlichen Wohl zu widmen, und obwohl er krebskrank war, arbeitete er bis zu seinem Tode mit. Er lehrte seine Tochter Stehvermögen und Motivierung. Und sie wurde durch den beharrlichen Glauben ihres Vaters an ihre Fähigkeiten gestärkt. »Er hatte immer hohe Erwartungen in mich gesetzt. Er war zutiefst davon überzeugt, daß ich alles erreichen kann, was ich will, wohingegen ich nicht immer daran glaubte.«[6]

Die Beziehung des jungen Mädchens zu ihrem Vater trägt dazu bei, daß sie die Welt mit seinen Augen betrachtet und sich selbst in ihm reflektiert sieht. Sie sucht seine Zustimmung, will von ihm akzeptiert werden, und an ihm und an anderen Männern mißt sie ihre Kompetenz, Intelligenz und ihren Selbstwert. Sowohl Feinstein wie auch Burke entsinnen sich, enge und unkomplizierte Beziehungen zu ihrem Vater gehabt zu haben. »Keine der beiden Frauen hatte das Gefühl, ihre Weiblichkeit zu opfern, weil sie sich auf eine männliche Domäne und den damit verbundenen Konkurrenzkampf einließen.«[7]

Frauen, die sich von ihrem Vater akzeptiert fühlen, haben das Vertrauen, auch von der Welt akzeptiert zu werden. Sie entwickeln eine positive Beziehung zu der männlichen Seite ihres Wesens. In ihnen existiert eine innere männliche Gestalt, die sie so mag, wie sie sind. Und diese männliche Gestalt oder Animusfigur unterstützt sie auf akzeptierende und bedingungslose Weise in ihren kreativen Bestrebungen.

Linda Leonard beschreibt ihre Phantasievorstellung von einer positiven inneren männlichen Gestalt. Sie nennt sie den »Mann mit Herz«. Er ist »fürsorglich, warmherzig und stark. Er hat keine Angst vor dem Zorn, noch hat er Angst vor Intimität und Liebe ... Er bleibt bei mir und ist geduldig. Aber er ergreift auch die Initiative, stellt sich den Dingen und kommt voran. Er ist stabil und ausdauernd, doch seine Stabilität kommt daher, daß er mit dem Strom des Lebens schwimmt und im Augenblick lebt. Er spielt und er arbeitet und genießt beide Seinsweisen. Er fühlt sich überall zu Hause – im inneren Raum wie in der äußeren Welt. Er ist ein erdhafter Mensch –

er ist instinkthaft und sexy. Er ist ein geistiger Mensch – er schwingt sich empor und ist schöpferisch.«[8] Ein solcher innerer Mann entwikkelt sich durch eine positive Beziehung mit ihrem Vater oder einer Vaterfigur, und er wird die Heldin auf ihrer Reise unterstützen und anleiten.

## Der Vater als Bündnispartner

Dr. Alexandra Symonds von der Medizinischen Fakultät der Universität von New York führte eine Untersuchung über Frauen durch, die sich in ihrer Arbeit stark engagieren, und fand heraus, daß sie Väter hatten, die großen Wert auf eine gute Ausbildung legten und ihren Töchtern beibrachten, wie man die Spiele der Geschäftswelt spielt. Sie drängten sie, sich von Fehlschlägen nicht entmutigen zu lassen und trotz ihrer verständlichen Ängste weiterzumachen. Sie inspirierten sie dazu, Verantwortung für ihr eigenes Leben zu übernehmen. Diese Frauen wurden schon früh dazu ermuntert, etwas zu leisten, statt abhängig zu sein.

Dr. Symonds fand heraus, daß es die Väter sind, die in ihren Töchtern am besten ein gesundes Wettbewerbsgefühl kultivieren können. Obwohl ich persönlich anderer Meinung bin und glaube, daß Mütter zur Kompetenz ihrer Töchter ebensoviel beitragen, bin ich doch mit ihrer nachfolgenden Aussage einig: »Wenn Väter ihren Töchtern die gleiche Ermunterung zukommen lassen, die sie ihren Söhnen im Sport und in der Fähigkeit zur Ausdauer und Unabhängigkeit zuteil werden lassen, werden diese Mädchen, selbst wenn sie keine außerordentlichen Leistungen vollbringen sollten, doch Eigenschaften entwickeln, die für den Rest ihres Lebens wichtig sind. Der Vater kann ihnen eine große Hilfe sein, wenn er nicht nur ihren Kopf tätschelt und ihnen sagt, wie reizend sie sind. Das ist nicht genug.«[9]

Solchermaßen unterstützte Frauen entwickeln das Selbstvertrauen, auf etwas *zu*zugehen. Sie schlagen einen Karriereweg mit ganz bestimmten Zielen ein und unternehmen spezifische Schritte, um diese zu erreichen – Jura, Medizin, Wirtschaft, Erziehungswesen, Management in künstlerischen Bereichen, um nur einiges zu nennen. Frauen, die in ihren Vorstellungen und Träumen von der Zukunft nicht vom Vater unterstützt wurden, oder die vom Vater den Eindruck vermittelt bekamen, es mangle ihnen an den Fähigkeiten, sie zu verwirklichen, wandern oft ziellos durchs Leben und scheuen unter Umständen vor Erfolg zurück.

Manche erfolgreiche Frauen versuchen nicht nur, dem Vater nachzueifern, sondern machen sich auch ganz bewußt daran, *nicht* so wie ihre Mutter zu sein, die sie als eine abhängige, hilflose oder überkritische Person wahrnehmen. In Fällen, in denen die Mutter chronisch deprimiert, krank oder alkoholsüchtig ist, verbündet sich die Tochter mit dem Vater und ignoriert die Mutter, die zu einem Schatten oben im Schlafzimmer wird. Der Vater ist dann nicht nur Träger der Macht in der Außenwelt, sondern auch in ihrer Innenwelt.

## Papas kleines Mädchen: Vereinnahmung des Weiblichen

Die Eliminierung der Mutter und die Identifikation mit dem Vater wird durch die Geschichte der Athene, Tochter von Metis und Zeus, sehr gut illustriert. Zeus' Vereinnahmung der Metis kann auch als Darstellung der Übergangsphase von einer matrilinearen Gesellschaft zu einer männlichen, vom Ego dominierten Welt innerhalb der griechischen Geschichte interpretiert werden.

Athene entsprang Zeus' Haupt als voll erwachsene Frau in leuchtend goldener Rüstung und mit einem spitzen Speer, einen mächtigen Kriegsschrei ausstoßend. Nach dieser dramatischen Geburt gesellte sie sich sogleich zu Zeus und erkannte ihn als einzigen Elternteil an. Zu Metis, ihrer Mutter, bekannte sie sich nicht. Tatsächlich schien sie sich der Tatsache, daß sie eine Mutter hatte, überhaupt nicht bewußt zu sein.

»Aus den Schilderungen Hesiods geht hervor, daß Metis die erste Gemahlin von Zeus war, eine Meeresgöttin, die für ihre Weisheit bekannt war. Als Metis mit Athene schwanger ging, überlistete Zeus sie dazu, sich klein zu machen, und verschlang sie. Einem Orakel zufolge sollte Metis zwei ganz besondere Kinder haben: eine Tochter, die Zeus an Mut und weiser Ratgebung ebenbürtig wäre, und einen Sohn mit einem alles erobernden Herzen, der der König der Götter und der Menschen werden würde. Dadurch, daß Zeus Metis verschlang, vereitelte er die Pläne des Schickals und machte sich die Attribute von Metis zu eigen.«[10]

*»Die Geburt der Athene«, Illustration von Sandra Stafford*

Athene war eine wunderschöne Kriegsgöttin, die ihre griechischen Helden in der Schlacht beschützte. Sie war die Göttin der Weisheit und der handwerklichen Künste, eine Meisterstrategin, Diplomatin und Weberin und die Schutzpatronin der Städte und Kultur. Sie half Jason und den Argonauten, baute ihnen das Schiff, bevor sie sich aufmachten, das Goldene Vlies zu holen, und sie stand den Griechen bei, als diese Troja zu Fall brachten. Sie schlug sich auf die Seite des Patriarchats, als sie mit ihrer Stimme den Ausschlag gab und somit entschieden wurde, daß Orestes, der seine Mutter Klytämnestra getötet hatte, befreit werden sollte, um die Ermordung seines Vaters Agamemnon nach dem Trojanischen Krieg zu rächen. Damit erhob sie die patriarchalen Werte über die mütterlichen Bande.

Eine »Athene« ist die Tochter des Vaters; sie würdigt ihre eigene Mutter herab und identifiziert sich mit dem Vater. Sie ist intelligent und ehrgeizig und erledigt die Dinge, die zu tun sind. Eine emotionale Beziehung bedeutet ihr nicht viel; es mangelt ihr an Empathie und Mitgefühl für Verletzlichkeit. Wenn sie sich nicht die Zeit nimmt, die Stärken ihrer Mutter zu entdecken und wieder eine tiefe Beziehung zum mütterlichen Band aufzunehmen, wird sie ihre Abspaltung vom Weiblichen möglicherweise nie heilen können. Metis war nicht die letzte Mutter, die von einem männlichen Ego verschluckt wurde, und Athene war nicht die letzte Tochter, die ihre Mutter zugunsten von Papa mißachtete und abschrieb. Zum Teil verfasse ich dieses Buch auch, um den Bruch zwischen meiner Mutter und mir zu heilen.

Als ich ein junges Mädchen war, war mein Vater für mich ein Gott. Ich konnte es nicht erwarten, bis er von der Arbeit nach Hause kam; er war lustig, intelligent, kreativ und verfügte als Werbeagent über Macht in der Welt. Er war einer dieser Väter, die aus dem Zweiten Weltkrieg nach Hause kamen und nun darauf brannten, an den wirtschaftlichen Möglichkeiten, die sich intelligenten jungen Männern boten, teilzuhaben. Er arbeitete in einem großen Gebäude in Manhattan oft bis spät in die Nacht hinein, gewann nationale Preise und war den männlichen Talenten in seiner Agentur ein Mentor.

Für mich war er ohne Fehl und Tadel; er war die Liebe meines Lebens. Abends fehlte er mir, denn er kam selten zum Abendessen nach Hause, aber manchmal sah ich ihn frühmorgens, bevor ich mich zur Schule aufmachte. Sein geheimnisvolles Kommen und Gehen spätabends und frühmorgens verlieh ihm in meinen jungen Augen mythische Proportionen. Er muß eine »sehr wichtige Arbeit« tun, dachte ich – wahrscheinlich die Arbeit von Göttern!

War er zu Hause, dann suchte ich seine Aufmerksamkeit, seine Bestätigung, das Gespräch mit ihm. Ich war clever und hörte zu. Ich liebte es, mit ihm zum Eisenwarenladen und zum Holzplatz zu gehen. Er konnte keine Minute stillsitzen und war zu Hause immer mit dem einen oder anderen Projekt beschäftigt. Bis heute verbinde ich den Geruch von frisch geschnittenem Holz mit meinem Vater.

Mit dreizehn begann ich, den Sommer über in seinem Büro zu arbeiten. Er war sehr stolz auf mich, da ich äußerst gelehrig war, und führte mich seinen Kollegen in der Agentur vor. Er sprach mit mir über sein Geschäft und vom Wert, es aus eigener Kraft zu etwas zu bringen. Er redete auch über den Wert einer guten Ausbildung, denn er als Autodidakt bedauerte es, selbst keine formale Ausbildung genossen zu haben.

Allerdings riet er mir davon ab, selbst eine Karriere im Werbebereich anzustreben. »Das ist kein Ort für Mädels«, sagte er. Seiner Ansicht nach unterlagen Frauen einem zu starken Stimmungswechsel, um Medienarbeit zu tun. Er fand, daß der in dieser Hinsicht einzige für Frauen angemessene Beruf der der Werbetexterin war, weil sie ihn auch zu Hause ausüben konnten, während sie sich um die Familie kümmerten. Ich beschloß im stillen, ihm zu beweisen, daß ich anders war.

Im Gegensatz zu vielen Vätern meiner Freundinnen war mein Vater bereit, auf meine Gefühle zu hören; das war unglaublich wichtig für mich, denn mit meiner Mutter konnte ich nicht reden. Durch ihn konnte ich mich selbst vernehmen. Ich schätzte mich glücklich, daß ich ihm alles erzählen konnte – oder zumindest *dachte*, daß ich es könnte. Er mochte sich nicht meine Verwirrung über die Wutausbrüche meiner Mutter anhören und sagte mir, ich solle mehr Verständnis für sie aufbringen und mehr Geduld mit ihr haben.

Ich träume, daß ich zu einem Treffen der Anonymen Alkoholiker gehe, und meine Freundin Peg, eine Psychiaterin, ist auch da. Sie sitzt mir gegenüber und hält meine Hände, während ich zur Gruppe spreche. Sie läßt mir so viel Zeit, daß die anderen Frauen anfangen zu protestieren. Sie sagt: »Du mußt eine ungeheure Traurigkeit darüber empfinden, daß dein Vater nicht da war, daß er mit seiner Arbeit so beschäftigt war, daß er dir nicht beistehen konnte.«

Ich war von ihren Worten überrascht, überrascht, daß sie meine Traurigkeit auf meinen Vater zurückführte, denn ich hatte immer meine Mutter für das Problem gehalten. Sie sah ich als die Böse, und ich wollte, daß mein Vater mich rettete, ein sich immer wiederholendes Thema für die herkömmliche, unreflektierte Heldin. Ich idealisierte meinen Vater, betrachtete ihn als meinen Retter und spielte die Rolle der hübschen, intelligenten Tochter, die auf ihren Prinzen wartet, gut. Er schaffte es allerdings nie, mich zu retten. Erst Jahre später wurde mir klar, daß er sowohl mich wie auch meine Mutter verlassen hatte, damit er sich den wichtigen Dingen in der Welt widmen konnte.

## Die Suche nach dem Vater: Verbündete sammeln

Im zweiten Stadium der Heldinnenreise möchte sich eine Frau mit dem Männlichen identifizieren oder von ihm gerettet werden. Entscheidet sie sich dazu, mit dem etablierten Bild vom Weiblichen zu brechen, dann beginnt sie unvermeidlich mit der traditionellen Reise des Helden. Sie legt die Rüstung an, schwingt sich auf ihr heutigen Zeiten angemessenes Pferd, verläßt ihre Lieben und macht sich auf die Suche nach dem goldenen Schatz. Sie trimmt ihre logischen Fähigkeiten und sucht nach klar definierten Wegen zum Erfolg. Für sie ist die männliche Welt eine gesunde Welt, die den Spaß liebt und aufs Handeln ausgerichtet ist. Männer sorgen dafür, daß die Dinge getan werden. Das stachelt ihren Ehrgeiz an.

Dies ist eine wichtige Phase für die Ego-Entwicklung der Frau. Unsere Heldin sucht nach Rollenvorbildern, die ihr auf dem Weg weiterhelfen können. Die männlichen Verbündeten können die Gestalt eines Vaters, Freundes, Lehrers, Managers oder Trainers annehmen oder der Institution, die ihr den angestrebten Titel oder das erwünschte Gehalt gewährt, oder auch die eines Priesters oder Gotts. Der Verbündete kann auch eine sich mit Männern identifizierende Frau sein, vielleicht eine ältere, kinderlose Frau, die die Spielregeln des Teams kennt und sich erfolgreich an die Spitze hochgearbeitet hat.

Jill Barad, die Vizepräsidentin der Spielwarenfirma Mattel im Bereich Marketing, weltweitem Produktdesign und Entwicklung, eine der höchstrangigen weiblichen Geschäftsführer in der Wirtschaftswelt Amerikas, schreibt ihren Erfolg nicht nur der Teamarbeit und ihrer Fähigkeit, Angestellte zu motivieren, zu, sondern auch den verschiedenen Mentoren, deren Rat sie in all den Jahren einholen konnte. Sie beschreibt ihren ganz eigenen Managementstil als einen, der sich sowohl auf ihre Sensitivität und stark intuitive Seite stützt, wie auch Gebrauch von konstruktivem Feedback macht, grundlegende Werte, die sie von ihren Eltern erlernt hat. Sie wuchs in einem kreativen Elternhaus mit einer Menge geistiger Anregung auf und hatte das Glück, einen Vater zu haben, der ihr immer sagte: »Du kannst alles werden, was du werden willst – du mußt es nur gut machen. Richte deinen Geist darauf, lerne, was du lernen mußt, und setz dich in Bewegung.«[11]

»Die meisten Frauen streben Macht und Autorität an, indem sie entweder wie Männer werden oder von Männern gemocht werden.«[12] Dies ist an sich zunächst gar keine so schlechte Sache, denn die Suche nach männlicher Bestätigung bedeutet einen gesunden Übergang von der Fusion mit der Mutter zur größeren Unabhängigkeit in einer patriarchalen Gesellschaft. Die junge Frau, die sich mit dem identifiziert, was man positive väterliche Eigenschaften nennen könnte, also zum Beispiel Disziplin, Entschlußkraft, Zielgerichtetheit, Mut, Macht und Selbstwertgefühl, wird feststellen, daß sie in der Welt Erfolg hat.

Dies kann allerdings auch großen Schaden anrichten, wenn die Frau nämlich glaubt, daß sie ausschließlich im Spiegel männlicher Beachtung oder männlicher Definition eine Existenz hat. Lewis Carroll parodiert in *Alice hinter den Spiegeln* die Überzeugung, daß die politischen Machthaber die Identität der Machtlosen definieren könnten.[13] Zwiddeldum und Zwiddeldei erzählen Alice, daß sie nur in der Vorstellung des Roten Königs existiert:

»Er träumt«, sagte Zwiddeldei; »und was glaubst du wohl, träumt er?«

Alice sagte: »Das weiß keiner.«

»Nun, *dich* träumt er!« rief Zwiddeldei und klatschte triumphierend in die Hände. »Und wenn er aufhört, von dir zu träumen, was meinst du, wo du dann wärst?«

»Wo ich jetzt bin, natürlich«, sagte Alice.

»So siehst du aus!« entgegnete Zwiddeldei verächtlich. »Gar nirgends wärst du. Du bist doch nur so etwas, was in seinem Traum vorkommt!«

»Der König da«, fügte Zwiddeldum hinzu, »brauchte bloß aufzuwachen, und schon gingst du aus – peng! – wie eine Kerze!«[14]

## Der Mangel an positiven männlichen Verbündeten

Zustimmung und Ermunterung von seiten des Vaters oder eines Vaterersatzes führen gewöhnlich zu einer positiven Ego-Entwicklung bei der Frau, aber der Mangel an echtem Engagement oder ein negativer Einfluß von seiten des Vaters, Stiefvaters, Onkels oder Großvaters fügen ihrem Selbstgefühl tiefe Wunden zu. Dies kann zu

Überkompensation oder Perfektionismus führen oder sie in ihrer Entwicklung buchstäblich lähmen. Wenn der Vater abwesend ist oder sich gegenüber seiner Tochter gleichgültig zeigt, dann tut er damit sein Desinteresse, seine Enttäuschung und Mißbilligung kund, was sich auf die Heldin ebenso zerstörerisch auswirken kann wie explizit negative Urteile oder eine übermäßig beschützende Haltung.

Carol Pearson und Katherine Pope zitieren in ihrem Buch *The Female Hero in American and British Literature* aus dem Tagebuch der kanadischen Künstlerin Emily Carr, deren Vater zwar physisch anwesend, aber ihr und ihrer Mutter emotional gleichgültig gewesen war. Jetzt, wo sie allmählich auf Ende Sechzig zuging, schlug sie sich noch immer mit diesem gleichgültigen Gott herum.

»Heute abend vor sechsundsechzig Jahren war ich noch kaum ich ... und frage mich, was wohl mein Vater empfand. Ich kann mir nicht vorstellen, daß er auch nur halb so interessiert war wie Mutter. Ein hübsches saftiges Steak, das ihm brutzelnd auf dem großen vorgewärmten Zinnteller serviert wurde, war mehr nach seinem Geschmack. Da glitzerten seine Augen. Ich frage mich, ob er Mutter je mit ein oder zwei zärtlichen Worten beistand, nachdem sie eine Geburt durchgestanden hatte, oder ob er so rigide wie immer war und darauf wartete, daß sie sich aufrappelte und ihn bediente. Ein neues Baby nahm er nicht zur Kenntnis, solange es nicht alt genug war, ihn zu bewundern, alt genug, daß er seinen Willen brechen konnte.«[15]

Die unzureichende Aufmerksamkeit von seiten des Vaters auf persönlicher oder eines Mentors auf allgemein gesellschaftlicher Ebene bringt das hervor, was Linda Leonard die »geharnischte Amazone« nennt.

»Solche Frauen reagieren auf die Vernachlässigung durch den Vater oft, indem sie sich auf der Ich-Ebene mit den männlichen oder väterlichen Funktionen identifizieren. Da ihre Väter ihnen nicht gegeben haben, was sie brauchten, müssen sie es eben selber schaffen.« Der Panzer, den sie sich dann zulegen, »ist insofern ein wirksamer Schutz, als er ihnen hilft, sich beruflich zu entwickeln, und ihnen in der Öffentlichkeit eine Stimme verleiht. Doch sobald der Panzer sie von ihren weiblichen Gefühlen und ihrer weichen Seite abschirmt, neigen diese Frauen dazu, sich von ihrer eigenen Kreativität, von einer gesunden Beziehung zu Männern und von der Spontaneität und Vitalität des Lebens im Augenblick zu entfremden.«[16]

Dieser Typus von Frau wird wohl in beruflicher Hinsicht erfolgreich sein, aber in der Arena der Emotionen oder persönlichen Beziehungen ist ihr kaum zu trauen. Ihre innere männliche Gestalt ist kein Mann mit Herz, sondern ein gieriger Tyrann, der nie locker läßt. Was immer sie tut, es ist nie genug. Er treibt sie immer weiter zu einem »mehr, besser, schneller«, ohne auf ihr Verlangen zu achten, geliebt zu werden, sich zufrieden zu fühlen oder auch nur auszuruhen.

Danielle ist eine Frau Anfang Dreißig, die eine äußerst konkurrenzbewußte Immobilienfirma im Handelsbereich leitet. Sie ist groß gewachsen, intelligent, schön und sexy und weiß all diese Eigenschaften zum Vorteil ihres Geschäfts einzusetzen. Und sie ist beinhart. Sie ist in ihr Bild von ihrem Vater verliebt, eines erfolgreichen europäischen Unternehmers, der vor drei Jahren starb. Er war ein stark gebauter Mann mit einer dominanten Ausstrahlung, der über seine Familie mit eiserner Faust herrschte.

Er überschüttete Danielle mit Lob über ihr Aussehen und ihre Intelligenz, sagte ihr, sie solle sich vom Sex fernhalten, weil er etwas Schmutziges sei, und erzählte ihr von seiner Plackerei und seinen Erfolgen in der Geschäftswelt. Sie war seine Vertraute. Als Danielle ein Teenager war, ließ er sich von ihrer Mutter scheiden. Die Mutter hatte Danielle in ihrer Kindheit physisch und emotional mißhandelt und war im Laufe der Jahre immer funktionsunfähiger und alkoholabhängiger geworden. Der Vater heiratete danach eine junge Frau, die kaum älter als Danielle war und die er wie eine Sexsklavin behandelte. Außerdem hatte er eine Reihe von Affären, über die alle Bescheid wußten.

Danielle wollte in sein Unternehmen einsteigen, was er aber nicht erlaubte. Er vermittelte ihr den Eindruck, die Geschäftswelt sei nichts für Mädchen. Nach seinem Tod zog sie ihr eigenes Unternehmen auf. Sie wollte sich unbedingt selbst beweisen, daß sie es konnte. Sie betrauerte zutiefst all die Dinge, die er ihr nie beigebracht hatte, und ließ diese Defizite an allen Männern aus, mit denen sie eine geschäftliche oder private Beziehung hatte. Als ihr wegen ihrer Grobheit und Aggressivität ein Geschäft durch die Lappen ging, schob sie dem Kunden die Schuld zu und meinte, er sei nicht imstande, eine selbstbewußte Frau zu akzeptieren.

Bei jedem geschäftlichen Rückschlag tobte Danielle, daß »das nie passiert wäre, wenn mein Vater noch lebte; er hätte mir geholfen«. Sie leugnete die Tatsache, daß er ihr sein ganzes Leben lang nicht in ihren eigenständigen Bemühungen beigestanden hatte. Sie traute niemandem und bekam eine Reihe von zervikalen und vaginalen Infektionen. Sie war von ihrer weichen, weiblichen Seite abgeschnitten und verachtete die meisten Frauen, die sie als unwissend, intrigant und destruktiv abqualifizierte.

Ihre größte Angst kreiste um die immer wieder auftretenden Infektionen im Genitalbereich, und sie warf den Männern, mit denen sie eine Beziehung hatte, vor, nicht zu einer ernsthaften, ausdauernden Beziehung fähig zu sein. Ich setzte eine gelenkte Phantasieübung ein und ermunterte sie, mit ihren wunden Stellen im Bereich der Vagina zu kommunizieren. Als sie das tat, kam sie mit dem Kern ihrer Wut in Berührung. »Ich bin so wütend, weil ich schon in einem so frühen Alter so heldenhaft sein mußte, um mich gegen meine Mutter zu wehren. Ich war zu klein, um mit ihrer Verrücktheit umgehen zu können. Mein Vater übermittelte mir die Botschaft, sie einfach zu ignorieren, während er davonging, um große Dinge in der Welt zu vollbringen. Er hat mich nicht beschützt.

Den Versuch zu unternehmen und es in der äußeren Welt zu schaffen, das liegt außer meiner Reichweite; und der Versuch, zu konkurrieren, übersteigt mein Begriffsvermögen. Ich fühle mich überlegen und bin ungeduldig mit den Menschen, weil ich immer eine großartige Machtposition in meiner Familie innehatte. Ich sah auf meine untaugliche, verrückte Mutter herab und war die Vertraute meines Vaters. Ich bin verkrüppelt. Der König leiht mir nicht länger sein Ohr; er ist tot. Und was hat er mir gegeben? Ein falsches Gefühl von Wichtigkeit, weil ich seine Vertraute war. Ich war nichts weiter als eine glorifizierte Dienstmagd.

Jetzt habe ich keine Ahnung, wie ich jemandem echte Zuneigung zeigen soll, und ich habe zuviel Angst, um in der Arbeitswelt zu konkurrieren. Ich will an der Spitze anfangen. Ich weiß nicht, wie man dieses Geschäft effektiv betreibt, und ganz bestimmt will ich mich nicht in der Firma von jemand anderem hocharbeiten. Ich habe

Probleme beim Verhandeln, vor allem wenn es Männer sind, denen ich einfach nicht traue.«

Danielles Vater sabotierte nicht nur ihr Ziel, eine erfolgreiche Geschäftsfrau zu werden, sondern beraubte sie auch der Möglichkeit, eine erfolgreiche Beziehung zu führen. Er brachte seine Frauenverachtung in der Behandlung seiner Ehefrauen und Danielles Halbschwestern zum Ausdruck. Ihre ältere Schwester beging im Teenageralter Selbstmord. Er benutzte alle Frauen in seinem Leben für seine Zwecke, Danielle eingeschlossen, die glaubte, eine Sonderstellung einzunehmen. Ihr ist nun klar, während sie weiterhin an ihrer Selbstheilung arbeitet, daß er noch immer Einfluß auf ihre Sexualität ausübt.

Viele Frauen, die in der Geschäftswelt nach Erfolg streben,um ihren Vätern ihren Wert zu beweisen, haben Schwierigkeiten, diesen Erfolg aufrechtzuerhalten, selbst wenn sie durch ihre Ausbildung in ihrer Karriere unterstützt werden. Wenn ihnen der Vater direkt oder indirekt die Botschaft übermittelte, daß Frauen in der Geschäftswelt nichts zu suchen haben, dann verinnerlichen sie die Botschaft, daß tatsächlicher Erfolg mit der stereotypen weiblichen Geschlechtsrolle unvereinbar ist.[17]

## Perfektionssucht

Eine junge Frau mag augenscheinlich Erfolg haben, während sie innerlich ausblutet. Aufgrund einer tief eingewurzelten Angst vor weiblicher Minderwertigkeit entwickeln viele junge Frauen eine Perfektionssucht. Sie überkompensieren und überarbeiten sich, weil sie anders sind als Männer.

»Wir leben in einer Kultur, die dem Prozeß der Selbstfindung nicht vertraut und Diversität mit Intoleranz begegnet. Deshalb wird von uns allen erwartet, daß wir vollkommen sind, und zwar in ähnlicher, wenn nicht sogar derselben Weise vollkommen. Wir sollen einem bestimmten Standard an Tugend, Leistung, Intelligenz und körperlicher Attraktivität entsprechend leben. Tun wir dies nicht, wird von uns erwartet, daß wir bereuen: daß wir härter arbeiten, mehr studieren, eine Diät machen, Sport treiben, uns besser kleiden, bis wir in das gängige Bild eines idealen Menschen hineinpassen. Gerade unsere einzigartigen Eigenschaften (in diesem Fall unser Frausein) werden wahrscheinlich als ›das Problem‹ definiert, das wir lösen müssen, um okay zu sein.«[18]

Manche Frauen sind sehr stolz darauf, daß sie lernen, wie Männer zu denken, mit ihnen zu konkurrieren und sie auf ihrem eigenen Schlachtfeld zu schlagen. Diese Frauen werden zu Heldinnen, werden aber oft das nagende Gefühl nicht los, daß sie nie *genügen* werden. Sie tun weiterhin mehr aus dem Bedürfnis heraus, so wie Männer zu sein. Da ich selbst in einem katholischen Elternhaus aufgewachsen bin, frage ich mich oft, ob dieses Gefühl der Mangelhaftigkeit bei Frauen von der Tatsache herrührt, daß sie nicht »nach dem Bilde Gottes« geschaffen wurden. Die Erfahrungen, die viele Frauen mit ihren Vätern machen, gleichen denen, die sie mit dem Vatergott machen; geliebt, aber ferngehalten, weil ihre Genitalien anders aussehen.

Nancy ist eine Frau Anfang Vierzig, die nun ihr Jurastudium nach zwanzig Jahren als Performancekünstlerin und politische Aktivistin wieder aufgenommen hat. Bei ihren Seminararbeiten verschwendet sie eine enorme Menge an Zeit und Energie auf den Versuch, sie perfekt abzuliefern. Sie verwendet mehr Mühe auf jedes Problem, als erforderlich ist. Aus diesem Grund hat sie nie genug Zeit und schafft ihre Arbeiten immer nur in letzter Minute, was sich dann auch an ihren Noten zeigt. Nancy mangelt es weder an Intelligenz noch an Arbeitsfähigkeit, sie übertreibt es.

Als ich sie frage, für wen sie ihre perfekten Arbeiten schreibt, antwortet sie: »Für Papa.« Sie erzählt mir von einem Dialog, der sich in ihrer Kindheit zwischen ihr und ihrem inzwischen verstorbenen Vater immer wieder entspann. Er war ein Lastwagenfahrer mit sehr viel Sinn für Humor, der sie, die erstgeborene Tochter, wie einen Sohn behandelte. »Also, ich wünschte, du wärst ein Sohn«, pflegte ihr Vater zu sagen, »aber da du es nun mal nicht bist, was ist neun mal neun?«

»Ich wußte immer die richtige Antwort auf jede seiner Fragen«, erinnert sich Nancy. »Ich habe Sportstatistiken, die längsten Worte im Wörterbuch und die Hauptstadt von jedem Staat auswendig gelernt, damit er mich nie unvorbereitet erwischte. Das war zwar gut für mein Gedächtnis, aber ich hatte keine Vorstellung, was es bedeutet, ein Mädchen zu sein. Ich wußte nur, daß mit mir irgendwas nicht stimmte, weil ich kein Junge war, und ich mußte herauskriegen, wie ich das wiedergutmachen konnte.«

Nancy wurde von der Vorstellung ihres Vaters von einem weiblichen Ideal bestimmt. Da es ihr, um ein Mann zu sein, an der physischen Ausrüstung fehlte, war das Nächstbeste, klug zu sein und alles perfekt zu machen. Mein Vater drückte das so aus: »Wenn du etwas nicht richtig machen kannst, dann mach es gar nicht« – was ich als Weisung verinnerlichte, nichts zu probieren, es sei denn, ich konnte es hervorragend erledigen.

## Die Spielregeln des Spiels mit dem Vater erlernen

Kleine Mädchen lernen schon früh, welche Spielchen sie spielen müssen, um sich des Beifalls und der Aufmerksamkeit ihres Vaters zu versichern. Sie müssen sich vielleicht gewitzt, niedlich, scheu, kokett oder verführerisch geben. Macht und Autorität sind Papas Belange, innerhalb und außerhalb des Schlafzimmers. Der Vater ist der erste Mann, mit dem ein Mädchen flirtet. Seine Reaktionen wirken sich entscheidend auf die sexuelle Entwicklung eines Mädchens aus. Die Herzlichkeit, das Spielerische und die Liebe eines Vaters sind für ihre gesunde Einstellung zur Sexualität sehr wichtig; andernfalls wird ihr erstes Liebesobjekt das ihrer ersten Bindung sein, ihre Mutter. Ist ein Vater aber sehr dominant, besitzergreifend und kritisch, so kann das die heterosexuelle Entwicklung des Mädchens unterminieren oder zunichte machen.

Noch zerstörerischer ist der Vater, der seine natürliche Rolle als Beschützer der Sexualität seiner jungen Tochter ignoriert und aus dem Drang nach männlicher Vorherrschaft heraus durch Inzest ihre normale sexuelle Entwicklung schädigt. Sie wird den Rest ihres Lebens mit dem Versuch verbringen, ihre Sexualität und die Tatsache, daß sie als Frau *Rechte hat*, wieder für sich in Anspruch zu nehmen.

Andere Mädchen lernen, daß sie in Vaters Gegenwart besser nicht allzu smart sind, wenn sie nicht zur Zielscheibe seines Spotts, seiner Kritik, Mißbilligung oder sogar physischer Gegenwart von Männern, die in ihrer Familie nicht die Hosen anhaben, zurückzunehmen, und Vater beim Kartenspielen, Damespiel, Basketball und Tennis gewinnen zu lassen. Sie vergessen ihren eigenen Ehrgeiz und werden zu Frauen, die ihren Chef stets gut aussehen lassen. Und schließlich läßt sie das, was sie aus ihrem Leben gemacht haben, verbittert, passiv und zynisch werden.

Frauen, denen in ihrer Kindheit die positive Aufmerksamkeit ihres Vaters verweigert wurde, suchen ihn dann in jeder ihrer Beziehungen. Loretta, eine Frau Ende Dreißig, vergötterte ihren gutaussehenden, sportbesessenen Vater, konnte aber seine Aufmerksamkeit nicht auf sich ziehen. Sie wuchs mit drei athletischen Brüdern auf, auf die er sein ganzes Interesse richtete. Sie war ein stilles, träumerisches Mädchen, das sich gerne im Wald aufhielt, hatte aber keine sportlichen Talente und auch kein Interesse daran. Ihr Vater machte sich über die Geschichten, die sie schrieb, und die Spiele, die sie mit ihren Tieren spielte, lustig. Ihre Mutter war still und deprimiert. Loretta wußte nicht, wie sie in die sie umgebende ganz und gar männliche Welt vordringen sollte, also heiratete sie in sie ein.

»Mein erster Mann war ein aufstrebender Baseballspieler. Ich ging zu den Spielen und lud meinen Vater ein, mitzukommen. Er verfolgte die Karriere meines Mannes mit großem Interesse, aber für die meine interessierte er sich nicht. Und je mehr Zeit ich mit Jon verbrachte, wenn keine Spielsaison war, desto klarer wurde mir, daß wir nichts gemeinsam hatten. Also heiratete ich Mike. Er war schon älter und sah meinem Vater ähnlich. Auch er war ein Sportler, wenn auch kein professioneller, und so glaubte ich, daß die Dinge nun anders werden würden. Er war wie ich Schriftsteller, sagte mir aber stets, ich hätte kein Talent. Nachdem ich mir das drei Jahre lang angehört hatte, wurde mir klar, daß ich allmählich am Verschwinden war, genau wie meine Mutter.

Ich verließ Mike, und meine Genesung dauerte eine Weile, aber nach einem Jahr wurde ich mir endlich der Tatsache bewußt, daß ich diese Männer geheiratet hatte, um ein riesiges Loch zu stopfen, das mein Vater durch die Ablehnung meiner Person in mir hinterlassen hatte. Dann gab ich mich überhaupt nicht mehr mit Männern ab, sondern konzentrierte mich auf mein Schreiben. Jetzt habe ich eine Beziehung mit einem High-School-Dozenten, der weder meinem Vater ähnelt, noch sich für Sport begeistert, aber sich für das interessiert, was ich zu sagen habe. Es macht uns wirklich Spaß, zusammen zu sein, und zum erstenmal fühle ich mich mit meinem Frausein wohl. Ich weiß nicht, ob ich noch einmal heiraten will, aber ich weiß, daß ich nicht mehr länger nach meinem Vater suchen muß.«

## Dem Partriarchat kündigen

Zur Aufgabe der Heldin gehört es, ihre Arbeit in der Welt zu finden, was sie dann in die Lage versetzt, zu ihrer Identität zu finden. Es ist ganz wichtig, daß eine Frau weiß, daß sie, ohne von ihren Eltern oder anderen abhängig zu sein, überleben und damit ihrem Herzen, ihrem Geist und ihrer Seele Ausdruck verleihen kann. Fähigkeiten, die sie während dieses ersten Teils ihrer Reise erlernt hat, bilden dann das Fundament ihrer Kompetenz in der Welt.

Damit will ich nicht sagen, daß die für Erfolg und Leistung nötigen Eigenschaften allein durch das Männliche geformt werden oder daß der Vater grundsätzlich das vorrangige Rollenbild für diese Eigenschaften liefert. Tatsache ist jedoch, daß das System, in dem wir leben und arbeiten, vor allem ein patriarchales System ist, das Männer mehr schätzt als Frauen und Männern einen höheren Wert zumißt. Gewiß hat hier ein gewisser Wandel eingesetzt, aber die Dinge verändern sich nur langsam.

Die fortgesetzte Abwertung der Frauen auf der äußeren Ebene hat einen Einfluß auf das innere Selbstgefühl der Frau und darauf, wie sie das Weibliche wahrnimmt. Frauen sind nicht länger bereit, als minderwertig und unterlegen betrachtet zu werden. In Reaktion auf das Patriarchat machen sie heute einen tiefen inneren Wandel durch. Und diese innere Bewegung spiegelt sich allmählich in den gegenwärtigen Veränderungen der Gesellschaftspolitik.

Ich weiß, daß wir noch einen langen Weg vor uns haben, um zu einer Gleichberechtigung der Geschlechter und Rassen zu kommen, aber junge Mädchen, die heute in Familien aufwachsen, in denen die weiblichen Werte geachtet werden, werden morgen zu gesünderen familiären und gesellschaftlichen Verhältnissen beitragen. Möge ihre innere männliche Gestalt der Mann mit Herz sein.

## Kapitel 3

# Der Weg der Prüfungen

### Konfrontation mit Ungeheuern und Drachen

Die Heldin überschreitet die Schwelle, läßt die Sicherheit des Elternhauses hinter sich und macht sich auf die Suche nach ihrem Selbst. Sie wandert über Hügel und durch Täler, watet in Flüssen und Strömen, durchquert trockene Wüsten und dunkle Wälder und betritt das Labyrinth, um herauszufinden, was sich im Zentrum ihrer selbst befindet. Unterwegs trifft sie auf Ungeheuer, die sie dazu bringen, sich in Sackgassen zu begeben, Gegner, die ihre Gewitztheit und Entschlußkraft auf die Probe stellen, und auf Hindernisse, denen sie ausweichen, die sie umgehen oder bewältigen muß. Sie braucht eine Fackel, eine Menge Faden und ihren ganzen Verstand, um diese Reise zu bestehen.

Aber ich eile mir selbst voraus. Warum ist sie überhaupt da draußen und irrt nächtens durch dieses Labyrinth? Nach welchem Schatz sucht sie, und wer ist der Drachen, der ihn bewacht?

Sie ist metaphorisch gesprochen allein in der Nacht und wandert auf dem Weg der Prüfungen, um ihre Stärken und Fähigkeiten zu entdecken und ihre Schwächen aufzudecken und zu besiegen. Darum geht es, wenn sie ihr Zuhause verläßt und diese Reise unternimmt. Das *zu Hause* bedeutet die Sicherheit und Geborgenheit des Vertrauten. Schule, Universität, ein neuer Arbeitsplatz, Reisen, Beziehungen, all das bietet ihr neue Möglichkeiten, sich sowohl ihre positiven Qualitäten wie auch ihre negativen Aspekte, die sie auf andere projiziert, anzuschauen und sich erfahrbar zu machen. Sie kann nun nicht mehr ihre Eltern, Geschwister, Freunde, Liebhaber für die Resultate ihres Lebens verantwortlich machen; jetzt ist es an der Zeit, sich selbst sehr genau anzusehen. Es ist ihre Aufgabe, das Schwert der *Wahrheit* in die Hand zu nehmen, den Klang *ihrer* Stimme zu finden und den Weg *ihres* Schicksals zu wählen. So wird sie den Schatz, nach dem sie sucht, finden.

Sie wird sowohl in ihrer äußeren rationalen wie auch in ihrer inneren Welt der Psyche auf Hindernisse stoßen. Der äußere Weg

*»Challenging Myth III«, Gemälde von Nancy Ann Jones*

der Prüfungen wird sie über die erwartungsgemäße Hürdenbahn lotsen, die zu akademischen Graden, Beförderungen, prestigeträchtigen Titeln, Ehe und finanziellem Erfolg führt. Sie wird auf Drachen stoßen, die den Schatz bewachen und ihr sagen, daß sie keinesfalls Erfolg haben wird, daß sie das alles in Wirklichkeit gar nicht will, und daß schon viele, weitaus qualifiziertere Leute vor ihr auf der Strecke sind. Diese Drachen werden manchmal äußerst einschüchternd wirken und ihren Eltern, Lehrern und Vorgesetzten ähnlich sehen.

Die größte aller Herausforderungen bedeutet aber jenes gesellschaftliche Reptil, das lächelt und sagt: »Ja, Liebes, du kannst alles tun, was du willst«, während es weiterhin den Fortschritt unserer Heldin durch einen Mangel an Möglichkeiten, niedrige Gehälter, unzureichende Kinderbetreuung und verlangsamte Beförderungen sabotiert. Was dieser Drache in Wirklichkeit meint, ist: »Ja, Liebes, du kannst alles tun, was du tun willst, solange du das tust, was *wir* wollen.«

Ungeheuer werden sich ihr in den Weg stellen, um ihre Ausdauer, ihre Entschlossenheit und ihre Fähigkeit, Grenzen zu setzen, auf die Probe zu stellen. Mitarbeiter werden sie triezen, Genehmigungsbehörden werden ihre Bedingungen ändern, und Liebhaber werden erklären, daß sie sie nie wirklich geliebt haben. Sie wird von Sex- und Manipulationsspielchen in Versuchung geführt werden, die sich als Bedingungen verkleiden, um zu Macht, Erfolg und Liebe zu kommen. Man wird sie durch Schmeicheleien glauben lassen, sie sei bereits im Land der Macht und Unabhängigkeit angekommen, wo sie doch noch nichts anderes erhalten hat als bloße Talismane des Erfolgs.

Auf der inneren Reise wird sie den Kräften ihres eigenen Selbstzweifels, Selbsthasses, der Unentschlossenheit, der Bewegungsunfähigkeit und Angst begegnen. Die äußere Welt mag ihr sagen, daß sie es kann, aber sie kämpft mit Dämonen, die ihr sagen, daß sie es nicht kann. »Ich kann es nicht, ich bin eine Schwindlerin ... Wenn sie je wüßten, wie ich wirklich bin, würden sie mir kein Vertrauen schenken ... Ich will nicht herausragen; wenn ich Erfolg habe, werden sie mich hassen ... Ich war soviel besser dran, als für mich gesorgt wurde ... Ich verdiene es nicht ... Wenn ich eine richtige Frau wäre, würde ich heiraten und Kinder haben wollen.«

Und so geht die Litanei weiter und unterminiert sie in ihrer Klarheit, in ihrem Selbstvertrauen, Ehrgeiz und Selbstwertgefühl. Die Drachen, die eifersüchtig den Mythos von der Abhängigkeit, von der weiblichen Minderwertigkeit und von der romantischen Liebe bewachen, sind furchterregende Gegner. Dies ist keine Reise für Feiglinge; es bedarf enormen Muts, um die eigenen Tiefen zu ergründen.

## Der Mythos von der Abhängigkeit

*Abhängigkeit* und *Bedürfnisse* – beide bedeuten für Frauen schmutzige Worte. Obwohl die Abhängigkeit für Mädchen wie Jungen ein normales Entwicklungsstadium darstellt, wird das Wort *abhängig* meist mit Frauen in Verbindung gebracht. Mädchen werden meist nicht zur Unabhängigkeit ermuntert; sie werden in ihrer Autonomiebestrebung nicht so unterstützt wie Jungen. »Ganz im Gegenteil werden Mädchen dazu ermuntert, ihre Abhängigskeitsbeziehung zu den Eltern und zur Familie aufrechtzuerhalten und sie nach der Eheschließung auf den Ehemann und die Kinder zu übertragen.«[1]

Man erwartet von Frauen, daß sie sich um die Abhängigkeitsbedürfnisse anderer kümmern; und die Mädchen werden von Kindheit an dazu trainiert, die Bedürfnisse anderer zu erahnen. Sie haben ihre Mutter sagen hören: »Du mußt durstig sein, soll ich dir was Kaltes zu trinken bringen? ... Du hattest einen langen Tag, du mußt müde sein ... Was für eine Enttäuschung es für dich sein muß, daß du nicht ins Team gewählt worden bist.«

Und da sie lernen, die Bedürfnisse anderer zu erahnen, erwarten sie bewußt oder unbewußt, daß auch ihre Bedürfnisse erahnt und erfüllt werden. Wenn dann eine Frau feststellt, daß *ihre* Bedürfnisse nicht in Betracht gezogen werden, hat sie das Gefühl, daß mit *ihr* irgend etwas nicht stimmt. Tatsächlich mag sie Scham darüber empfinden, daß auch sie Bedürfnisse hat.

Wenn eine Frau darum bitten muß, daß ihre Bedürfnisse erfüllt werden, betrachtet man sie als fordernd, bedürftig, von anderen abhängig und unselbständig. In Wahrheit aber hat sie nur ganz normale Bedürfnisse, die von einem Ehepartner, Geliebten, Freund oder Kind erfüllt werden mögen oder auch nicht.[2] Bei diesen normalen Bedürfnissen kann es sich um Zeit für sich selbst, ein eigenes Zimmer, eine Person, die ihr zuhört, eine liebevolle Umarmung oder die Möglichkeit, sich ihren Talenten zu widmen, handeln. Wird die Erfüllung dieser Bedürfnisse verweigert, dann hat sie allmählich das Gefühl, nicht das *Recht* zu haben, sich den Aktivitäten zu widmen, die die Erfüllung ihrer Wünsche und Bedürfnisse bedeuten. Und irgendwie meint sie dann schließlich, überhaupt keine Rechte zu haben.

Manche Frauen geben sich abhängig, um das Ego ihres Partners zu füttern oder ihn zu schützen. Es gibt eine unausgesprochene Regel, wonach die Frau in einer Ehe schwach sein muß, wenn der Mann stark sein soll. Ein Mythos, der besagt, daß, wenn sich der eine Partner klein macht, der andere erfolgreich sein kann; die Macht des einen entsteht auf Kosten der Schwäche des anderen. Dieser Mythos beschränkt sich keineswegs auf heterosexuelle Beziehungen. Unsere Heldin gibt sich selbst auf, damit der andere – Ehemann, Mitarbeiter, Liebhaber oder Kind – an Selbst gewinnen kann. Dieses unbewußte »Geschenk« oder Opfer ihres Selbst an den anderen gibt ihr ein Selbstwertgefühl oder hilft, das Gleichgewicht im System aufrechtzuerhalten. Harriet Lerner schreibt in *Women in Therapy:*

»Der passiv-abhängigen Einstellung vieler Frauen liegt die unbewußte Motivation zugrunde, eine andere Person aufrichten und schützen zu wollen, wie auch die unbewußte Überzeugung, daß sie in einer Position relativer Schwäche verharren müssen, damit die Beziehungen, die ihnen am wichtigsten sind, überleben können. Selbst intellektuell emanzipierte Frauen haben Schuldgefühle und unbewußt Angst davor, daß sie andere, vor allem Männer, ›verletzen‹ könnten, wenn sie ihre Fähigkeiten des unabhängigen Denkens und Handelns voll und ganz ausagieren. In Wirklichkeit werden die Frauen, die anfangen, ihr eigenes Leben klarer zu bestimmen, häufig beschuldigt, Männer herabzusetzen, Kindern Schaden zuzufügen oder auf irgendeine Weise destruktiv für andere zu sein.«[3]

Diese Einstellung, daß der »andere« zuerst kommt, wird von der Frau oft als unausgesprochener Schwur verinnerlicht, selbst wenn ihr Partner dies gar nicht erwartet oder will. Sie sickert ins Unbewußte des kleinen Mädchens ein, während es beobachtet, wie die Dinge in ihrer Familie ablaufen. Es sieht ihre Mutter ihre eigenen Bedürfnisse leugnen und lernt, dies auch zu tun. Interessant wird es, wenn der, die oder das um die Aufmerksamkeit der Frau wetteifernde »andere« ein Teil von ihr selbst ist. Dann muß sie einen drängenden inneren Konflikt lösen, der sich der Lösung widersetzt.

Eine solche Erfahrung machte Lynne, eine Schriftstellerin um die Anfang Vierzig, deren Mann sich gerade von seiner Kokainsucht erholt. Das Paar trennte sich, als er in einer Phase exzessiver Drogenabhängigkeit steckte, und Lynne widmete sich mit großem Erfolg ihrer Karriere als Drehbuchautorin. Jetzt, da sie sich wieder versöhnt haben und er auf dem Genesungsweg ist, befindet sie sich ständig im

Zwiespalt. Einerseits will und muß sie schreiben, unabhängig sein und zum Familieneinkommen beitragen, andererseits sagt ihr eine innere Stimme ständig, daß sie durch die Verfolgung ihrer Karriere ihre Familie aufs Spiel setzt.

Lynne steht im Banne des zweiköpfigen Drachens, einer schleimigen Kreatur, die stets zetert und lamentiert, wer nun den größeren Anteil ihrer Zeit und Energie erhält. Der Aspekt der Schriftstellerin bekommt nie genug, und der Aspekt der Mutter fühlt sich ungeliebt und nicht gewürdigt. Dieser ständige Kampf laugt Lynne in ihrer Kreativität aus und bringt sie in einen Zustand mentaler und emotionaler Erschöpfung.

Ich bat Lynne, einen Dialog zwischen diesen beiden Drachenköpfen zu verfassen. Sie bemerkt dazu, daß im folgenden Gespräch der Aspekt der Mutter mit sanfter, entschuldigender Stimme spricht, währen die Stimme der Autorin laut und ärgerlich tönt. Manchmal geraten sie in Verwirrung und wissen nicht, wer wer oder was ist.

## Der zweiköpfige Drachen

SCHRIFTSTELLERIN: Mach dich an die Arbeit. Du bist schon in Verzug. Und du hast sowieso nicht genug Zeit. Abgesehen davon brauchst du immer so lange, bis du warm wirst. Komm raus da. Schüttle es ab. Laß diese andere Person fahren.

MUTTER: Aber ich bin diese andere Person. Ich. Ich bin dein wirkliches Ich.

SCHRIFTSTELLERIN: Das laß ich dich nur denken. Das ist alles.

MUTTER: Ich bin diejenige, die morgens aufsteht. Und ich mache die Betten. Füttere die Kinder. Mach den Abwasch. Räum das Haus auf. Ich muß es tun.

SCHRIFTSTELLERIN: Warum? Es behindert mich. Kommt mir in die Quere.

MUTTER: Wenn ich nicht wäre –

SCHRIFTSTELLERIN: Wenn du nicht wärst, dann hätte ich mehr Zeit.

MUTTER: Wenn ich nicht wäre, dann hättest du schon aufgegeben. Ich war der Grund, warum du weitergemacht hast, der Grund für deine Existenz. Ich bin dein Anker.

SCHRIFTSTELLERIN: Du machst mich zu. Du ertränkst mich in deinen Bedürfnissen. Du verbrauchst meine Energie. Du machst mich schon morgens müde. Ich kann nicht aufhören, an dich zu denken. Und an deine Bedürfnisse. Ihre Bedürfnisse. Du kannst nie unterscheiden. Du verbrauchst meine Energie. Du gibst mir nur, was übrig bleibt.

MUTTER: Ich bin diejenige, die ausgelaugt ist. Ich bin nie gut genug. Nie kann ich genug tun. Sie schreien immer nach mehr. Nach mehr von mir. Mehr für sie. Die Kinder, der Mann, die anderen. Mehr, mehr, mehr. Ich will sie glücklich machen. Es ist so schwer. Sie wollen immer mehr. Du willst mehr.

SCHRIFTSTELLERIN: Ich verdiene auch mehr.

MUTTER: Ich verdiene mehr. Ich verdiene es, lebendig zu sein. Aufs Klo zu gehen, wann ich will. Wenn ich muß. Und dabei allein zu sein. An die frische Luft zu kommen. Zu tanzen, wenn ich will.

SCHRIFTSTELLERIN: Das kannst du nicht. Das nimmt mir von meiner Zeit. Ich halte dich am Leben. Ich bin deine frische Luft. Wenn ich nicht wäre, wärst du schon lange verfallen.

MUTTER: Wenn ich nicht wäre, hättest du schon aufgegeben –

SCHRIFTSTELLERIN: Unterbrich mich nicht –

MUTTER: Du hast *mich* unterbrochen –

SCHRIFTSTELLERIN: Ich muß – ich verdiene es, zu –

MUTTER: Und ich verdiene mehr. Ich will mehr.

SCHRIFTSTELLERIN: Was? Was willst du?

MUTTER: Zeit!

SCHRIFTSTELLERIN: Ich will mehr Zeit! Du kannst nicht mehr bekommen!

MUTTER: Ich will mich wohl fühlen – vergiß »wohl«. Wohler! Ich will mich wohler fühlen!

SCHRIFTSTELLERIN: Das will ich noch mehr als du. Wenn du dich wohl fühlst, dann fühl ich mich auch wohl. Und ich kann endlich weiterkommen –

MUTTER: Dann sorg dafür, daß ich mich wohl fühle. Wohl mit mir selbst.

SCHRIFTSTELLERIN: Das ist dein Problem. Viel Glück, du Vampir.

MUTTER: Ich brauche es – ich brauche mehr –

SCHRIFTSTELLERIN: Zeit? Dann schlaf weniger.

MUTTER: Aber ich bin so müde –

SCHRIFTSTELLERIN: Dann laß dich nicht mit mir ein. Bleib mir vom Leibe. Sei still.

MUTTER: Das kann ich nicht.
SCHRIFTSTELLERIN: Ich weiß. Ich kann's auch nicht.

Dieser erschöpfende Dialog wiederholt sich mit leichten Variationen immer wieder in jeder Frau, die um die Bewahrung ihres *Selbst* kämpfen muß. Er wird noch durch das gesellschaftliche und familiäre Gebot bestärkt, wonach alle anderen zuerst kommen. Was ihre Autonomie, ihr Wachstum und ihre Entwicklung angehen, so stehen diese an zweiter, dritter oder vierter Stelle.

Die Konfrontation mit diesem Mythos der Abhängigkeit verlangt von der Heldin, daß sie die stillschweigende Übereinkunft der Familie über weibliche Abhängigkeit aufdeckt und ebenso das Maß, in dem sie selbst diese Einstellung verinnerlicht hat, um das System im Gleichgewicht zu halten. Frauen, die ihre Mutter überflügeln, empfinden starke Schuldgefühle und Ängste. Sie erleben ihren Erfolg als Verrat an der Mutter-Tochter-Beziehung und fühlen sich schuldig, weil sie ihre Mutter zurückgelassen haben.

Wichtig ist auch, daß unsere Heldin die Funktion ihrer Abhängigkeit sowohl in vergangenen wie gegenwärtigen Beziehungen begreift und richtig einschätzt. Sie mag sich ihres Bedürfnisses, andere vor ihrer Autonomie und ihrem Erfolg zu beschützen, gar nicht bewußt sein. Wenn sie diese Tatsache erkennt, wird sie Geduld mit sich selbst aufbringen müssen, um sich in ihrem Wachstum zu bestärken. Sie muß auch einsehen, daß sie gesunde Bedürfnisse hat, die es verdienen, erfüllt zu werden. Steckt sie in einer Beziehungs-, Ausbildungs- oder Arbeitssituation, die ihren Bedürfnissen nicht Rechnung trägt, so hat sie das Recht, auszusteigen.

In den letzten zwanzig Jahren wurde eine Menge Forschung über die sich wandelnden Familienstrukturen in unserer Gesellschaft betrieben, und die Rollen von Frau und Mann wurden neu überprüft. Die Ergebnisse dieser Studien zeigen, daß »heute nahezu alle Frauen ein gewisses Grundmaß an Engagement für die Familie und für die Gleichberechtigung im Familienrahmen wie auch außerhalb erkennen lassen, solange Familie und Gleichberechtigung nicht als widerstreitende Gegensätze gesehen werden«.[4]

Frauen unserer Generation haben sich mit Entscheidungen in bezug auf Mutterschaft und Beruf zu konfrontieren, wie sie zuvor keine Frauengeneration treffen mußte. Frauen, die sich dazu entschlossen haben, die Mutterschaft um der Karriere willen aufzuschieben, finden sich in der unangenehmen Situation, daß sie jetzt, wo sie Mitte oder Ende Dreißig sind, entweder noch keinen Gefährten gefunden haben, mit dem sie eine Familie gründen können, oder daß sie davor zurückscheuen, das Prestige, die Macht und den finanziellen Lohn ihrer Arbeit aufzugeben.

Um mit diesen Problemen – dem Bedürfnis nach Autonomie und dem Bedürfnis nach Fortpflanzung – zurechtkommen zu können, brauchen Frauen eine veränderte gesellschaftliche Einstellung und den Beistand der Männer. Flexible Rollen innerhalb der Familie und Geschäftswelt sowie entsprechende gesetzgeberische Maßnahmen werden letztlich dafür sorgen, daß das Thema Abhängigkeit von Frauen in einem anderen Licht gesehen und anders erlebt wird. Unsere Heldin wird sich dann nicht länger zugunsten des Wachstums und der Entwicklung anderer selbst aufgeben müssen. Autonomie, Erfolg *und* Fürsorge werden dann für Frauen akzeptable Qualitäten sein.

## MYTHOS DER WEIBLICHEN MINDERWERTIGKEIT

Die beste Sklavin
muß man nicht schlagen.
Sie schlägt sich selbst.

Weder mit einer Lederpeitsche,
noch mit Geißeln oder Ruten;
weder mit einem Totschläger,
noch mit einem Gummiknüppel,
sondern mit der feinen Peitsche
ihrer eigenen Zunge
und dem subtilen Schlagen
ihres Geistes gegen ihren Geist.

Denn wer kann sie nur halb so gut
hassen wie sie sich haßt?
Und wer kann sich mit der Raffinesse
ihrer Selbstmißhandlung messen?

Dazu ist
jahrelange Übung nötig.

Erica Jong *Alkeste im Poesie-Kreislauf*

Weil die Gesellschaft weibliche Qualitäten abwertet, wird sich die Frau als Frau meist nicht besonders wertschätzen. Sie wird als mangelhaft betrachtet, sieht sich selbst auch so und agiert aus diesem Mythos der Minderwertigkeit heraus. Sie schaut sich um und sieht Männer Erfolg haben – Männer, die weniger intelligent, kreativ und ehrgeizig sind als sie.

Das bringt sie in Verwirrung, bestätigt aber ihre Wahrnehmung von der allgemeinen gesellschaftlichen Einstellung. »Das Männliche ist besser« ... »Frauen haben an sich keinen eigenen Wert – ihr Wert leitet sich aus ihrer Beziehung zum Mann und den Kindern ab.« Sie schluckt diesen Mythos und bewertet ihre Fähigkeiten und Kenntnisse aus einem Mangeldenken heraus: »Wenn ich nur mehr tu ... wenn ich mich mehr anstrenge ... wenn ich ein braves Mädchen bin ... wenn ich diesen Wagen fahre ... wenn ... wenn ... wenn ... dann ist alles in Ordnung.«

Sie verinnerlicht ein Gefühl von Selbstverachtung, und die Stimme des Selbsthasses hört sich allmählich stark wie die ihrer Mutter und ihres Vaters an. Diese innere Kritik kann sich entweder als männliches tyrannisches Ungeheuer oder als böse Hexe personifizieren, und beide müssen erschlagen werden. Da Frauen dazu erzogen wurden, Wut und Ärger gegen sich selbst zu richten, wird die erste Zielscheibe ihrer Abscheu die Mutter sein.[5] Wie ich schon erwähnte, zeigt sich das in den meisten Märchen an der Behandlung der Mutter; sie scheint stets einen frühzeitigen oder schrecklichen Tod zu erleiden. Gewöhnlich schlage ich meinen Klientinnen vor, ihre ewig nörgelnden inneren Kritikerinnen zu einem ausgedehnten und erholsamen Urlaub auf Hawaii zu schicken.

## Das tyrannische Ungeheuer erschlagen

Ich träume, daß ich vor einer wütenden Menschenmenge fliehe. Der Papst ist bei mir. Wir befinden uns in den Grabkammern des Vatikans. Der Raum ist voller Sarkophage, auf denen allen das Abbild ihres Eigentümers zu sehen ist. Der Papst nimmt sein Schwert und stößt es in das in Stein gemeißelte Gesicht eines seiner Vorgänger. Wir hören Verleumder in allen Korridoren, die uns nachsetzen. Es gibt keinen sicheren Fluchtweg für uns.

Dieser Traum erinnert mich an die Katakomben, in denen ich vor einundzwanzig Jahren gegen meinen Willen einen ehelichen Vorvertrag unterzeichnete. Ich war schwanger, und meine Mutter schämte sich dermaßen über meinen Fehltritt, daß sie verlangte, daß ich nicht nur außerhalb meiner heimischen Pfarrgemeinde, sondern in einer Kirche außerhalb unseres Staates heiratete. Sie wollte nicht, daß die engen Freunde unserer Familie Zeuge meiner Schande wurden.

Mein Verlobter und ich fügten uns und trafen uns mit einem Priester, der uns bat, ein Dokument zu unterschreiben, das besagte, daß kein »Ehehindernis« vorlag. Zu jener Zeit war Schwangerschaft aber ein Ehehindernis. Und so weigerte ich mich aus offensichtlichen Gründen, das Dokument zu unterzeichnen.

Der Priester führte mich die Treppe hinunter ins tiefe Innere der Kirche zu seinem Vorgesetzten. Der saß an seinem Schreibtisch, ein feister Mönch in brauner Kutte, die aus allen Nähten zu platzen drohte, und erklärte mir nun, daß wir nicht heiraten könnten, wenn ich das Dokument nicht unterschrieb. Ich fragte ihn, wie ich denn unterschreiben könnte, wo ich doch schwanger war. Er erwiderte, das sei nicht wichtig. Ich fühlte mich verängstigt und gedemütigt, konnte aber zugleich nicht glauben, daß die Kirche mich anwies, aus Bequemlichkeitsgründen zu lügen. Ich weigerte mich, zu unterzeichnen.

Der Mönch verließ frustriert die steinerne Zelle, die ihm als Büro diente, und wies mich an, meine Entscheidung zu überdenken. Nach ein paar Minuten kam mein Verlobter und bat mich, der Prozedur ein Ende zu machen, damit wir aus diesem Haus Gottes mit seinen Vorschriften und seiner Heuchelei herauskamen. Ich war von seinem Vorschlag entsetzt. Ich hatte angenommen, er würde ihnen sagen, sie sollten sich zum Teufel scheren. Statt dessen schlug er sich auf die Seite der Priester. Aus Scham und Überdruß gab ich nach.

Ich bin jetzt eine andere Frau. Diese alten Bilder der Macht und männlichen Autorität haben nicht mehr wie einst Gewalt über mich. Ich nehme dem Papst das Schwert weg und stoße es tief in den Kopf dieser uralten Steinfigur. Ich muß nicht länger gefällig sein, »ja« sagen oder etwas gegen meinen Willen tun. Ich habe jetzt andere Möglichkeiten und den Mut, sie wahrzunehmen.

Um den Mythos von der Minderwertigkeit zu zerstören, muß die Frau ihr eigenes Schwert der Wahrheit bei sich tragen und seine Klinge am Stein der Unterscheidungsfähigkeit schärfen. Weil so viel von der Wahrheit der Frauen durch patriarchale Mythen verdunkelt wurde, müssen wir neue Formen, neue Weisen und eine neue Sprache entwickeln, um unserem Wissen Ausdruck zu geben.[6] Eine Frau muß zu ihrer eigenen Stimme finden.

Stärkt die Heldin ihre Kommunikationsfähigkeiten, so hilft ihr das beim Umgang mit den verschiedensten Arten von Leuten. Und wenn sie den Mut zur Darstellung ihrer Vision hat, inspiriert sie andere Frauen, ihren eigenen Bildern und Worten zu trauen. Je mehr Kunst von Frauen wir sehen, Gedichte und Stücke von Frauen hören, von Frauen choreographierten Tanzaufführungen beiwohnen und von Frauen entworfene und gestaltete Arbeitsumfelder erleben, desto stärker werden wir die Stimme einer Frau schätzen lernen. Und jede Frau, die so den Mythos von der weiblichen Minderwertigkeit zerreißt, wird wiederum zum Rollenvorbild für andere.

»Eine Frau muß ihre Weiblichkeit als etwas beanspruchen, das Wert hat und sich lohnt. Sie muß ihren wie auch immer gearteten weiblichen Beitrag zur Kultur und Gesellschaft als in sich wertvoll begreifen und anerkennen: größere empathische Fähigkeiten in Beziehungen, eine starke und verläßliche ästhetische Orientierung, und ein altruistischer Wunsch zur Fürsorge und Pflege. Diese Form der Selbstachtung befähigt sie, eine gleichrangige Partnerschaft mit Männern und ihrem Animus einzugehen. Die Erkenntnis, daß Männer »männliche Personen« sind, denen nicht allein aufgrund ihres Geschlechts magische Macht und Autorität verliehen ist, ist für Frauen ganz wichtig, damit sie aufhören, Männer nachzuahmen, Zustimmung von männlichen Institutionen zu brauchen und andere Frauen wegen ihrer Anpassungsversuche herabzusetzen.«[7]

## Der Mythos von der romantischen Liebe

Dem Mythos von der romantischen Liebe zufolge sucht eine Frau nach einem Vater/Liebhaber/Retter, der, wie sie glaubt, alle ihre Probleme lösen wird. Sie fällt einer falschen Vorstellung von Erfüllung zum Opfer: »Wenn ich den richtigen Mann finde, werde ich glücklich sein ... Wenn ich den richtigen Chef finde, werde ich sehr schnell hochkommen ... Wenn ich mit einem mächtigen Mann zusammen bin, habe ich auch Macht ... Ich kann ihm bei seiner Karriere, seinem Geschäft, seinem Schreiben helfen.« Die unausgesprochene Botschaft besagt: »Ich brauche nicht herauszufinden, was *ich* tun will. Ich kann *sein* Leben leben.«

Männer gehen mit der allgemein gesellschaftlichen Erwartung konform, daß sie für die Frau sorgen und sie davor bewahren, daß sie ihre eigene Reise unternimmt. »Indem sie versprechen, sie zu vervollkommnen und zu schützen, erhalten sie den Glauben aufrecht, daß sie keine eigene Heldinnenreise zu unternehmen braucht. Sie werden den Drachen für sie erschlagen.«[8] Durch die Errettung einer Frau steigert sich das Selbstwertgefühl des Mannes. Dies wird trefflich durch den Titel eines Vortrags über das männliche Prinzip illustriert, der kürzlich im Analytical Psychology Club von Los Angeles angekündigt wurde. »Ritter in glänzender Rüstung sucht Dame in Bedrängnis: In Sachen Verehelichung.«

Frauen sind Wartende. Papas kleines Mädchen wartet am Fenster, die Nase an der Glasscheibe platt gedrückt, und hält in der Dunkelheit Ausschau nach den Scheinwerfern von Papas Auto. Als Jugendliche wartet sie neben dem Telefon, ersehnt den Moment, wo *er* anruft. Sie wartet auf ihren ersten Kuß ... ihre erste Verabredung ... ihren ersten Orgasmus. Frauen werden auf einen Zustand der Erwartung hintrainiert. Wenn wir unsere Heldin das nächste Mal sehen, ist sie schon Mutter und stillt ihr neugeborenes Kind und wartet darauf, daß ihr Mann von der Arbeit nach Hause kommt. Er ist ihr Verbindungsglied zur Außenwelt. Er kümmert sich um alles. Sie wartet darauf, daß das Leben endlich anfängt. Sie hat das Gewisper gehört: »Du für dich allein bist nicht genug ... Du brauchst eine Ergänzung ... Du brauchst den anderen ... Du mußt warten.«

In den meisten Märchen wird die Heldin von diesem Wartezustand, ihrem Zustand des Unbewußten, erlöst und erfährt eine dramatische und sofortige Transformierung zum Besseren. Der Katalysator dieser magischen Verwandlung ist im allgemeinen ein Mann. Schneewittchen, Aschenputtel, Rapunzel, Dornröschen, Eliza Doolittle und Persephone teilen sich alle in Variationen desselben Prinzen! Im allgemeinen ereignet sich die wahre Transformation unserer Heldin aber nicht infolge einer Errettung von außen, sondern eines langwierigen und mühseligen inneren Wachstums- und Entwicklungsprozesses.

## Psyche und Eros

Im Märchen von Eros (Amor) und Psyche steht Psyche zu Beginn der Geschichte unter dem Bann einer illusorischen Liebe und endet schließlich damit, daß sie zur wahren romantischen Liebe gelangt. Eros beginnt die Beziehung, indem er Psyche vor einem Schicksal namens Tod errettet, und er entführt sie dann in sein Königreich, wo alle ihre Bedürfnisse erfüllt werden.[9] Er sagt ihr, sie solle sich nicht darum bekümmern, wo sie leben oder was sie essen werden; er würde für alles Sorge tragen. Dafür bittet er sie seinerseits, ihn nachts nicht anzuschauen und ihn auch nicht zu fragen, wo er den Tag verbringt.

Von ihren Schwestern gedrängt, die sie davon überzeugt haben, daß er ein Monster ist, stellt Psyche den Mythos männlicher Vorherrschaft in Frage, trotzt Eros' Befehlen und zündet ihre Lampe an, um ihn nachts, während er neben ihr schläft, zu betrachten. Dabei fallen ein paar Tropfen Öl von der Lampe auf ihn, und er erwacht. Gleichzeitig sticht sie sich unabsichtlich an einem seiner Pfeile und verliebt sich in ihn. Als sie nun seine Göttlichkeit erkennt, versucht sie, sich an ihn zu klammern, aber Eros flieht zu seiner Mutter Aphrodite. Psyche hat seinem Befehl nicht gehorcht, und er kann sich nun mal nicht auf ein unbotmäßiges Weib einlassen!

Robert Johnson vergleicht in seinem Buch *She: Understanding Feminine Psychology* Psyches Wunsch, einen Blick auf Eros zu werfen, mit dem Wunsch der Frau, die Autorität ihres inneren männlichen Aspekts anzufechten.

»Gewöhnlich lebt die Frau eine Weile ihres Lebens unter der Herrschaft des Mannes oder Gottes in ihr, des Animus. Ihr eigener innerer Eros hält sie, ohne daß sie sich dessen sehr bewußt wäre, in einem Paradies. Sie stellt vielleicht keine Fragen; sie hat vielleicht keine wirkliche Beziehung zu ihm; sie ist seiner heimlichen Herrschaft völlig unterworfen. Es gehört zu einem der großen Dramen im inneren Leben einer Frau, wenn sie diese Vorherrschaft des Animus anficht und sagt: »Ich *will* dich anschauen.«[10]

Als Eros sie verläßt, versucht Psyche zunächst, sich in ihrer Trauer zu ertränken, aber Pan schlägt ihr vor, zur Göttin der Liebe zu beten und sie zu bitten, ihr bei der Suche nach Eros zu helfen. Sie begibt sich zu

Aphrodite, die ihr ziemlich hochmütig eine Reihe von immer schwierigeren Prüfungen auferlegt.

Psyche lernt erst einmal zu unterscheiden; sie sortiert einen riesigen Haufen verschiedenartigster Samenkörner. Dann lernt sie, sich nicht mit eigener Hand an einer elementaren Kraft zu versuchen, während sie bemüht ist, in einem von gefährlichen Widdern häufig besuchten Hain das Goldene Vlies von niedrig hängenden Ästen zu holen. Bei ihrer dritten Aufgabe lernt sie, zu ordnen und Grenzen zu setzen. Sie muß einen Kristallbecher mit Wasser aus der Mitte des Flusses Styx füllen, wobei sie lernt, sich jeweils immer auf nur einen Lebensaspekt zu konzentrieren. Die vierte Aufgabe lehrt sie, sich in ihrer Großzügigkeit etwas einzuschränken; sie weigert sich, Wesen beizustehen, die sie von ihrem Weg in die Unterwelt ablenken wollen, wo sie für Aphrodite Persephones Schönheitssalbe erhalten muß. Sie setzt Grenzen, sagt »nein« und muß auch Fehlschläge hinnehmen, die sie daran erinnern, daß sie ein menschliches Wesen ist. Sie muß von einer alten Lebensweise endgültig Abschied nehmen, bevor sie zur Ganzheit gelangen kann.

Psyche bekommt bei allen ihren Prüfungen immer wieder Hilfe: Ameisen unterstützen sie beim Sortieren der Samenkörner, Schilfrohr sagt ihr, wie sie ans Goldene Vlies gelangt, ein Adler füllt den Kristallbecher, und ein Turm gibt ihr Anweisungen für ihre Reise in die Unterwelt. Schließlich wischt Eros die Hülle des Todesschlafes von Psyches Antlitz und bringt sie auf den Olymp, wo sie zur Göttin erhoben wird. Eros, der Vielgestaltige, ist jedesmal ihr Verbündeter; er ist ihr positiver innerer männlicher Führer.

Robert Johnson beschreibt, wie wichtig der innere männliche Aspekt für die Suche der Frau nach Autonomie ist: »Eros ist der Animus der Frau, der gestärkt und geheilt wird, den Weg aus seinen jungenhaften, trickreichen Eigenschaften findet und zum reifen Mann wird, der es wert ist, ihr Gefährte zu sein. Dies alles geschieht durch ihre Mühen und Anstrengungen und durch seine Kooperation. Er seinerseits erlöst sie.«[11]

Eros und Psyche heiraten, und sie bringt ein Mädchen zur Welt, dem sie den Namen Wollust-Wonne-Seligkeit geben. Psyche wurde durch ihre Prüfungen verwandelt. Sie lebt nicht länger im Zauberbann der romantischen Liebe. Durch ihre eigene harte Arbeit ist sie zur Göttin geworden. Sie heiratet Eros als ebenbürtige Partnerin und gelangt zu wahrer Liebe.

Viele Frauen, die unter dem Bann illusorischer Liebe leiden, möchten, daß ihr Ehepartner ein Halbgott ist, der sich um alle ihre weltlichen Belange kümmert: Hypotheken, Versicherungen, Autorechnungen, Entscheidungen über Umzüge und so weiter. Die Heldin muß den Mut aufbringen, ihren Partner zu entmythologisieren und wieder die Verantwortung für ihr eigenes Leben zu übernehmen. Sie muß schwere Entscheidungen treffen und sich ihre Autonomie verdienen. Ist eine Frau befreit oder befreit sie sich selbst vom Glauben, daß ihre Erfüllung aus den Händen eines Mannes kommt, dann kann sie einen ebenbürtigen Partner und wahre romantische Liebe finden.

## Kapitel 4

# Der illusorische Lohn des Erfolgs

*»Cathy«, Cartoon von Cathy Guisewite*

## Der Superfrauenwahn

Auf ihrem Weg der Prüfungen überschreitet die Frau die Grenzen ihrer Konditionierung. Dies ist eine ganz besonders schmerzliche Zeit, ein Abenteuer voller Ängste, Tränen und Traumata. Als Kind und Jugendliche wurde sie zur Erfüllung einer Rolle erzogen, die von den Erwartungen ihrer Eltern, Lehrer und Freunde geprägt wurde. Will sie aus dieser Rolle ausbrechen, muß sie den Kerkermeistern ihrer Konditionierung entkommen, den Garten des Schutzes verlassen und den Drachen ihrer Abhängigkeiten und Selbstzweifel erschlagen. Es ist eine Reise voller Gefahren.

Wählt sie die akademische Route, muß sie schon sehr früh entscheiden, auf welchen Studienbereich sie sich konzentrieren will. Sie bekommt ihren Titel verliehen, merkt aber bald, daß dieser keine Garantie für Erfolg bietet. Auch alle anderen konkurrieren um die gleiche Position. Sie beginnt ein weiterführendes Studium oder verschafft sich einen Job. Sie übernimmt die Verantwortung für ihr Leben und baut sich eine auf ihre eigenen Entscheidungen und Leistungen gegründete Welt auf.

Entscheidet sie sich für die Arbeitswelt, dann unternimmt sie Schritte, um voranzukommen. Sie erklettert die Firmenleiter, wird zu einer Managerin in mittlerer Position oder baut sich ihr eigenes Geschäft auf. Sie besucht Konferenzen, macht Urlaub in exotischen Ländern und wird in ihrer Gemeinde aktiv. Sie verliebt sich und heiratet, doch ihr Mann bestimmt nicht ihren Selbstwert. Sie mieten ein Haus mit der Option, es eventuell zu kaufen, und planen die Gründung ihrer Familie. Sie hat Kinder, arbeitet weiter und jongliert mit der Kinderbetreuung, den Einkäufen und den Terminen all ihrer Lieben. Sie ist eine selbstbewußte, unabhängige, intelligente Frau. Sie genießt den Lohn ihrer Anstrengungen: Geld, ein neuer Wagen, Kleider und ein Titel. Sie steht auf dem Gipfel der Welt; sie hat Spaß und ist eine Kraft, mit der man rechnen muß.

Unsere Heldin fühlt sich innerlich stark, weiß, was sie kann und hat den Schatz, den sie suchte, gefunden. Wenn sie sich für den Weg der beruflichen Selbständigkeit entschieden hat, dann veröffentlicht sie ihren Roman, stellt ihre Bilder aus oder überflügelt die Männer im 200-Meter-Lauf. Sie findet Unterstützung für ihre Schauspielkunst, ein Büro für ihre Praxis oder erklettert ihren ersten Berg. Sie hat eine Macht, einen Erfolg und eine Anerkennung in der Außenwelt erreicht, von der ihre Mutter nur träumen konnte. Sie ist angekommen.

Jill Barad, die schon erwähnte neununddreißigjährige Managerin bei der Spielwarenfirma Mattel, ist eine von den zwei Prozent Frauen, die es schafften, durch die »gläserne Decke« ins Topmanagement vorzustoßen. Diese Leistung zeugt sowohl von ihrer eigenen harten Arbeit wie auch der Bereitschaft von Mattel, Frauen in Schlüsselpositionen zu beschäftigen. Sie hat einen Stab von fünfhundert Mitarbeitern unter sich und überwacht die Produktionsrichtlinien ihrer Firma vom Design bis zum Marketing.

*Business Week* zählte sie 1987 zu den fünfzig Managerinnen, die möglicherweise noch ganz bis zur Spitze aufsteigen werden. Inzwischen balanciert sie zwischen ihren anstrengenden zwölfstündigen Arbeitstagen und einem ausgefüllten Familienleben. Ihre Familie unterstützt sie, wie sie sagt. Ihr Mann ist bereit, ihr bei den Anforderungen der Kindererziehung zu helfen, und sie beschäftigt eine ganztätige Haushälterin. Aber sie muß Opfer bringen.

Einmal besuchte Jill Barad eine Eltern-Lehrer-Versammlung und wurde von der Lehrerin ihres Sohnes, der in die dritte Klasse ging, mit den Worten begrüßt: »Ach, Alexander hat tatsächlich eine Mutter!« »Man fühlst sich schrecklich«, gibt sie zu, »aber wenn man beide

Bereiche in seinem Leben leben und entwickeln will, muß man eben in beiden zuweilen Konzessionen machen und versuchen, den Dingen, die wirklich wichtig sind, Priorität einzuräumen. Ich glaube, es ist genau das gleiche, womit die Väter sich immer herumschlagen mußten. Was du opferst, das sind die Momente, die du für dich selbst hast, aber du versuchst eben, mit deinen Prioritäten zu leben.«[1]

## Reaktion auf den »Weiblichkeitswahn«

Der Superfraukult der 1980er Jahre versprach den jungen Frauen, daß sie »alles haben könnten« – eine lukrative und persönlich befriedigende Karriere, eine liebevolle, gleichberechtigte und stabile Ehe und die Freuden der Mutterschaft. Viele der Heldinnen von heute wurden in Reaktion auf den »Weiblichkeitswahn«, den ihre Mütter in den 1950er Jahren entweder erlitten oder genossen, zu Superfrauen. Weil ihre Mütter weder die Chance hatten, in einer Männerwelt zu konkurrieren, noch die Option, ob sie Kinder haben wollten oder nicht, wurden sie von den Männern abhängig, die sie und ihre Kinder ernährten. Die Macht, die sie in der »männlichen« Außenwelt nicht erringen konnten, kompensierten sie mit der Macht, die sie in ihrer Familie ausübten.

Frauen, die ihre Fähigkeiten und Talente in einer männlich definierten Welt der Vergütung und Entlohnung nicht erproben konnten, stellten mit der Zeit unvernünftig hohe Erwartungen an ihre Männer, Söhne und Töchter. Was sie selbst nicht erreichen konnten, erwarteten sie von ihrer Familie. Sie kontrollierten, schmeichelten und manipulierten ohne Rücksicht auf die Gefühle anderer. In ihrem Buch *Der zweite Schritt* schreibt Betty Friedan über diese Tyrannei des mütterlichen Machismo:

»Diese Beherrschtheit, diese Perfektion in allem, was Haushalt und Kinder forderten, dieses Bestehen darauf, daß sie immer alles *richtig* machte, war ihre Art von Machismo – ihr hypertugendhaftes Gegenstück zu männlicher Stärke und Macht, das sie einsetzte, um ihre Verletzlichkeit, ihre finanzielle Abhängigkeit, ihre Herabsetzung durch die Gesellschaft und die Selbstabwertung aufzuwiegen oder zu verschleiern... Da ihnen die gesellschaftliche Macht der Männer abging, damals die einzig anerkannte Form von Macht, sicherten sie sich ihre Macht innerhalb der Familie durch die Manipulation und Verleugnung der Gefühle ihrer Männer und Kinder und ihrer eigenen Gefühle, immer hinter der Maske oberflächlicher, lieblicher, stählerner Perfektion.«[2]

Eine solche Mutter konnte ihrer Einsamkeit, ihrer Verlassenheit, ihrem Gefühl von Verlust keinen direkten Ausdruck geben. Sie konnte nur ihre Wut herauslassen. Das nahm dann die Form von Zornesausbrüchen gegenüber ihrem Mann und ihren Kindern an, oder sie betäubte sich durch Alkohol, Essen oder im Kaufrausch. Ihre Tochter sah zu, hörte zu, und was sie hörte, war: »Mach's nicht wie ich ... Ergreife einen Beruf und mach Karriere ... Leb dein eigenes Leben ... Frauen haben keine Macht ... Warte mit der Ehe und mit den Kindern, bis du weißt, wer du bist.«

Diese Botschaften verwirrten die Tochter. Gefiel es ihrer Mutter denn nicht, eine Frau zu sein, einen Mann zu haben und sich um die Kinder zu kümmern? Ruinierten die Kinder ihr Leben? War es denn schrecklich, eine Frau zu sein? Würde ihr Leben ruiniert werden, weil *sie* weiblich war? Der Selbsthaß und die Selbstherabwürdigung der Mutter brachten die Tochter dazu, ihr in nichts gleichen zu wollen. Sie würde statt dessen vollkommen sein. Friedan schreibt weiter:

»Mir ist aufgefallen, daß gerade Frauen, die ihrer selbst als Frauen nicht sicher sind – weil sie im Schatten der Selbstherabsetzung ihrer Mütter stehen, jener Mütter, deren Selbstgefühl nicht ausreichte, um eine Tochter innig lieben zu können –, am häufigsten in die Superfrauenfalle gehen: Sie versuchen, ›perfekte Mütter‹ zu sein, wie ihre eigenen Mütter es nicht waren, und zugleich in ihrem Beruf perfekt zu sein, in einem Maße, wie es die Männer, die mit diesem Spiel von Kindesbeinen an vertraut sind, nicht anstreben. Hinter diesem weiblichen Machismo, der von der Mutter auf die Tochter übergeht, verbergen sich die gleichen uneingestehbaren Gefühle von Selbsthaß, Schwäche und Machtlosigkeit wie hinter dem Machismo der Männer.«[3]

Unglücklicherweise glichen sich viele junge Frauen in ihrem Bemühen, ganz anders als ihre Mütter zu sein, den Männern an. Sie maßen sich in ihrer Selbstdefinition, ihrer Selbstachtung und in ihrem Selbstwertgefühl am männlichen Produktionsstandard. Am Anfang waren ihre Erfolge für sie sehr belebend. Aber je größer ihre Erfolge waren, desto größer wurden auch die Anforderungen an ihre Zeit und Energie. Weibliche Werte im Hinblick auf Beziehungen und Anteilnahme nahmen hinter dem Erreichen von Zielen den zweiten Platz ein. Und viele Frauen bekamen allmählich das Gefühl, daß sie nie genügen würden.

Peg ist eine erfolgreiche Architektin um Mitte Vierzig. Seit zwölf Jahren entwirft sie Industriebauten. Ihre Kinder sind nun im frühen Teenageralter und ihr Mann unterstützt sie in ihrer Arbeit. Sie verdient gut, und die Architektur macht ihr Spaß, aber sie hat das Gefühl, daß sie nie gut genug ist. »Ganz egal, wie hart ich arbeite und wie befähigt ich bin, irgendwie ziehe ich immer den kürzeren. Ich arbeite viele Stunden am Tag, ich ziehe neue Kunden an Land, meine Arbeit ist kreativ, aber das System ist so konstruiert, daß ich nicht gewinnen kann. Wenn mein Vater nach einem langen Arbeitstag nach Hause kam, dann hatte seine Frau schon das Essen vorbereitet, und sie kümmerte sich um seine Kleidung, seine Kinder, sein Heim. Ich habe keine Frau. Meine Kinder kommen zu kurz, mein Mann und ich haben keine Zeit für Sex, und ich weiß nicht mal mehr, wie es ist, Zeit für sich selbst zu haben. Ich habe das Gefühl, ich müßte zwei Personen sein, um meinen Beruf und meine Familie bewältigen zu können. Ich liebe meine Arbeit und ich liebe meine Familie, aber ich möchte jemanden, der sich um mich kümmert.«

Was sich viele dieser Heldinnen wünschen, ist genau das, was ihre Väter wollten und für selbstverständlich hielten – jemanden, der sich ihrer annahm und sich um sie kümmerte. Einen liebevollen und fürsorglichen Menschen, der sich ihren Kummer und ihre Sorgen anhörte, ihre kampfmüden Körper massierte, ihre Erfolge zu schätzen wußte und den Schmerz über ihre Verluste von ihnen nahm. Sie wollen loslassen können, umsorgt werden und für das, was sie sind, nicht das, was sie getan haben, akzeptiert werden. Es besteht eine enorme Sehnsucht nach dem, was sie ihrem Gefühl nach »verloren« haben, aber sie wissen nicht, was fehlt, und betäuben so ihren Schmerz mit noch mehr Aktivitäten.

## Die große Heuchlerin

Unsere Heldin hat gelernt, gute Leistungen zu bringen, und wenn ein Gefühl des Unbehagens einsetzt, nimmt sie die nächste Hürde in Angriff: einen weiteren akademischen Grad, eine prestigereichere Position, einen Umzug, eine Liebesaffäre, noch ein Kind. Sie dämpft ihr Gefühl der Leere, indem sie ihrem Ego durch weitere Heldentaten und Leistungen eine Massage zukommen läßt. Sie verliebt sich in die Ehrungen und Anerkennung, die mit dem Sieg einhergehen. Das Erreichen eines Ziels ist mit einem starken Adrenalinstoß verbunden, einem »Hochgefühl«, das den tiefsitzenden Schmerz, nicht zu genügen, verdeckt. Hat sie ihr Ziel erreicht, bemerkt sie kaum das Loch, in das sie anschließend fällt, denn sie richtet den Blick schon auf ihr nächstes Ziel.

Dieser zwanghafte Drang, ständig beschäftigt und produktiv zu sein, hindert sie daran, sich auf ihr zunehmendes Gefühl von Verlust einzulassen. Aber worin besteht dieser Verlust? Sicher hat sie alles erreicht, was sie sich vorgenommen hat, aber ihre Seele mußte dafür große Opfer bringen. Sie hat sich ihrer inneren Welt entfremdet.

In Reaktion auf ihre Mutter, die, um Erfüllung zu finden, von ihrem Mann und ihren Kindern total abhängig war, hat sie geglaubt, sie müsse, um irgend etwas zu erreichen, unabhängiger und autonomer sein als jeder Mann. Sie wird sich von niemandem abhängig machen. Sie treibt sich rücksichtslos an bis zum Rand der Erschöpfung. Sie weiß nicht mehr, wie man »nein« sagt, muß für alle alles sein und ignoriert ihr eigenes Bedürfnis nach Anteilnahme, Fürsorge und Liebe. Sie ist völlig außer Kontrolle geraten. Ihre Beziehung zu ihrem inneren männlichen Aspekt ist zur Tyrannei ausgeartet; er läßt sie nie zur Ruhe kommen. Sie fühlt sich unterdrückt, begreift aber nicht, wodurch sie zum Opfer wurde.

Joyce, eine Professorin für englische Literatur, ist Mitte Dreißig. Sie machte eine sehr erfolgreiche akademische Karriere und unterrichtet nun an einer bekannten Universität an der Ostküste. Ihr Mann ist ebenfalls Universitätsprofessor, ein stiller und sensibler Mann, der ihr tiefes Kunstinteresse teilt. Und obwohl sie in der Sommerpause Zeit haben, sich auch anderen Interessen zu widmen, fühlt sich Joyce stets erschöpft. Sie möchte gern ein Kind, glaubt aber nicht, daß sie noch mehr Verantwortung auf sich nehmen kann. Nach einer Reihe von Träumen über eine Figur, die sie die »große Heuchlerin« nennt, versteht sie nun allmählich die Ursache für ihre Erschöpfung.

»Ich habe mich immer gefragt, warum ich schneller ausgebrannt bin als andere. Mich begeistert die Vorstellung, eine Konferenz zu veranstalten oder einen Kurs oder ein Seminar abzuhalten, aber es scheint, daß es mir an der nötigen Energie mangelt. Es regt sich in mir fast sofort ein Widerstand gegen mein Vorhaben. Ich glaube, es hat mit dieser großen Heuchlerin zu tun.

Ich wirkte schon immer älter, als ich war. Als Kind war ich für meinen Vater die großartige Zuhörerin, gegenüber meiner Mutter die großartige Verständnisvolle, für meinen Bruder und meine Schwester die großartige Fürsorgerin. Ich wußte immer das Richtige zu sagen. Ich war klug für mein Alter. Ich war gut in der Schule, die Lehrer mochten mich sehr.

Ich kann mich nicht entsinnen, in meiner Kindheit viel gespielt zu haben. Ich war zu ernst. Ich las eine Menge. Meine Mutter regte sich stets wegen irgend etwas über meinen Vater auf, und ich versuchte ständig, das Feuer zu löschen. Er war wenig zu Hause und arbeitete an seiner Karriere als Zeitungsmensch. Ich versuchte gefällig zu sein, indem ich mich meiner Mutter und meiner Geschwister annahm. Mein Vater wollte mich stark sehen, also verhielt ich mich entsprechend. Im Grunde war ich abhängig, bedürftig und sehnte mich nach Aufmerksamkeit, aber ich tat das, was er wollte.

Ich trug an einer Bürde, die zu schwer für mich war. Ich lernte nicht Schritt für Schritt, eine Heldin zu sein, ich lernte nur so zu tun, als wäre ich eine Heldin. Jetzt bin ich schon erschöpft, wenn irgend jemand was von mir will, das ich nicht tun möchte. Komitees, Konferenzen, Artikel, alles wird mir zur Last. Als kleines Mädchen hatte ich keine Wahl, und so habe ich heute einen Widerwillen gegen Situationen, in denen ich keine Wahl habe. Und wenn ein männlicher Kollege heute über die Wahlmöglichkeiten redet, die *er* zu seiner Zeit hatte, sehe ich rot.«

Joyce lebt zwar nicht mehr bei ihren Eltern, aber ihr inneres Leben wird noch immer von ihrem Vater beherrscht. Er hat nach wie vor ihre Lebensenergie in der Hand. Er verrät sie noch immer. Er wurde zum inneren männlichen Aspekt, der ihre Bedürfnisse und Wünsche leugnet und sie für seine eigenen Zwecke benutzt. Sie ist erschöpft, weil ihre Bedürfnisse nicht erfüllt werden. Sie wird sich von diesem destruktiven Vaterbild befreien müssen, bevor sie die Rolle der großen Heuchlerin ablegen kann.

Eine Frau kann mit dem Verrat des Vaters erst fertig werden, wenn sie erkennt, daß sich alles, was sie erreicht hat, auf den Wunsch gründet, dem verinnerlichten Vater zu gefallen. In ihrem Drang, diesem Vaterbild gefällig zu sein, hat sie eine Beziehung zu einem inneren männlichen Aspekt aufgebaut, der nicht immer ihr bestes Interesse im Sinn hat. Es kann sein, daß er sie ständig kritisiert und antreibt und ihre Bedürfnisse und Wünsche völlig ignoriert.

»Jung sagt, daß der schöpferische Prozeß in einer Frau niemals Früchte tragen kann, wenn sie unbewußt die Männer nachahmt oder sich mit dem geringeren Männlichen in ihrem Unbewußten identifiziert. Er definierte das Männliche als die Fähigkeit, das eigene Ziel zu kennen und das Nötige zu tun, um es zu erreichen. Wenn dieser innere männliche Aspekt in der Frau *unbewußt* bleibt, wird er sie davon überzeugen, daß sie ihre verborgenen Motive nicht zu erkunden braucht, und er wird sie zum blinden Verfolgen ihrer bewußten Ziele drängen, was sie natürlich von der harten und undramatischen Aufgabe befreit, ihre wahre individuelle Sichtweise zu entdecken.«[4]

## Der Wahn, nie gut genug zu sein

Hat der unbewußte männliche Aspekt die Führung übernommen, dann mag die Frau das Gefühl haben, daß es, ganz gleich, was sie und wie sie es tut, nie ausreicht. Sie fühlt sich nie zufrieden, wenn sie eine Aufgabe erledigt hat, denn er drängt sie stets, sich der nächsten zuzuwenden. Nichts hat einen Wert, womit auch immer sie gegenwärtig beschäftigt ist; er drängt sie, schon weiter zu denken. Sie fühlt sich angegriffen und reagiert aus einem inneren Mangel heraus. »Du hast recht, ich sollte mehr tun, das hier ist nicht genug.« Wenn ich schreibe, dann drängt er mich dazu, mich meinen Klientinnen mehr zu widmen, wenn ich mich meinen Klientinnen widme, dann sagt er, ich solle an meinem Buch schreiben.

Es gibt eine einfache Übung, um diesen innerlichen Tyrannen zum Schweigen zu bringen und unsere Heldin in der Kunst der Zufriedenheit zu unterrichten. Teilen Sie ein Stück Papier in drei Spalten auf.

Schreiben Sie in die erste Spalte irgend etwas, das Sie heute getan haben, zum Beispiel: »Ich habe im Garten Unkraut gejätet.« In die nächste Spalte schreiben Sie: »Ich bin zufrieden«, und in die dritte Spalte schreiben sie: »Und das ist genug!« Das mag sich vielleicht allzu einfach anhören, doch wenn Sie diese Übung etwa einen Monat lang gemacht haben, werden Sie nicht mehr meinen, »nicht genug« geleistet zu haben.

Einer der Gründe dafür, daß Frauen stets das Gefühl haben, nicht genug zu leisten, ist der, daß so hohe Anforderungen an ihre Zeit und Energie gestellt werden, vor allem, wenn sie kleine Kinder haben. Zeit ist ein rares Gut, und der Energie einer Person sind Grenzen gesetzt. Aber die meisten Frauen geben nicht gerne zu, daß sie Grenzen haben, und können außerdem schlecht »nein« sagen. Ich fordere meine Klientinnen auf, kleine Kärtchen mit sich herumzutragen, auf denen steht, wie man auf verschiedene Weise Bitten abschlägt. Es ist auch sehr nützlich, sie neben dem Telefon liegen zu haben. »Vielen Dank, daß Sie mir diese Stellung anbieten ... ich muß darüber nachdenken« ... »Danke für die Einladung ... im Moment kann ich sie nicht annehmen« ... »Danke, daß Sie an mich gedacht haben ... aber ich muß ablehnen.« Frauen enttäuschen nicht gerne andere Menschen und willigen deshalb häufig in etwas ein, ohne an die Auswirkungen, die dies auf ihr Leben hat, zu denken.

Die meisten Helden- und Heldinnengeschichten befassen sich mit der ersten Lebenshälfte, der Zeit, in der die Heldin ihre Identität aufbaut und sich ihren Platz in der Welt schaft. Diese Aufgabe verlangt, daß sie in die Welt hinausgeht, sich Fähigkeiten aneignet und Hervorragendes leistet, was dann zum Bestandteil ihrer Identität wird. Diese Arbeit, gleich worin sie nun besteht, ist, wenn sie bewußt gewählt wurde, Teil des seelischen Entwicklungsprozesses, der schließlich »zu einer Persönlichkeit führt, die nicht nur mehr zu geben hat, sondern auch eine andere Person nicht mehr so zwanghaft braucht«.[5] Und das gibt ihr Vertrauen in ihre Macht, Entscheidungen zu fällen und zu handeln, und ein Autonomiegefühl.

Frauen müssen zur Autonomie finden, bevor sie zur Ganzheit gelangen können. Eine Überprüfung dessen, was Autonomie bedeutet, macht es oft erforderlich, daß alte Vorstellungen von Erfolg aufgegeben werden. Zu viele Frauen haben im Namen von Erfolg und Leistung zuviel von ihrer Seele geopfert. Der Lohn der äußeren

Reise kann verführerisch sein, aber ab einem gewissen Punkt erwacht die Heldin und verweigert sich den Heldentaten des Ego. Sie forderten einen zu hohen Preis.

Fühlt sich die Heldin als Frau wohl genug mit sich selbst, um ihre menschlichen Grenzen anerkennen zu können, dann kann sie sich auch an ihrem Arbeitsplatz oder zu Hause dem Standard der Superfrau verweigern. Das mag bedeuten, daß sie ihren Job kündigt und Macht und Prestige aufgibt, um wieder zu *fühlen*. Oder sie beschließt, daß sie nicht das reinlichste Haus der ganzen Nachbarschaft haben muß und daß ihr Mann und ihre Kinder anfangen könnten, ihren Teil beizutragen.

Wollen Sie zur inneren Wohltat des Erfolgs finden, müssen Sie falsche Vorstellungen vom Heldentum opfern. Findet eine Frau den Mut, sich zu ihren Grenzen zu bekennen und sich klarzumachen, daß sie vollkommen genügt, so wie sie ist, dann entdeckt sie einen der wahren Schätze des Heldinnenwegs. Diese Frau kann sich von den Launen des Egos unabhängig machen und mit ihren tieferen Kräften in Berührung kommen, mit der Quelle ihres Lebens. Sie kann sagen: »Ich bin nicht alles ... und ich bin genug.« Sie wird zu einer authentischen, offenen, verletzlichen Person und empfänglich für das wahre spirituelle Erwachen.

Kapitel 5

# Starke Frauen können »nein« sagen

FÜR STARKE FRAUEN

Eine starke Frau ist eine Frau die sich gewaltig anstrengt
Eine starke Frau ist eine Frau die auf
Zehenspitzen eine Hantel stemmt und
dabei Boris Godunov singt.
Eine starke Frau ist eine Frau bei der Arbeit
die den Mist von Jahrtausenden aus der Jauchegrube schaufelt
und während sie schaufelt, redet sie darüber, daß
es ihr gar nichts ausmache zu weinen, es
öffne die Tränengänge und Erbrechen
trainiere die Magenmuskeln, und
schniefend schaufelt sie weiter.

Eine starke Frau ist eine Frau, in deren Kopf
eine Stimme immer wieder sagt, ich hab's dir gesagt,
häßliches, böses Mädchen, Nutte, Nervensäge, schrill, Hexe,
Schwanzabschneiderin, nie wird dich jemand lieben,
warum bist du nicht feminin,
warum bist du nicht sanft,
warum bist du nicht ruhig,
warum bist du nicht tot?

Eine starke Frau ist eine Frau, die
entscheidet etwas zu tun das andere
entschieden ablehnen. Sie schiebt den Deckel
eines Bleisarges von unten hoch. Sie will
das Dach eines Unterstandes mit ihrem Kopf anheben,
sie will mit ihrem Kopf eine stählerne Wand durchstoßen.
Ihr Kopf schmerzt. Die Leute, die auf das Loch warten
sagen, mach schon, du bist doch so stark.

Eine starke Frau ist eine Frau, die innerlich
blutet. Eine starke Frau ist eine Frau die sich
jeden Morgen stark macht, mit Zähnen
die sich lockern und einem hämmernden Rücken. Jedes Kind
ein Zahn, sagten die Hebammen früher, und jetzt

jeder Kampf eine Narbe. Eine starke Frau
besteht aus Narbengewebe, das weh tut
wenn es regnet und aus Wunden, die bluten
wenn eine dagegenrennt und aus Erinnerungen, die nachts
aufstehen und auf- und abstiefeln.

Eine starke Frau ist eine Frau die Liebe braucht
wie Luft zum Leben oder sie erstickt, blau verfärbt.
Eine starke Frau ist eine Frau, die heftig
liebt und heftig weint und heftige
Ängste und heftige Bedürfnisse hat. Eine starke Frau
hat starke Worte, starke Taten, starke Verbindungen,
starke Gefühle,
aber sie ist nicht stark wie Stein, sondern wie eine
Wölfin die ihre Jungen säugt. Die
Stärke ist nicht in ihr, denn so
wie der Wind die
Segel bläht, spielt sie mit ihr.

Ein Trost ist ihr die Liebe anderer die
gleich stark ist wie ihre
Stärke und die Schwäche aus der
diese entspringt, ein Blitzstrahl aus
einer Wolke. Ein Blitz betäubt. Regnend
verteilen sich die Wolken.
Allein das Wasser der Verbindungen bleibt,
es fließt durch uns hindurch. Stark ist das
wozu jede eine andere macht. Solange wir nicht alle zusammen
stark sind, ist eine starke Frau
stark verängstigt.

Margie Piercy *Für starke Frauen*

## Das Gefühl von Verrat

In den letzten zehn Jahren habe ich mir Geschichten von Frauen im Alter zwischen fünfundzwanzig und achtundfünfzig angehört, die das Gefühl hatten, ihre in der Wirtschaftswelt errungenen Erfolge hätten ihnen in bezug auf ihre Gesundheit und ihr emotionales Wohlbefinden einen Preis abverlangt, der weit höher lag als die Vergütung für ihre Arbeit. Und obgleich sie mit den von ihnen entwickelten Fähigkeiten, mit ihrer Unabhängigkeit und dem Einfluß, den sie nun in dem von ihnen gewählten Bereich ausüben, zufrieden sind, fühlen sie sich doch müde und sind sich nicht sicher, wie es weitergehen soll. Was ist der nächste Schritt?

Sie haben nicht den Wunsch, in die Sicherheit von Heim und Herd zurückzukehren, wie es in bestimmten Frauenzeitschriften propagiert wird, da dies für die meisten von ihnen nur eine reine Vorstellung der Phantasie bleiben könnte. Sie sind an die Befriedigung, die ihnen ihre Arbeit verschafft, gewöhnt, und zudem stellt ihr Gehaltsscheck in den meisten Fällen eine ökonomische Notwendigkeit für sie und ihre Familie dar.

Es geht also nicht um Rückzug, es geht darum, sich neue Optionen zu schaffen. Viele Frauen nehmen heute eine Bestandsaufnahme ihrer Situation vor und fühlen sich irgendwie verraten. »Wozu das alles? Warum fühle ich mich so leer? Ich habe alle mir gesetzten Ziele erreicht, und trotzdem fehlt etwas. Ich habe das Gefühl, mich irgendwie verkauft, mich verraten, einen Teil von mir preisgegeben zu haben, den ich nicht einmal benennen kann.«

Dieses Gefühl, nicht mehr im inneren Einklang mit sich selbst zu stehen, kann eine erste Warnung bedeuten, bevor der Körper der Frau eine massivere Botschaft aussendet. Vielleicht erholt sie sich nur schwer von einer Grippe, leidet unter Schlaflosigkeit, hat Magenprobleme, entdeckt einen Knoten in ihrer Brust oder hat irreguläre Blutungen. Kann sein, daß erst ein Ereignis in der Familie, eine Scheidung, der Auszug der Kinder aus dem Elternhaus, der Tod eines geliebten Menschen, sie dazu bringen, sich ihres spirituellen Verlusts deutlich bewußt zu werden, und es kann auch sein, daß sie ihn nicht als solchen definiert. Ihren Freunden und Familienangehörigen sagt sie vielleicht nur, daß sie sich irgendwie »daneben« fühlt.

Sie hat sich so lange und emsig auf dem Heldenweg vorangeschoben, daß es sie überrascht, dieses Gefühl, daß irgend etwas in ihrem Leben fehlt, nicht loswerden zu können. Sie versteht ihre Trostlosigkeit oder Verzweiflung nicht; es sind ganz neue Empfindungen. »Klar, es gab Zeiten, in denen ich mich niedergeschlagen fühlte, aber da hab ich mich immer durchgearbeitet. Ich brauchte nur ein neues Projekt, und schon lief alles wieder. Aber das hier ist etwas anderes«, sagt eine sechsundvierzigjährige Projektentwicklerin. »Mein Arzt sagt, daß meine Blutungen keine physiologische Ursache haben, aber ich habe einfach das Gefühl, daß ich innerlich weine und ausblute.« Wenn Frauen sich der Metapher des »Ausblutens« bedienen, dann ist klar, daß sie sich nicht mehr fruchtbar fühlen.

Eine dreiundvierzigjährige Krankenschwester, die mit Kindern von drogensüchtigen Müttern arbeitet, berichtet: »Ich sehne mich nach den Tagen zurück, in denen wir alle kleine Kinder hatten und einander bei der Kinderbetreuung halfen, gemeinsam die Geburtstagspartys für die Kinder planten und uns gegenseitig von unseren Frustrationen erzählten. Jetzt sind wir alle mit unserem Beruf so beschäftigt, daß wir nicht einmal mehr Zeit für eine Tasse Tee haben. Wir haben kein Gemeinschaftsgefühl mehr. Ich habe, abgesehen von den Frauen in meinem Arbeitsbereich, kein Frauennetzwerk mehr, und wir reden immer nur darüber, wie wenig Personal wir haben und wie wir unsere Arbeit noch effizienter gestalten könnten. Ich vermisse wirklich meine Freundinnen.«

Das Verlustgefühl, dem diese Frauen Ausdruck geben, ist eine Sehnsucht nach dem Weiblichen, nach dem Gefühl in ihrem eigenen Körper und in ihrer Gemeinschaft *zu Hause* zu sein. Die meisten Frauen von heute haben ihre frühen Jahre damit verbracht, sogenannte männliche Qualitäten zu entwickeln und zu schärfen, so unter anderem das logische, lineare Denken, das Analysieren und das Setzen von kurzfristigen Zielen. Den Frauen, die Emotionen an ihrem Arbeitsplatz einbrachten, wurde schnell bedeutet, daß sie dort fehl am Platze waren. Und obgleich nun viele Firmen ihren Kräften im oberen Managementbereich einen weiblicheren oder »Beta«-Führungsstil antrainieren, der Werte wie Gefühle, Intuition und Beziehungsfähigkeit fördert, beklagen sich doch viele Frauen, daß ihr weiblicher Persönlichkeitsaspekt unterbewertet wird.

»Es fehlt mir, daß ich nicht meine Hände benutze, um etwas zu schaffen. Ich habe schon seit zwanzig Jahren nichts mehr genäht ... Das Kochen macht mir großen Spaß, aber jetzt habe ich nicht mehr die Zeit dazu ... Mein Körper sehnt sich danach, daß ich die Schuhe abstreife, mit den Zehen im Schlamm versinke und losrenne ... Mir schmerzen die Knochen, aber nicht, weil ich müde bin; ich weiß, wie sich das anfühlt. Das ist etwas Neues; sie sehnen sich schmerzlich nach der Verbindung mit der Mutter Erde.« Das sind die Stimmen von Frauen, die in sich ein Gefühl von Trockenheit, von Sterilität, von spiritueller Unfruchtbarkeit und Leere verspüren.

Glücklicherweise sind diese Frauen imstande, ihr Verlustgefühl zu artikulieren. Schlimmer sind die vielen Frauen dran, die das bekommen, was man medizinisch einen Nervenzusammenbruch nennt, die sich Vorwürfe machen, daß sie nicht die Kraft und die Nerven haben, den »Streß« in einer männlich definierten Welt »auszuhalten«. Viele nehmen zu Alkohol oder Drogen Zuflucht, um dieses Verlustgefühl zu betäuben. Oder sie schweigen, bis sie ein Knoten in der Brust oder ein Gebärmutterhalskrebs dazu zwingt, sich mit der Tatsache auseinanderzusetzen, daß sie auf ihrer Heldinnenreise keine Rücksicht auf die Grenzen ihres physischen Körpers oder die Sehnsüchte ihrer Seele genommen haben.

## Spirituelle Dürre

Frauen, die beim Versuch, die männliche Rolle zu erfüllen, ausbrennen, versengen sich bis in ihren innersten Kern. Marti Glenn, eine Psychologin aus Santa Barbara, beschreibt, was geschieht, wenn die innere Flamme einer Frau erlischt: »Eine Frau verliert ihr ›inneres Feuer‹, wenn die Flamme ihrer Seele nicht mehr genährt wird, wenn das Versprechen eines so lang gehegten Traums erstirbt. Alte Muster taugen nicht mehr, und der neue Weg ist noch nicht deutlich erkennbar; überall herrscht Dunkelheit, und sie kann weder sehen noch fühlen, noch schmecken, noch berühren. Nichts mehr hat noch viel Bedeutung, und sie weiß nicht mehr, wer sie *wirklich* ist.«

Sie berichtet von ihren eigenen Erfahrungen, als sie im Verlauf ihrer Karriere eine Phase des Ausgebranntseins durchmachte: »Im letzten Herbst setzte bei mir eine Reihe von Träumen ein, in denen alte Frauen in Leichenhüllen gesteckt, weggetragen und einen Hügel hinuntergerollt wurden; und Träume, in denen ich arbeitete und das tat, was ich am besten kann – ich leitete Workshops mit Hunderten von Leuten. Aber da war auch dieses kleine weinende Mädchen, das sich hinter einem Fels versteckt. Ich träumte, daß mich mein Chef bat, Autos einzuparken, und das wurde schließlich mein Job. Ich wurde sehr gut im Wageneinparken. Ein Traum nach dem andern hatte mit dem Ersterben des Weiblichen zu tun. Neulich träumte ich von weiblichen Schädeln, die zermalmt wurden.«[1]

Das innere Kind weint und betrauert die Frau, die aufs Wageneinparken reduziert ist. Die Frau, die ihr Leben der Kontrolle des beziehungslosen inneren männlichen Aspekts überläßt, wird vom Drang getrieben, sich am männlich definierten Standard zu messen und ihm zu entsprechen. Irgendwann wird ihr klar werden, daß sie einiges verändern muß, wenn sie überleben und ein gesundes, befriedigendes Leben führen will. Ihre Annahmen über den Lohn, den die Heldenreise einbringt, waren falsch. Ja, sie hat Erfolg, Unabhängigkeit und Autonomie gewonnen, aber sie hat vielleicht unterwegs ein Stück ihres Herzens und ihrer Seele verloren.

Und sie wird sich dann sowohl von ihrem persönlichen wie dem allgemein gesellschaftlichen Denken verraten fühlen, das ihr sagte, daß sie belohnt werden würde, wenn sie der zielorientierten männlichen Denkweise folgt: Sei ein »gutes« Mädchen, und »Vater« wird für dich sorgen. Sie fühlt sich nun völlig allein und des Trostes beraubt. Sie hat keinen Boden mehr unter den Füßen. Ihre geordnete Welt hat einen Knacks bekommen, einen Knacks im kosmischen Ei. Eine meiner Klientinnen beschreibt es so: »Eine dünne Schale umgibt mich, die jetzt zerbricht. Sie ist so dünn, daß ich sie kaum sehen kann, aber bis jetzt hat sie alles an seinem Platz gehalten. Ich kann fühlen, wie sie zerbricht, ich kann es hören. Es jagt mir Angst ein.«

Die Welt ist nicht so, wie sie glaubte, daß sie sein würde; sie ist verraten worden. Sie wütet gegen den Verlust ihrer geliebten Weltsicht und begreift nur widerwillig, daß sie sich selbst auf den Weg machen und weitergehen muß. Und so entscheidet sich unsere Heldin dazu, nicht Opfer von Kräften zu sein, die sie nicht kontrollieren kann, sondern ihr Leben selbst in die Hand zu nehmen. Iphigenie war eine solche Frau.

## Vom Vater verraten: Iphigenie

Als ich so Anfang Dreißig war, sah ich einmal einen Film über den Verrat Iphigenies durch ihren Vater Agamemnon. Ich war über ihr blindes Vertrauen in seine Liebe erschüttert und über seine Bereitschaft, ihr Leben im Austausch für Winde zu opfern, die seine Flotte schneller nach Troja bringen würden. Dort wollte er Helena retten, die Frau seines Bruders Menelaos. Iphigenie triumphierte schließlich, indem sie sich in ihren Tod ergab und von der Göttin Artemis errettet wurde, aber das war nicht Bestandteil der Geschichte des Films, und ich verließ das Kino völlig schockiert.

Agamemnon und sein Bruder Menelaos hatten ihre Flotten in Aulis versammelt, um sich auf die Invasion Trojas vorzubereiten. Aber es lag völlige Windstille über dem Meer, und sie konnten nicht segeln. Die Männer wurden ungeduldig, und der Seher Kalchas, ein trojanischer Verräter, sagte Agamemnon, daß er nie nach Troja kommen würde, wenn er nicht seine junge Tochter Iphigenie opferte, um Artemis zu versöhnen, die er durch seine prahlerische Behauptung, ein besserer Schütze als sie zu sein, beleidigt hatte. Agamemnon war zutiefst betrübt und hin- und hergerissen zwischen der Liebe zu seiner Tochter und der Treue zu seinem Bruder, der seine Frau an Paris von Troja verloren hatte, sowie der Treue zu seinen Männern, die seinem Kommando unterstanden und nach einem Kampf und trojanischem Blut dürsteten. Der männliche Stolz war verletzt worden, und eine Frau würde ihr Leben opfern müssen.

Agamemnon lockte Iphigenie mit dem Versprechen nach Aulis, sie mit dem edlen Krieger Achilles zu verheiraten. Iphigenie kam voller Freude mit ihrer Mutter Klytämnestra in Aulis an, um Vorbereitungen für das Hochzeitsfest zu treffen. Klytämnestra fand bald die Wahrheit über das schändliche Vorhaben ihres Mannes heraus und bat ihn um Gnade für ihre junge Tochter. Agamemnon weigerte sich, und Klytämnestra bat Achilles um Hilfe. Achilles, der bereits mit Deidamäa verheiratet war, willigte ein, denn auch er war schon einmal von Agamemnon verraten worden. Unseligerweise hatte Kalchas seine Prophezeiung schon herumerzählt, und die gesamte Armee forderte die Opferung Iphigenies.

Agamemnon rechtfertigte seinen Verrat vor der erzürnten Klytämnestra und der weinenden Iphigenie mit den Worten: »Weder hab ich den Verstand verloren, noch hab ich meine Kinder zu lieben aufgehört. Diese Tat ist schrecklich, doch tun muß ich sie. Wird dieses Opfer nicht vollzogen, so schwört Kalchas, werden wir Troja nie erreichen. Und all die Griechen brennen, den Feind zu schlagen. Bleibt Paris für den Diebstahl Helenas unbestraft, so werden die Trojaner, wie unsere Männer glauben, nach Griechenland ziehen und weitere Frauen rauben – ihre Frauen rauben – unsere Frauen und unsere Töchter. Nicht dem Willen Menelaos' beug ich mich: Nicht nur, um Helena zurückzubringen, segeln wir. Ich beug mich dem Willen ganz Griechenlands, und beugen muß ich mich, sei's nun mein Wille oder nicht – denn Griechenland ist ungleich größer als jeglich eignes Leid. Für Griechenland leben wir, zum Schutze seiner Freiheit.«[2]

Klytämnestra ließ sich von diesem Argument nicht überzeugen, und Achilles erbot sich, um Iphigenies Leben zu kämpfen, aber diese traf ihre eigene Entscheidung.

»Ich habe den Tod gewählt«, sagte sie. »Ich wähle die Ehre. Die Freiheit meines geliebten Landes liegt in meiner Hand, die Ehre unserer Frauen vieler künftiger Jahre.«[3]

Der Legende nach überkam Artemis in dem Moment, da Iphigenie das Messer an die Brust gesetzt und das Feuer entzündet wurde, Mitleid mit dem jungen Mädchen. Sie entführte sie und hinterließ an ihrer Stelle eine Hirschkuh. Danach begannen starke Westwinde zu blasen, und die Flotte segelte nach Troja. Und Tausende junge Griechen und Trojaner fielen in den anschließenden Kämpfen.

Iphigenie erblickte die spirituelle Dürre der männlichen Suche in ihrer furchterregendsten Form und verlor den Glauben an ihren Vater. Und als sie ihrem Tod schon nahe war, wurde sie vom weiblichen Prinzip (Artemis) gerettet.

Der Verrat des Weiblichen durch das Männliche ist in zahllosen Geschichten und Mythen erzählt worden, aber nirgendwo sonst wird so präzise geschildert, wie die Liebe der Tochter zu ihrem Vater durch sein Versprechen der Liebe und Ehe mit einem göttlichen jungen Mann verraten wurde. Iphigenie hatte den Wunsch, ihrem Vater Agamemnon zu geben, worum er sie bat. Sie suchte seine Liebe, Bestätigung und Zustimmung, aber er verriet ihr Vertrauen und schickte sie in den Tod. Ihre augenscheinlich heldenhafte Tat führte zum Niedergang einer großen Kultur und bekräftigte auf tragische Weise die Macht, den Stolz und die Arroganz der Griechen auf ihrem Kriegszug.

Die meisten Frauen werden fast alles tun, um ihren Vater zufriedenzustellen; sie wünschen sich verzweifelt die Aufmerksamkeit der männlichen Götter. Selbst wenn der Vater distanziert und kritisch ist, hat er doch die Macht darüber zu bestimmen, wie die Beziehung seiner Tochter zu ihm und zu allen anderen Männern in der Welt aussehen wird. Eine Frau, die sich dieses fortgesetzten Einflusses dieser ersten männlichen Kraft in ihrem Leben bewußt ist, hat eine größere Chance, mit ihrer eigenen blinden Treue zum Männlichen zurechtzukommen. Sie kann »nein« sagen. Eine meiner Freundinnen, eine presbyterianische Pfarrerin, erzählt von einer Einsicht, die ihr bei ihrer Zusammenarbeit mit einem ihrem Vater sehr ähnlichem Chef kam:

»Vor zwei Jahren wurde mir allmählich klar, daß ich mich in einer vergifteten Umgebung befand. Alle Programme, die ich in der Kirche eingeführt hatte, liefen gut, aber je mehr Erfolg ich hatte, desto mehr administrative und klerikale Aufgaben wurden mir übertragen. Ich fragte mich allmählich: ›Bin ich dafür den ganzen weiten Weg gegangen?‹ Jedesmal wurde, wenn man mir eine besondere Aufgabe versprochen hatte, dieses Versprechen gebrochen, und ich bekam allmählich das Gefühl, daß meine Talente abgewertet wurden. Sicherlich konnte ich die mir zugewiesene Arbeit tun, aber das war nicht die Berufung, die mich Pfarrerin hatte werden lassen. Ich fühlte mich ausgetrickst und von Gott verraten. Ich verlor allmählich mein Selbstvertrauen, meine Energie, meine Kreativität und immer mehr von der Substanz, die ich in meine Arbeit einbringen konnte. Ich war mit meiner Arbeit zu beschäftigt, um mich von meinem Mann, meinen Freunden und meiner Familie wieder aufbauen zu lassen, und ich hatte keine Zeit für die unterstützende Gruppe, die wir einander versprochen hatten, als wir das Ausbildungsseminar verließen. Ich merkte auch, daß die Dinge, die mir vormals Kraft gegeben hatten, das nun nicht mehr taten, weil ich mich weiterentwickelt hatte. Ich war jetzt eine andere Person.

Ich mußte nicht nur herausfinden, wo meine persönlichen Probleme lagen, sondern mir auch Klarheit darüber verschaffen, welche Probleme sich mit einem weiblichen Pfarrer in einer von Männern beherrschten Kirche verbanden. Ich wußte, daß ich meine mich persönlich betreffenden Fragen selbst abklären mußte, um nicht meine Gemeinde damit zu belasten. Ein ganzes Jahr lang befaßte ich mich ganz bewußt mit den ›Vater‹-Themen, die in mir durch die Arbeit mit einem unzugänglichen Chef aktiviert wurden, und mir wurde klar, daß ich im Rahmen dieses spezifischen Systems alles getan hatte, was mir zu tun möglich war. Ich hatte alles getan, was von mir verlangt wurde, und ich fühlte mich durch diese Arbeit nicht genährt. Ich mußte die Krise nicht unbedingt heraufbeschwören. Ich ging, bevor ich krank wurde, mit intaker Integrität und hinterließ ein von mir initiiertes Programm, das reibungslos lief. Aber ich brauchte noch eine ganze Weile, bis ich mein Gefühl, von Gott verraten worden zu sein, durchgearbeitet hatte.« Sie entschied sich zum Ausstieg aus dem System, bevor es sie krank machte, im Wissen, daß sie sowohl ihre persönlichen Angelegenheiten wie auch ihren Dienst an der Gemeinde zu Ende gebracht hatte.

## Von Gott verraten

Carol Christ beschreibt in ihrem Buch *Laughter of Aphrodite* die Ursachen für das Gefühl der Frau, von Gott verraten worden zu sein, wenn sie innerhalb einer der »Vaterreligionen« aufwuchs oder sie studierte. Sie selbst hatte den Beifall ihrer männlichen Professoren während ihres Talmudstudiums gesucht. »Ich nahm an, ich könnte das bevorzugte Kind des ›Vaters‹ werden, wenn ich nur herausbekam, wie ich ihm gefallen und ihn zufriedenstellen konnte. Die Frage, ob Töchter denn überhaupt je einen gleichgestellten Platz im Hause des Vaters einnehmen können, kam mir nie in den Sinn. Trotz der pathologischen Elemente in meinen Beziehungen zu Vätern setzte ich doch, weil sie mich unterstützten, Vertrauen in meine Intelligenz und Fähigkeiten. Durch die Vorstellung von einem das Weibliche transzendierenden Persönlichkeitskern schuf ich mir ein gewisses Maß an Freiheit von den herkömmlichen weiblichen Rollen. Ich ging davon aus, daß die Worte Gottes, die ich da studierte, die geschlechtsbezogene Sprache des Talmuds transzendierten. Ich dachte, daß ich, da wir doch alle einer durch unsere Liebe zum intellektuellen Leben und durch unser gemeinsames Interesse an religiösen Fragen definierten Menschheit angehörten, wie meine männlichen Professoren werden könnte.«[4] Carol Christ fühlte sich geschmeichelt, wenn man ihr sagte, sie dächte wie ein Mann, und sie verachtete Frauen, die sich mit der herkömmlichen Frauenrolle zufriedengaben. Sie fühlte sich als etwas Besonderes, sie war eine Lieblingstochter.

Doch schließlich erkannte sie, daß das zum Verrat an ihrem weiblichen Selbst führte. Die Tatsache, daß sie sich an das Vorbild des »Vaters« und anderer männlicher Mentoren hielt, hinderte sie daran, auch nur eine Ahnung davon zu bekommen, wie eine Frau in einem weiblichen Körper denkt oder sich mit anderen Frauen in Anbetracht ihrer Position als Frau in einer patriarchalen Gesellschaft identifiziert.

Ihre Beziehung zu den Vätern änderte sich dann im Laufe ihres weiterführenden Studiums. Dies war teilweise darauf zurückzuführen, daß sie von einer Universität für Männer und Frauen im Westen zu einer reinen Männeruniversität im Osten überwechselte, aber auch darauf, daß sie nun nicht mehr eine kleine vielversprechende Studentin war, sondern eine potentielle Kollegin in der Ausbildung, die versuchte, sich ihre Zukunft nun auf realistischere Weise vorzustellen. »An dieser Universität mußte ich nun feststellen, daß ich von meinen Studienkollegen in erster Linie als Frau gesehen wurde. Die Tatsache, daß sie mich nicht als Kollegin anerkannten, war der Katalysator, der mich allmählich die Frage stellen ließ, ob Töchter denn je im Hause des Vaters akzeptiert werden können oder nicht.«[5]

Eine vierzigjährige Frau, die in einer katholischen Familie polnisch-amerikanischer Herkunft aufwuchs, versucht mit dem Einfluß des Gottvaterbildes auf ihr Leben zurechtzukommen. Sie hat das Gefühl, nie zu genügen, weil sie nie, ganz gleich, was sie tut oder wieviel sie erreicht, »der geliebte Sohn nach dem Bilde des Vaters« sein wird.

»Ich bin eine bildende Künstlerin«, sagt sie, »und Gott wurde immer als Mann dargestellt. Es mag ein bißchen sehr simpel klingen, aber für mich *ist* Gott ein Mann. Wie kann ich je gleichrangig mit den Männern sein, wenn Gott ein Mann ist? Ich glaube, ich bin deshalb ständig so gestreßt, weil ich immer soviel arbeite. Und ich arbeite deshalb soviel, weil ich ein so geringes Selbstbild von mir als Frau habe. Ich versuche ständig, mich am ›geliebten Sohn‹ zu messen.«

## Spirituelle Töchter des Patriarchats

Die letzten fünftausend Jahre unserer Kultur wurden weitgehend von Männern mit einer produktions- und machtorientierten Lebensperspektive bestimmt, wobei sie Macht stets als Macht über etwas oder jemanden begriffen. Die Achtung vor dem Leben oder den Grenzen und Zyklen der Natur und ihren Kindern hatten keine Priorität. »Die Männer waren groß in Ägypten, groß in Griechenland und Rom, groß im Mittelalter, groß in der Renaissance. Man braucht sich nur die Kunstgeschichte anzusehen, um festzustellen, daß die Männer einst das Maß aller Dinge waren. Ihre physischen Proportionen entsprachen den idealen Maßen. Unsere Vorstellungen von Weisheit, Gerechtigkeit, Regelmäßigkeit und Ausdauer gründeten sich auf den Mann, orientierten sich am Mann und wurden vom Mann bestimmt.«[7]

In den letzten dreißig Jahren haben Frauen unter Arbeitsbedingungen gearbeitet, die weitgehend vom Mann definiert und geregelt wurden. Und obgleich die Frauen einen gewaltigen Fortschritt erzielt und gewiß nicht alle Männer ein dominierendes Wesen haben, ist die Wahrheit doch die, daß die meisten Frauen in ihrer Arbeitssituation einem männlichen Arbeitsmodus folgten – auch die meisten Chefinnen. Überstunden und die Konzentration auf den Profit unter Ausschluß persönlicher Beziehungen sind die Regel, nicht die Ausnahme. Wenn eine Frau allmählich das Gefühl beschleicht: »Wozu das alles?«, dann sollte sie das lieber nicht gegenüber ihrem Chef oder ihren Mitarbeitern erwähnen. Bis vor kurzem gab es sehr wenige Rollenvorbilder für Frauen, Frauen, die sagten: »Stopp! Es ist an der Zeit, daß ich ein paar neue Entscheidungen fälle.« Frauen, die das heute tun, segeln in unkartographierten Gewässern.

Pam, eine meiner Klientinnen, ist Mitte Dreißig und arbeitet seit acht Jahren als Journalistin. Sie hat gerade einen prestigeträchtigen und sehr stressigen Job bei einem Unterhaltungsmagazin aufgegeben, um nun selbständig zu arbeiten und eine Kolumne zu schreiben. Als ich sie fragte, wie sie nun über ihre Entscheidung dachte, gab sie zur Antwort: »Kein Mensch an meiner Arbeitsstelle merkte, wie unglücklich ich war. Mein Chef fiel aus allen Wolken, als ich ihm mitteilte, daß ich gehen wollte. Meine Arbeitskollegen wußten nicht, wer ich bin; ich fühlte mich nicht aufgehoben. Als Reporterin kann man seine Gefühle und Meinungen nicht offen aussprechen, und so trug ich ständig eine Maske. Ich wollte meine Gefühle und die Person, die ich bin, nicht zeigen, weil ich ja dort gar nicht sein wollte. Mir waren die harten Nachrichten immer zuwider: Der Druck, Leute dazu zu bringen, daß sie etwas sagen, was sie eigentlich nicht preisgeben wollen. Ich mochte dieses ewige Manövrieren und Manipulieren nicht.

Sechs Jahre lang habe ich nie auf meine eigenen Gefühle gehört. Die habe ich statt dessen über Verschwendungssucht ausagiert. Mich trieb immer die Angst vor dem Versagen; ich wollte keinesfalls einen Fehler machen. Die Zustimmung anderer war für mich wirklich wichtig, und so habe ich mir einen Beruf in den Medien gewählt, wo das Urteil anderer alles bedeutet.

Allerdings habe ich herausgefunden, daß ich gut schreiben und kommentieren kann. Mein Schreiben hat mich aufgerichtet. Als ich letztes Jahr die Gelegenheit bekam, einen Teilzeitjob anzunehmen und zu Hause zu arbeiten, sagte eine Stimme in mir: ›Das ist es, was ich will; das ist wirklich, was ich will.‹ Aber ich wollte nicht auf diese Stimme hören. Statt dessen sagte ich mir: ›Nichts da. Wir machen weiter.‹

Dieses Jahr wurde mir dann allmählich klar, daß ich alles erreicht hatte, was ich mir vorgenommen hatte. Ich war eine gute Managerin, ich war eine gute Schreiberin, ich war eine Kritikerin, die jedermann las und zitierte. Mir wurde eine Menge Aufmerksamkeit zuteil. Aber ich war nicht glücklich; ich hörte nie auf mein Gefühl, das mir sagte, daß ich gar nicht dort sein wollte. Ich wollte nicht in die Situation geraten und eine von denen werden, über die meine Kollegen in der Branche dann sagen: ›Sie hat gierig danach geschnappt.‹

Dann begann ich über Bestätigung von außen nachzudenken. Wollte ich wirklich Howard Rosenberg werden, der berühmte Kritiker der *Los Angeles Times*? Ja, schaffen konnte ich es, aber *wollte* ich es auch? Ich arbeite nicht gerne unter Termindruck. Ich schreibe lieber eigene Sachen, die mich wirklich interessieren. Ich muß meine eigenen Grenzen akzeptieren; ich bin so, wie ich bin. Wenn ich mir Zeit für meine Kreativität nehme, dann kann ich meine Gedanken so zu Papier bringen, daß sie lustig und vergnüglich zu lesen sind.

Also hab ich gekündigt. Ich dachte: ›Ich habe Spaß am Schreiben und selbst, wenn ich nicht mehr so viel Geld verdiene wie vorher und auch nicht mehr so viel Prestige genieße, so genieße ich doch die Freude und Befriedigung, eine Kolumne zu schreiben, die ich liebe.‹ Mein Chef sagte hingegen: ›So macht man das nicht; Sie machen eine Kehrtwendung und opfern Ihre Karriere.‹ Das ist die Stimme, mit der ich mein ganzes Leben lang zu kämpfen hatte, diese beherrschende Stimme, die sagt: ›So solltest du das machen; das ist die Wahrheit.‹ Diese Form von absoluter Autorität hat mich schon immer gewurmt. Aber ich habe zu lange auf sie gehört.

Ich kündigte meinen Job und liebe jetzt meine Arbeit. Letzte Nacht habe ich eine Kolumne geschrieben, die mir so viel Spaß und Vergnügen machte, daß ich meinen Redakteur anrufen mußte, um

*»Herrin der Tiere«, Illustration von Sandra Stafford*

sie ihm vorzulesen. Ich hab immer darauf gewartet, daß ich aus der Unbekanntheit hervorgeholt und zum Star gemacht werde, aber jetzt ist mir klar, daß ich das gar nicht brauche. Ich kann mich auf der Grundlage meiner eigenen Bedingungen bestätigen.«

Pam hatte ihre Hochs und Tiefs, nachdem sie sich selbständig gemacht hatte, aber sie schaffte es innerhalb von sechs Monaten, ihr sich gesetztes finanzielles Ziel zu erreichen, und sie genoß die Vielfalt ihrer Aufträge. Ein solcher Entschluß, wie sie ihn traf, erfordert viel Mut.

## Was geschieht, wenn Frauen »nein« sagen?

Wenn Frauen zu der sie beherrschenden inneren Stimme »nein« sagen, zu der Stimme, die ihnen erzählt: »Er hat recht, du machst eine Kehrtwendung und opferst deine Karriere«, dann löst das in ihnen eine Reihe von simultanen und komplexen Emotionen aus. Da ist ein Gefühl von Leere, das Gefühl, die gestellten Ansprüche nicht zu erfüllen, weil sie dem so offensichtlichen Weg zur Beförderung ihrer Karriere nicht weiter folgen. Da ist die Angst, andere zu enttäuschen, zu frustrieren und das Bild, das sie von einem haben, zu zerstören. Aber es liegt auch Stärke in diesem »Nein«, in diesem Selbstschutz, in diesem Hören auf die eigene *authentische* Stimme, darin, daß der innere Tyrann zum Schweigen gebracht wird.

Letztes Frühjahr hatte ich ein entsprechendes Erlebnis. Ich saß in einem Frühstückslokal in meiner Gegend und hörte zu, wie sich zwei erwachsene Männer über die Herausforderungen unterhielten, die mich erwarteten, wenn ich einen bestimmten administrativen Job annahm. Dieser Job würde mir die Gelegenheit bieten, als Jeanne d'Arc die Truppen in hohe akademische Sphären zu führen, mit meinem Schwert unfähige Fakultätsmitglieder zu enthaupten und in den heiligen Gemächern des Königs und seiner Berater zu sitzen. Als ich nach Hause kam, hatte ich das Gefühl, eben in den Club der Jungs eingeladen worden zu sein, wenn auch nur als Beobachterin. Ich würde nie eine von ihnen sein, das stellten sie klar. Sie wollten, daß ich diese Stelle annahm, aber ich wußte, daß die Zügel der Macht nach wie vor in ihren Händen liegen würden.

Irgend etwas daran kam mir bekannt vor; das gleiche Gefühl hatte ich immer, wenn mein Vater mit mir über seine geschäftlichen Dinge sprach: das Gefühl, in ein geheimes Reich der Macht eingeweiht zu werden, aber in diesem Drama nie wirklich eine Akteurin zu sein; das Gefühl, ein Anhängsel zu sein, da zu sein, um zu erfreuen, »ja« zu sagen, zuzuhören; das unbehagliche Gefühl, daß ich mich selbst verraten würde, wenn ich diese Stelle annahm. Ich dachte: »Ich mag dieses Gefühl nicht. Ja, ich kann bei den Studenten und in der Fakultät gute Arbeit leisten, und es wäre eine große Herausforderung für mich, aber zu einem Preis, den zu zahlen ich nicht bereit bin. Ich hab es endlich geschafft, mir genügend Zeit für mein Schreiben zu nehmen, und ich will diesem Weg folgen und sehen, wohin er mich führt.« Ich lehnte das Angebot ab.

Und was bewirkte das in mir? Ich empfand ein Gefühl von tiefer Trauer und von Befreiung. Ich trauerte darüber, daß ich nicht hineinpaßte, daß ich die Erwartungen nicht erfüllte, daß ich nicht Teil einer Gemeinschaft war, die ich liebte. Aber ich feierte auch meine neu gewonnene Freiheit, nicht mehr die Erwartungen anderer erfüllen zu müssen, und das Wissen, daß ich meiner eigenen inneren Suche treu geblieben war. War ich egoistisch und machte mir selbst etwas vor? Ich glaube nicht.

Verweigert sich die Heldin ihrer nächsten heldischen Aufgabe, so empfindet sie ein extremes Unbehagen. Die Alternative zum Heldentum scheint Selbstnachgiebigkeit, Passivität und Bedeutungslosigkeit zu sein. Und das riecht in unserer Gesellschaft nach Tod und Verzweiflung; unsere Gesellschaft unterstützt die Bestrebung und Einstellung: mehr, besser, schneller. Die meisten Menschen fürchten, das Gegenteil dieser Hybris sei die Unsichtbarkeit, und wissen nicht, was sie tun sollen.

Hört eine Frau mit dem *Tun* auf, dann muß sie ganz einfach lernen, zu *sein*. Sein ist kein Luxus, es ist eine Disziplin. Die Heldin muß sehr achtsam auf ihre wahre innere Stimme hören. Das heißt, sie muß die anderen Stimmen, die ihr nur allzu begierig sagen wollen, was sie zu tun hat, zum Schweigen bringen. Sie muß bereit sein, die Spannung auszuhalten, bis die neue Form Gestalt annimmt. Alles, was weniger ist, würgt das Wachstum ab, verweigert die Veränderung und dreht den Transformationsprozeß um. *Sein* verlangt Mut und fordert Opfer.

Das vollständige Opfer erfordert das Aufgeben alter Verhaltensweisen. Frauen müssen anfangen, sich Positionen zu verweigern, die sie im Grunde nicht einnehmen wollen, auch wenn dies bedeutet – und in der Regel ist es auch der Fall –, daß sie von der Außenwelt keinen Applaus mehr erhalten. Außerdem entsteht ein klaffendes Loch, das erst einmal heilen muß, bevor der neue Weg deutlich erkennbar wird.

Als ich ein paar Tage nach meiner Entscheidung einen Spaziergang am Strand unternahm, stieg in mir das Bild eines fünf Monate alten Babys, eines Mädchens, auf, das auf dem Rücken lag und mit den Beinchen strampelte. Es lag nackt in der Sonne, gluckste und genoß die ungehinderte Bewegung. Es war ein sehr heilsames Bild.

## »Nein« sagen: Der König muß sterben

Frauen fällt es so schwer, »nein« zu sagen, weil es ein so angenehmes Gefühl ist, erwählt zu werden, vor allem, wenn es sich um den König handelt. Es macht uns Spaß, den Vater, den Chef, die Arbeitskollegen, unseren Liebhaber zu erfreuen. Wir wollen andere nicht enttäuschen; wir investieren sehr viel von unserem Selbstbild in das Bemühen, andere glücklich zu machen. Unser inneres kleines Mädchen möchte nicht ausgeschlossen oder zurückgelassen werden. Nicht am allgemeinen Spaß teilzuhaben bedeutet zu großen Schmerz. Und wir brauchen das Einkommen.

Wenn wir die Phase spiritueller Tochterschaft, in der wir den männlichen Rollenvorbildern dienen, verlassen, steht da selten ein Übervater, der sagt: »Das hast du gut gemacht ... Genauso wollte ich es haben ... Mach weiter und geh nun deinen eigenen Weg.« Vielmehr lautet die Antwort gewöhnlich: »Du wirfst deine Karriere weg, wenn du diese Stelle nicht annimmst ... Wie konntest du uns so fallen lassen? ... Du weißt deine Verpflichtungen nicht einzuhalten ... Du bist der Herausforderung nicht gewachsen.« Niemand hört sich gerne solche Vorwürfe an, aber für Frauen, die andere nicht gerne enttäuschen oder sich allzu stark auf den Beifall und die Bestätigung von Männern verlassen haben, sind sie schier unerträglich.

In diesen Momenten sind wir besonders verletzlich, doch es sind auch die, in denen wir wirklich wachsen können. Jean Shinola Bolen schreibt: »Wenn wir etwas tun, weil es von uns erwartet wird oder wir jemandem gefällig sein möchten oder wir vor jemandem Angst haben, dann entfremden wir uns immer mehr vom Gefühl eines authentischen Lebens. Wenn wir immer eine uns nur allzu vertraute Rolle ausagieren, zahlen wir einen Preis. Wir schneiden uns zunehmend mehr vom kollektiven Unbewußten ab, von dem, was uns nicht nur nährt, sondern uns auch das Rohmaterial zum Chaotischen liefert. In Übergangssituationen ist jedoch oft genau das erforderlich: Eine Veränderung dadurch, daß wir ins Chaos geraten, den Weg verlieren, uns für eine Weile im Wald verirren, bis wir uns durchgearbeitet und wieder unseren Weg gefunden haben.«[8]

Was passiert, wenn wir uns dem Patriarchat verweigern? Wir haben dann Zeit, in uns selbst einen Raum zu schaffen, in dem wir eine *neue* Beziehung zum Männlichen entwickeln können; damit ist nicht die Stimme des Männlichen gemeint, die sich seit Jahrhunderten – und wie so viele Männer in unserer Gesellschaft auch – vom Weiblichen abgespalten hat, sondern eine schöpferische, männliche Gestalt, die uns zur großen Mutter führt, wo wir die Spaltung in unserer eigenen weiblichen Natur heilen können. Wenn wir uns dem Patriarchat verweigern, dann beginnen wir mit unserem »Hinabsteigen in die Tiefen des Geistes der Göttin«, wo »viel Kraft und Leidenschaft des Weiblichen ... in fünftausendjähriger Verbannung in der Unterwelt geschlafen« hat.[9]

Als ich an diesem Kapitel zu schreiben begann, hatte ich Träume von einer positiven inneren männlichen Gestalt, die ich den »Küchenmann« nannte, weil ich ihr zum erstenmal begegnete, als sie den Küchenboden fegte. Es ist ein großer, wie ein Bär wirkender Mann, sanft und solide zugleich. Ich habe ihn mehrmals beim Schreiben, vor allem dann, wenn ich merkte, daß ich neues Gelände betreten wollte, um Führung gebeten. Er beschützt mich und bewegt sich in meinem Tempo – immer ein Schritt nach dem anderen. Jedesmal, wenn ich ihn rief und er kam, wurde ich überrascht und mit Energie aufgeladen. Ich war nicht darauf gefaßt, daß diese so fürsorgliche Gestalt in männlicher Form erschien, und ich bin sehr verwundert, daß dieser innere Mann mein Führer zur großen Mutter ist. In der folgenden Passage nimmt er mich mit zu unvertrauten Gewässern, wo wir tief unter der Oberfläche dahinschwimmen. Ich schreibe:

»Heute fühle ich mich irgendwie in einem Zwischenzustand. Ich kann den Druck des Wassers in meinen Ohren fühlen, das die Geräusche dämpft. Wir sind noch nicht tief genug getaucht, oder möglicherweise fühlt es sich ebenso an. Ich muß darauf achten, daß ich in der Gegenwart bleibe. Ich bewege mich nun in einem neuen Territorium, das ich noch nicht entziffern kann. Ich sehe meine Worte in den Worten anderer verschachtelt. Diese da sind meine Worte. Ich möchte sie herauslassen; was sind es für Worte?

Wir befinden uns jetzt auf dem Grund des Ozeans, und ich sehe viele Frauen in dem warmen, weichen Wasser treiben. Wir werden alle vom Rhythmus des Meeres geschaukelt. Hier ist sehr viel Raum und ein Gefühl von Liebe. Ich sehe hinauf durch die Kelpkathedrale und will hier für immer bleiben. Ich höre die Mutterwale mit ihren Kälbern in diesen Wassern der Geburt atmen.

Der Küchenmann und ich schwimmen zu der riesigen Gestalt eines Säugetiers. Sie ruht auf dem Grunde des Ozeans; sie hat eine Raupenform und viele Brüste (Diana von Ephesos). Ich sauge an einer dieser Brüste, aber aus ihr kommt Wasser, nicht Milch. Ich bin überrascht; es ist sehr nährend. Sie lächelt, bleibt aber distanziert; weder empfinde ich Liebe zu ihr, noch strahlt sie sie aus. Sie ist jedoch sehr präsent und sehr zugänglich. Sie ist unpersönlich, doch sie ist *da*. Verwundert befrage ich den Küchenmann dazu. Er sagt: ›Meine Liebe, das ist keine Beziehung mit der persönlichen Mutter; das ist die große Mutter.‹«

Kapitel 6

# Initiation und Abstieg zur Göttin

GEBETE AN DIE MÜTTER

Sie sagen, lauernd lebst du noch im Verborgenen hier, vielleicht
tief unter der Erde oder auf einem
heiligen Berg, sie sagen (noch)
gehst du unter Männern umher, schreibst Zeichen
in die Luft, in den Sand, warnst, warnst, webst
den gewundenen Umriß unserer Befreiung, gespannt,
ohne Hast. Sorgfältig. Du schreitest zwischen Kelchen einher, trittst
aus Kristall hervor, heilst mit dem heiligen Glanz deiner
dunklen Augen, sie sagen, im Dschungel
enthüllst du ein grünes Gesicht, im Schnee
trägst du Blau, du wohnst den
Geburten bei, tanzt auf unseren Toten, beklagst, fickst, umarmst unsere
Trägheit, lauernd lebst du noch im Verborgenen hier, murmelst
in Höhlen, warnst, warnst und webst
in die Kettfäden unsere Hoffnung, verschränkst deine Hände
gegen das Übel in den Sternen, o Regen,
vergifte uns, sauberfressende Säure,
wecke uns wie Kinder aus einem Alptraum auf, laß die
Verschlingenden treiben, die ich nicht
benennen kann, die metallenen Männer
die hinweggehen über unsere gesamte Substanz
die Körper zu Brei
zermalmen

Diane Di Prima *Gebete an die Mütter*

## Initiation der Frau

Der Abstieg ist durch eine Reise in die Unterwelt, die dunkle Nacht der Seele, den Bauch des Wals, die Begegnung mit der dunklen Göttin oder einfach eine Depression gekennzeichnet. Gewöhnlich geht ihr ein Verlust voran, der einige Veränderungen im Leben bewirkt. Erfahrungen wie der Tod eines Kindes, eines Elternteils oder eines Lebensgefährten, mit dem die Frau im Leben und in ihrer

Identität eng verwoben war, können den Beginn einer solchen Reise signalisieren. Frauen beginnen mit ihrem Abstieg oft dann, wenn eine bestimmte Rolle wie etwa die der Tochterschaft, der Mutterschaft, der Liebhaberin oder der Ehefrau ein Ende gefunden hat. Eine lebensbedrohliche Krankheit oder ein Unfall, der Verlust des Selbstvertrauens oder des Lebensunterhalts, ein Umzug, die Unfähigkeit, ein Studium abzuschließen, die Konfrontation mit einer Sucht, ein gebrochenes Herz, alle diese Dinge können den Raum für Zerstückelung und Abstieg öffnen.

Die Reise in die Unterwelt wird von Gefühlen der Verwirrung begleitet, der Trauer, Entfremdung, Desillusionierung, der Wut und Verzweiflung. Die Frau mag sich nackt und preisgegeben, ausgetrocknet und zerbrechlich oder wund und im Innern nach außen gekehrt fühlen. Das waren meine Gefühle, als ich gegen einen zervikalen Krebstumor im fortgeschrittenen Stadium kämpfte, gegen die Auflösung meiner Ehe, und als ich mein Selbstvertrauen als Künstlerin verlor. Jedesmal hatte ich mich mit Wahrheiten über mich und meine Welt zu konfrontieren, die ich nicht sehen wollte. Und jedesmal wurde ich durch die Feuer der Transformation gereinigt und geläutert.

Die Unterwelt kennt kein Zeitgefühl; die Zeit ist ohne Ende, und man kann den Aufenthalt dort nicht beschleunigen. Es gibt keinen Morgen, nicht Tag oder Nacht. Sie ist zutiefst dunkel und unversöhnlich. Diese alles durchdringende Dunkelheit ist feucht, kalt und läßt dir das Mark gefrieren. Die Unterwelt hat keine leichten Antworten parat; es führt kein rascher Weg hinaus. Wenn das Jammern und Klagen verstummt, herrscht Stille. Du bist nackt und schreitest über die Gebeine der Toten.

Für die Außenwelt scheint die Frau, die mit diesem Abstieg begonnen hat, selbstvergessen, traurig und unzugänglich zu sein. Ihre Tränen haben oft keinen Namen, sind aber immer da, ob sie nun weint oder nicht. Sie ist untröstlich; sie fühlt sich verlassen. Sie vergißt vieles; sie will keine Freunde sehen. Sie rollt sich auf der Couch zusammen oder weigert sich, aus ihrem Zimmer zu kommen. Sie gräbt in der Erde oder wandert im Wald herum. Die Erde und Bäume werden ihre Gefährten. Sie begibt sich in eine Phase freiwilliger Isolation, und ihre Familie und Freunde glauben, sie sei nicht mehr bei Sinnen.

Als ich vor einigen Jahren an einer kalifornischen Universität einen Vortrag über die Reise der Heldin hielt und auf diese freiwillige Isolation zu sprechen kam, hob eine Frau in den hinteren Reihen die Hand und unterbrach mich voller Ungeduld. »Freiwillige Isolation!« rief sie. »Sie haben gerade das benannt, was ich seit neun Monaten durchmache.«

Alle wandten die Köpfe, um eine Frau gegen Ende Vierzig sich nun würdevoll erheben zu sehen. »Bis dahin«, so fuhr sie fort, »war ich die Besitzerin und Chefin einer großen Designfirma und habe über zweihunderttausend Dollar im Jahr verdient. Eines Tages ging ich zur Arbeit und wußte plötzlich nicht mehr, wer ich war. Ich sah in den Spiegel und erkannte die Frau nicht mehr, die mir entgegenblickte. Ich war völlig desorientiert; ich verließ die Firma, ging nach Hause und kam nie wieder zurück.

Den ersten Monat verbrachte ich in meinem Schlafzimmer. Meine Teenagersöhne und mein Mann waren entsetzt. Sie hatten mich noch nie zuvor in einem solchen Zustand gesehen. Ich brachte nicht mal die Energie auf, mich morgens anzuziehen. Ich konnte nicht einkaufen gehen, nicht kochen, mich nicht um die Wäsche kümmern. Ich tauchte in etwas ein, das Sie freiwillige Isolation nennen.«

Einige Frauen nickten zustimmend, als sie weitererzählte. »Jetzt gärtnere ich. Ich hab mich noch nie zuvor in meinem Leben mit dem Garten beschäftigt, aber jetzt ist es das einzige, was ich tun kann. Ich liebe die Erde. Meine Familie macht sich Sorgen um mich, sie wollen, daß ich zu einem Psychiater gehe, daß ich wieder arbeite und wieder lächle. Ihnen geht auch mein Einkommen ab. Sie glauben, ich bin verrückt, aber ich höre nicht mal, was sie sagen. Ich finde den Weg zurück zu mir selbst in der Erde, und zwar jedesmal, wenn ich sie umgrabe.«

Damit hatte sie eine Wahrheit ausgesprochen, um die jede Frau weiß, die diesen Abstieg durchgemacht hat. Frauen finden nicht ihren Weg zurück zu sich selbst, indem sie sich, wie die Männer, hochrappeln und ans Licht kommen, sondern indem sie in ihre Tiefen bis zum Grund ihres Seins vordringen. Mit ihrem Bild vom Graben in der Erde, um wieder zu sich selbst zu finden, beschreibt sie den Initiationsprozeß der Frau. Ihre spirituelle Erfahrung beinhaltet, daß sie noch tiefer in ihr Selbst hineingeht, statt aus ihrem Selbst heraus.

Viele Frauen sprechen von ihrem Bedürfnis, sich in dieser Phase freiwilliger Isolation vom »männlichen Reich« zu entfernen. So schreibt die Künstlerin und Therapeutin Patricia Reis:

»Für diesen ganzen Prozeß der Auflösung, des Todes, des inneren Keimens, des Früchtetragens und der Erneuerung brauchte ich vier Jahre. Ein sehr wichtiger Aspekt dieser Zeit hat mit der Tatsache zu tun, daß ich mich völlig aus dieser äußeren Arena der »männlichen Welt« zurückzog. Um sozusagen meine eigene zweite Geburt zuwege zu bringen, mußte ich mich ganz bewußt von der Männerwelt absondern. Und dieser bewußte Prozeß des Einholens oder der Schaffung meiner eigenen weiblichen Matrix half mir, zu meinen inneren Kräften zu finden, zu meinem eigenen weiblichen Grund. Ich bezweifle, daß ich das auf andere Weise hätte erreichen können.«[1]

Die Frau steigt in diese Tiefen hinab, um sich wieder die Teile anzueignen, die sich, als sie ihre Mutter zurückstieß und den Spiegel des Weiblichen zerbrach, von ihr abspalteten. Von der Faszination, die der Intellekt und die Spiele des kulturellen Geistes auf sie ausüben, läßt sie während dieser Reise ab, und sie macht sich, vielleicht zum erstenmal, mit *ihrem* Körper, *ihren* Emotionen, *ihrer* Sexualität, *ihrer* Intuition, *ihren* Bildern, *ihren* Werten, und *ihrem* Geist vertraut. Das ist es, was sie in den Tiefen findet.

Ich schreibe mit einem gewissen Bangen über dieses Hinabsteigen, da ich großen Respekt vor diesem Prozeß habe und ihn nicht banalisieren möchte. Es handelt sich um eine heilige Reise. In unserer Gesellschaft wird sie allerdings allgemeinhin zu einer Depression erklärt, die man mit Medikamenten angehen und so schnell wie möglich beheben muß. Niemand gibt sich gerne mit depressiven Menschen ab. Wenn wir aber diesen Abstieg als etwas Heiliges achteten und als notwendigen Aspekt der Suche nach umfassender Selbstkenntnis, dann würden sich weniger Frauen in Depressionen, Alkohol, erniedrigende Beziehungen oder Drogen verirren. Sie könnten ihre Gefühle ohne Scham durchleben, ihren Schmerz ohne Apathie zeigen.

Bei ihrem Abstieg mag die Frau das Gefühl haben, völlig nackt zu sein oder geradezu zerstückelt oder von Wut aufgefressen zu werden. Sie erfährt einen Identitätsverlust, das Wegfallen der Umgrenzungslinien einer bekannten Rolle und die Angst, die mit dem Verlust einhergeht. Sie fühlt sich vielleicht ausgedorrt, wund, bar jeder Sexualität oder empfindet den brennenden Schmerz des von innen nach außen Gekehrtseins. Und sie mag eine lange Zeit dort in der Dunkelheit verbringen, während das Leben oben weitergeht.

Vielleicht trifft sie Ereschkigal, die alte sumerische Göttin, die ihre Schwester Inanna, die Göttin des Himmels und der Erde, an einen Pfahl hängte, damit sie dort starb und verrottete. Jedesmal, wenn eine Frau sich auf diese Abstiegsreise begibt, fürchtet sie die dunkle Göttin und das, was dieser Aspekt ihres Selbst ihr antun wird. »Ich habe Angst, daß sie mich zermalmen, pulverisieren, verschlingen und ausspucken wird. Ich weiß, daß ich mit jedemmal, da dies geschieht, mehr ich selbst werde, aber es ist eine qualvolle Erfahrung.«

Dieser Abstieg ist ein Zwang; wir alle suchen ihn zu vermeiden, aber zu irgendeinem Zeitpunkt unseres Lebens machen wir uns auf den Weg zu unseren Tiefen. Es ist keine glorreiche Reise, doch sie stärkt uns unfehlbar und gibt uns ein klareres Gefühl für uns selbst. Manche Frauen berichten heutzutage von Träumen, in denen sie der dunklen Göttin begegnen. So treffen sie zum Beispiel auf die zornige, verschlingende Hindugöttin Kali, die darüber wütet, daß sie in ihrer alten Kultur verraten und ihre Macht und Herrlichkeit männlichen Göttern übergeben wurde.

Das *schöpferische* Prinzip der Kali und anderer weiblicher Gottheiten wurde von den Vatergöttern usurpiert. Der biblische Jahwe, der sich selbst Vater nannte, erschuf seine Kinder aus Lehm und ahmte so die alte Magie der sumerischen und babylonischen Muttergöttin nach, die Namen hatte wie Nana, Ninhursag und Mami.«[2] Nach hinduistischer Vorstellung war da zu Beginn der Welt ein Meer oder Ozean aus Blut, und dieser Ozean war die Essenz von Kali-Maya, der Schöpferin.«[3] Die Ägypter nannten sie Isis, »die Älteste der Alten. Sie war die Göttin, aus der alles Werdende entstand«.[4] Das Symbol der weiblichen Gottheit als fruchtbare Schöpferin der Erde wurde beim erfolgreichen Versuch des Christentums, den Archetypus der großen Mutter zu eliminieren, ausgelöscht. Sie wurde durch den Vater als Schöpfer und den Sohn als Erlöser ersetzt.[5]

## Suche nach den verlorenen Teilen des eigenen Selbst

NACH MEINEN VERLORENEN ANTEILEN SUCHEN

Ich bereite mich auf die Begegnung mit ihr vor
ohne zu wissen was ich sagen soll
Nicht nur Männer
haben sie verraten
Auch ich habe sie verraten

Ich bin eine Vater-Tochter gewesen
die ihre Mutter wegstieß
Ich habe mich immer davor gefürchtet
in die Dunkelheit hinabzusteigen
Ich könnte mein Bewußtsein
verlieren
Ich könnte meine Stimme
verlieren
meine Vision
mein Gleichgewicht

Wieviel davon gehört wirklich zu mir?
Meine Worte sind in der Sprache anderer eingeschlossen
Meine Bilder sind aus der Kunst anderer abgeleitet
Was bin ich?

Ich suche nach den verlorengegangenen Stücken von mir. Irgendwie habe ich das Gefühl, daß ich sie finden muß, bevor ich ihr begegne. Was habe ich als Tochter des Vaters, die danach strebte zu gefallen und Leistungen zu vollbringen, verloren? Was habe ich verloren, indem ich Partei ergriff? Ich habe ein Element der Wahrheit verloren. Ich sehe nicht mehr das ganze Bild: die Häßlichen, die Verrückten, die Verstoßenen, die Verschwundenen.

Ich sehe mich um und sehe die blinden Gesichter der Mütter – das blinde Gesicht meiner Mutter, der meines Exmannes, das der besten Freundin meiner Mutter. Julia, Kathleen, Betty. Was versuchen sie mir zu sagen? »Zieh uns heraus und vereine uns wieder mit unserem

Körper. Beerdige uns anständig. Wir sind hier allein im Morast zurückgelassen worden. Wir können uns nicht bewegen, wir können nicht sehen.«

»Hole das Dunkel zurück«, flüstern sie.

Was noch liegt mit ihnen begraben? Die Fähigkeit, Träume zu träumen – meine Träume, meine Phantasien. Irgendwo hier auf diesem Erdenboden liegt meine Imagination verstreut; ich sammle Märchen und Baumhäuser und phantastische Geschöpfe ein. Sie alle sind Teile von mir, die ich mir jetzt zurückhole. Ich beanspruche sie wieder als die meinen. Ich hole mir wieder mein Gefühl von einst zurück, das Gefühl, daß ich alles tun kann, was ich will, alles, was ich mir vorstelle, zur Form gestalten kann. Einst wußte ich das, und das war Magie. Früher saß ich beim Haus und sah zu, wie die Rosen wuchsen. Ich konnte so *still* sein, ich konnte fühlen, wie das Leben pulsiert, riecht, klingt. Ich kenne den Sumpf; dies ist nicht neu für mich. Ich war schon einmal hier und fühlte mich beschützt. Das Moor, die Wälder: Sie sind meine Mutter. Ich fühlte mich mit den Bäumen verbunden, mit der Erde, dem Gras und den Blättern. Ich fühlte mich nie allein. Ich hole mir diese Verbindung zurück. Sie reicht tief.

Ich sinke nun tiefer in die Schichten ein. Da sind Knochen im Morast – weiße, schöne Porzellanknochen. Ich halte die Knochen meiner Arme und Rippen. Die Knochen sind das Rahmenwerk. Ich grabe tiefer und tiefer nach den verlorenen Teilen von mir selbst. Ich betrauere sie zutiefst. Wohin sind sie verschwunden?

Ich sammle die Knochen auf und erhasche einen Schimmer von der Muttergöttin da unter dem Erdenboden. Sie umarmt eine Tochter. Sie sieht ganz und gar nicht so aus, wie ich erwartet hatte; sie ist weder zornig, noch alt, noch häßlich, sondern eine junge Frau mit hellbraunem Haar. Sie tröstet und umarmt. Sie sitzt und hört zu und beschützt. Sie lacht und singt, ihre Stimme glockengleich.

Aber ich bin noch nicht dort. Ich bitte meinen Führer, mich hinunterzubringen.

Er nimmt mich tiefer und tiefer hinunter, so tief, wie wir noch niemals waren, und ich habe Angst zu ertrinken. Ich spucke und schlucke zuviel Wasser, während wir in die Sphären unter dem Sumpf hinabsteigen. Er hält meine Hand und sagt mir, ich solle keine Angst haben. Er führt mich hinunter in eine Höhle. Ich sehe eine riesige walförmige Gestalt, eingeschlossen in einem von Liliputanern errichteten Käfig.

Sie halten sie fest.

Sie kann noch ihren gewaltigen schwarzen Schwanz bewegen. Er bewegt sich vor und zurück in starken, anmutigen Rhythmen. Aber der Rest ihres Körpers ist bewegungsunfähig, quillt über die Stäbe ihres Unterwasserkäfigs. An ihr ist nichts Bedrohliches; ich fühle ihre tiefe Traurigkeit. Er bringt mich näher zu ihr, und ihre Macht und Kraft erschrecken mich.

»Du kannst mir helfen«, sagt sie. Ich weiche zurück.

»Nein, das kann ich nicht.«

»Natürlich kannst du«, dröhnt sie.

»Durch deine Gegenwart können sie mich nicht länger festhalten. Wenn jede meiner Töchter aus freiem Willen zu mir kommt, werde ich befreit.«

Und während sie das sagt, fällt der Käfig von ihr ab. Die starken Stäbe waren nur eine Illusion. Nun krümmt sie ihren Rücken und ihr mächtiger Schwanz schickt eine Flutwelle aus, die sich über den Grund des Ozeans ausbreitet. Sie schwimmt und wir schwimmen mit ihr. Sie verliert ihre ungeheure Größe. Sie ist nicht mehr aufgequollen und grotesk. Sie ist anmutig und frei. Sie bewegt sich mit der Eleganz einer Meerjungfrau durchs Wasser.

Die Liliputaner bauen weiter an ihrem Käfig; irgendwie ist ihnen entgangen, daß sie sie gar nicht mehr festhalten. Wir verlassen die Höhle, und die Gewässer verändern sich. Sie werden warm und milchig. Sie hält an und dreht sich um, um mich anzusehen, und sie hat langes, schönes, goldenes Haar.

»Wenn meine Töchter zu mir kommen, dann werden sie nicht nur geheilt, sondern sie befreien mich auch aus der Knechtschaft«, sagt sie. Sie ist die fischschwänzige Aphrodite-Mari, die Mutter des Meeres. Sie ist der große Fisch, der die Götter gebar.

Sie jagt mir keinen Schrecken mehr ein. Wie die meisten Frauen ist auch diese Frau der Tiefen nur dann furchterregend, wenn ihre Energie gefesselt, eingekerkert wird, wenn sie nicht zum Ausdruck kommen darf. Wenn sie sich frei bewegen darf, kommen alle Geschöpfe des Landes und Wassers zu ihr. In ihrer Gegenwart werden wir erfrischt und erneuert. Frauen und auch Männer müssen sich daran erinnern, wie wir sie finden können.

## Mutter-Tochter-Mysterien

Der Verlust der Tochter für die Mutter, der Mutter für die Tochter, ist die tiefste weibliche Tragödie.

Adrienne Rich *Von Frauen geboren*

Der Mythos von Demeter, Persephone und Hekate hat mich schon immer sehr betroffen. Ich war davon als junges Mädchen berührt, das sich nach Liebe sehnte, als Mutter, die ungestüm ihre Kinder beschützte, und jetzt als Frau, die allmählich in die Jahre der Weisheit eintritt. Aus Barbara Walkers Buch *The Woman's Encyclopedia of Myths and Secrets* erfahren wir über Demeter, daß

»das griechische Wort *meter* ›Mutter‹ bedeutet. *De* ist das Delta oder Dreieck, ein auf die weiblichen Genitalien bezogenes Zeichen, das im griechischen heiligen Alphabet als ›der Buchstabe der Vulva‹ bekannt war, in Indien als die Yoni oder das Yantra oder Yantra der Vulva... So gesehen war Demeter das, was in Asien das ›Tor zum geheimnisvollen Weiblichen... die Wurzel, der Himmel und Erde entsprangen‹ genannt wurde. In Mykene, einem der frühesten Kultzentren Demeters, stellten die *tholos*, Gräber mit ihren dreieckigen Eingängen, kurzen vaginalen Durchgängen und runden Kuppeln, den Schoß der Göttin dar, aus dem eine Wiedergeburt möglich war...

Wie alle die ältesten Formen (der indoeuropäischen Göttinnen) trat sie als Jungfrau, Mutter und Weise Alte oder Schöpferin, Bewahrerin und Zerstörerin in Erscheinung... Als Jungfrau erschien Demeter in der Gestalt der Kore, des jungen Mädchens, die zuweilen auch ihre ›Tochter‹ genannt wird, wie im klassischen Mythos von der Entführung der Kore, in dem die zwei Aspekte der Göttin in zwei verschiedene Gestalten aufgespalten werden. In der Gestalt der Mutter hat Demeter viele Namen und Titel, so etwa Despoena, ›die Herrin‹, Daeira, ›die Göttin‹; die Kornmutter; die Weise der Erde und des Meeres; oder Pluto, ›Fülle‹...

Demeter in der Gestalt der weisen Alten, Persephone die Zerstörerin wurde später mit dem Aspekt der Jungfrau gleichgesetzt, so daß Kore, das in die Unterwelt entführte Mädchen, auch manchmal Persephone war.«[6]

Die Verehrung Demeters in Mykene war im dreizehnten Jahrhundert v. Chr. fest etabliert und setzte sich etwa zweitausend Jahre lang in Griechenland fort, wo sie dann durch die Verehrung von Mithras und später Christus ersetzt wurde. Ihr Tempel in Eleusis, einem der größten Heiligtümer des alten Griechenlands, wurde zum Zentrum einer komplexen Mysterienreligion. In Eleusis wurde Demeter von den griechischen Bauern auch noch im Mittelalter und sogar bis ins neunzehnte Jahrhundert hinein als »die Göttin« und »Herrin der Erde und des Meeres« verehrt.[7]

»Die frühen Christen waren deshalb so vehement gegen die eleusinischen Riten, weil sie ganz offen ein starkes sexuelles Element beinhalteten, obgleich ihr Ziel ›Regenerierung und die Vergebung von Sünden‹ war. Asterius schrieb: ›Ist Eleusis nicht der Ort des Abstiegs in die Dunkelheit und des feierlichen Akts des Geschlechtsverkehrs zwischen dem Hierophant und der Priesterin, den die beiden in Abgeschiedenheit vollziehen? Werden nicht die Fackeln ausgelöscht und glauben nicht die zahllos versammelten Menschen, daß ihre Rettung in dem liegt, was von den beiden in der Dunkelheit getan wird?‹«[8]

In der Dunkelheit werden wir wiedergeboren.

Der den Eleusinischen Mysterien zugrundeliegende Mythos wird in Homers langem »Hymnus auf Demeter«[9] beschrieben, in dem Demeters Reaktion auf die vermeintliche Entführung Persephones durch Zeus' Bruder Hades, Gott der Unterwelt, in allen Einzelheiten geschildert wird.

Persephone pflückte mit ihren Gefährtinnen, den mutterlosen Mädchen Artemis und Athene, Blumen auf einer Wiese. Dort wurde sie von einer außergewöhnlich schönen Narzisse mit hundert Blüten angezogen. Als sie sie pflücken wollte, tat sich die Erde auf, und aus der Tiefe kam Hades in einer von schwarzen Pferden gezogenen Kutsche herangestürmt. Er packte Persephone und nahm sie mit sich in die Unterwelt. Sie wehrte sich gegen ihre Entführung und rief ihren Vater Zeus um Hilfe an, aber der stand ihr nicht bei. Hekate, die Göttin des dunklen Mondes und der Wegkreuzungen, hörte in ihrer Höhle Persephones Hilferufe.

Auch Demeter hörte das Echo der Schreie Persephones und eilte herbei, um sie zu suchen. Sie suchte mit brennenden Fackeln neun

Tage und Nächte Land und Meer nach ihrer entführten Tochter ab, und während dieser Zeit aß und schlief und badete sie nicht. Viele Frauen fühlen sich wie Demeter, wenn sie nach den verlorenengegangenen Teilen von sich selbst suchen, wenn sie eine Zerrissenheit nach der Geburt eines Kindes, der Trennung von einer Liebe oder dem Verlust ihrer Mutter in sich spüren.

Im Morgengrauen des zehnten Tages kam Hekate zu Demeter und erzählte ihr, daß Persephone entführt worden sei. Sie hatte es nur gehört, aber nicht *gesehen*, wer sie entführt hatte. Sie schlug vor, sich gemeinsam zu Helios, dem Sonnengott, zu begeben, der sie darüber aufklärte, daß es Hades war, der Persephone entführt und sie als seine unwillige Braut in die Unterwelt gebracht hatte. Und daß Zeus, der Bruder des Hades, in die Entführung und Vergewaltigung Persephones eingewilligt hatte. Helios meinte, Demeter solle aufhören zu weinen und das Geschehene akzeptieren.

Demeter war empört. Sie empfand nicht nur Trauer und Wut, sondern fühlte sich auch von ihrem Gemahl Zeus verraten. Sie verließ den Olymp, verkleidete sich als alte Frau und wanderte unerkannt durch die Städte und das Land. Und während sie trauerte, wuchs auf der Erde nichts; sie war kahl und öde. Als Demeter nach Eleusis kam, setzte sie sich in der Nähe des Brunnens erschöpft und kummervoll nieder. Die Töchter des Keleus, des Herrschers von Eleusis, kamen herbei und fühlten sich von Demeters Schönheit und Ausstrahlung angezogen. Als sie ihnen sagte, sie suche Arbeit als Amme, nahmen sie sie mit nach Hause zu ihrer Mutter Metaneira, wo sie sich um den neugeborenen Bruder Demophoon kümmern sollte.

Demeter nährte das Baby mit Ambrosia und hielt es heimlich über ein Feuer, das es unsterblich gemacht hätte. Aber Metaneira sah eines Nachts, was Demeter da tat, und schrie aus Angst um ihren Sohn. Demeter reagierte zornig. Sie erhob sich zu voller Größe, offenbarte ihre wahre Identität und göttliche Schönheit und schalt Metaneira wegen ihrer Dummheit. Ihr goldenes Haar fiel ihr über die Schultern, und ihr Wohlgeruch und ihr Glanz erfüllten das Haus mit Licht. Demeter erinnerte sich, wer sie war.

Sie befahl, daß ihr ein Tempel gebaut würde, und dort ließ sie sich nieder, allein mit ihrer Trauer um Persephone. Sie war die Göttin des Korns, und deshalb konnte, solange sie trauerte, auf der Erde nichts wachsen oder geboren werden. Eine Hungersnot breitete sich aus, und die olympischen Götter und Göttinnen erhielten keine Opfergaben mehr. Schließlich nahm Zeus von der Sache Notiz; zunächst schickte er eine Botin, Iris, die Demeter zur Rückkehr bewegen sollte. Als Demeter sich weigerte, trat eine jede olympische Gottheit mit Geschenken und versöhnenden Gaben vor sie hin. Doch die wütende Demeter ließ sie alle wissen, daß sie erst Persephone zurückhaben wolle, bevor auf Erden wieder etwas wachsen würde.

Zeus reagierte. Er schickte Hermes, den Götterboten, um Hades zu befehlen, Persephone zu Demeter zurückzuschicken, damit sie von ihrem Zorn abließ und das Wachstum und die Fruchtbarkeit auf Erden wiederherstellte. Als Persephone hörte, daß sie gehen konnte, machte sie sich für ihre Abreise bereit. Aber erst gab ihr Hades noch ein paar Granatapfelkerne, die sie in ihrer Eile, wegzukommen, aß.

Hermes brachte Persephone zu Demeter zurück, die überglücklich war, ihre Tochter zu sehen. Persephone warf sich in die Arme ihrer Mutter; Mutter und junges Mädchen wurden eins. Dann fragte Demeter Persephone, ob sie in der Unterwelt irgend etwas gegessen habe. Persephone erwiderte, sie habe dort nichts zu sich genommen, doch in ihrer Aufregung über die Rückkehr zu ihrer Mutter habe sie die Kerne, die ihr Hades gegeben habe, verspeist.

Demeter erklärte ihr daraufhin, daß sie, wenn sie nichts gegessen hätte, immer bei ihrer Mutter hätte bleiben können, doch da sie diese Kerne verspeist hatte, müsse sie nun für ein Drittel des Jahres in die Unterwelt zurückkehren, und in dieser Zeit würde die Erde brachliegen. Den Rest des Jahres konnte sie bei Demeter verbringen, und die Erde würde Früchte tragen. Nachdem Mutter und Tochter wieder vereint waren, kam auch Hekate wieder und küßte Persephone viele Male, und von diesem Tag an war sie ihre »königliche Gefährtin«. Der Frühling kehrte ins Land zurück, und Demeter stellte die Fruchtbarkeit und das Wachstum auf Erden wieder her.[10]

In diesem Mythos sehen wir drei Aspekte des Weiblichen, die voneinander getrennt und dann wieder vereint werden: die Jungfrau/das junge Mädchen – Persephone, die große Mutter – Demeter, und die weise Alte – Hekate. Persephone wird aus ihrer Unschuld (Unbewußtheit) des Alltagslebens herausgerissen und von Hades zu einem tieferen Selbstbewußtsein gebracht. Sie wird in die sexuellen Mysterien eingeweiht und gibt sich Hades hin, wird seine Gefährtin. Sie verliert ihre Jungfräulichkeit, ihr Ineinssein, die Esther Harding die

»Essenz der Jungfräulichkeit« nennt. Sie wird Königin der Unterwelt. »Der Augenblick des Durchbruchs bedeutet für eine Frau immer eine symbolische Vergewaltigung – eine Notwendigkeit – etwas, das sich ihrer mit übermächtiger Gewalt bemächtigt und keinen Widerstand duldet.«[11]

Persephone wird als Tochter ihrer Mutter von sich selbst weggezogen und tritt in die Tiefen ihrer Seele ein. Dies mag für Frauen eine universelle Erfahrung sein: der Verlust des vormaligen Selbstgefühls und das Gefühl, verloren, verwirrt zu sein, sich in den Tiefen einer Depression zu befinden, nur um dann zu entdecken, daß in diesen Tiefen ein neues Selbstgefühl existiert. Der Zusammenbruch wird zu einem Durchbruch. »Die Persephone der eleusinischen Riten, die Hades' Braut ist, befähigt uns, uns mit den schrecklichsten Momenten unseres Lebens als dessen integraler Bestandteil zu konfrontieren, als Gelegenheiten zu tiefen Einsichten.«[12]

Nachdem sie zu ihrem neuen Selbstgefühl gefunden hat, beabsichtigt Persephone durchaus nicht, zum *status quo* zurückzukehren, zu einer Regression in die neuerliche Identifikation mit ihrer Mutter. So verschluckt sie die Granatapfelkerne und assimiliert die Erfahrung der Tiefe. »Sie hat die Speise des Hades gegessen, hat den Samen des Dunklen in sich aufgenommen und kann nun ihrer eigenen neuen Persönlichkeit zur Geburt verhelfen. Und das kann nun auch ihre Mutter tun.«[13] Persephone wird selbst zur Mutter, die wiederum eine Tochter hat, die sich von ihr abwendet und dann wiedergeboren wird. Jede Mutter birgt ihre Tochter und jede Tochter ihre Mutter in sich, und jede Frau erstreckt sich zurück in ihre Mutter und erweitert sich in ihrer Tochter.[14]

Als Persephone entführt wird, wird Demeter von ihrer Trauer überwältigt und gibt sich ihrem Leid hin: neun Tage und Nächte ißt und trinkt und schläft sie nicht (die symbolische Neun der Schwangerschaft). Der Verlust ihrer Tochter bedeutet den Verlust des jugendlichen und sorgenfreien Aspekts ihrer selbst. Es ist Zeit, nunmehr das Augenmerk auf etwas anderes zu richten: weg von der äußeren Welt mit ihren äußerlichen Projekten hin zur Reise nach Innen und die Arbeit der zweiten Lebenshälfte.

## Die Korngöttin

Ich erlebte diesen untröstlichen Kummer und Schmerz der Demeter, als meine Tochter Heather ihr Elternhaus verließ, um aufs College zu gehen. Ohne sie fühlte ich mich tot. Nicht nur empfand ich den Verlust der Freude über ihre alltägliche Gegenwart, sondern ich erlebte aufs Eindringlichste meinen eigenen Tod als Mutter. Wie Hekate, die »Göttin des dunklen Mondes, der medialen Intuition in der Frau, die im Dunklen hört, aber weder sieht noch versteht«[15], konnte auch ich den Grund für die Tiefe meines Schmerzes nicht *verstehen*. Ich hatte auch getrauert, als mein Sohn Brendan zwei Jahre zuvor das Elternhaus verließ, um aufs College zu gehen, aber dieses Mal war es anders und sehr viel extremer. Zwei Monate lang konnte ich nicht schlafen, und obwohl ich weiterhin meiner Arbeit nachging, mußte ich jedesmal weinen, wenn ich ihr leeres Zimmer sah. Ich wollte sie zurückhaben; ich wollte, daß alles wieder so war wie früher, als wir sangen und Witze machten und die Ereignisse des Tages austauschten. Ich wollte sogar, daß sie wieder da war, um auf mir herumzuhacken!

Helen Luke kommt auf den immensen Unterschied zwischen der Mutter-Sohn- und Mutter-Tochter-Erfahrung zu sprechen: »Auf archetypischer Ebene beinhaltet der Sohn für die Mutter das Bild ihrer eigenen inneren Suche, aber die Tochter stellt die Erweiterung ihrer eigenen Person dar, trägt sie zurück in die Vergangenheit ihrer eigenen Jugend und in die Zukunft des Versprechens ihrer Wiedergeburt in einer neuen Persönlichkeit, in das Gewahrsein des Selbst.«[16] Vor der Erfahrung einer Wiedergeburt erlebte ich die Eiseskälte des Todes.

Zu jener Zeit hatte ich einen Traum, in dem mich Truppen, mit denen ich herumzog, bei Einbruch der Dämmerung in einer Höhle auf dem Gipfel eines Berges zurückließen. Es schneite, und sie mußten noch bei Helligkeit den Berg hinabsteigen. Mich ließen sie zurück, weil ich verwundet war. Der Kommandant des Regiments gab mir, bevor sie mich verließen, seine Handschuhe.

Am nächsten Morgen dachte ich über den Traum nach und versuchte herauszufinden, was mir mein Unbewußtes mitteilen wollte. In meiner Vorstellung versetzte ich mich wieder in die Höhle, um zu sehen, was sie enthielt und mich zu lehren hatte. Ich schrieb:

»Ich schaue mich um, und in der Höhle liegen rituelle Gegenstände: ein Messer, ein leeres Vogelnest, ein leeres Pistolenhalfter, ein Wasserkanister und Essensrationen. Da ist auch eine Schlafmatte, auf der ich sitze. Mein rechter Schenkel ist verwundet, und an meiner Hose ist Blut zu sehen. Draußen ist es kalt, aber bei aller Angst fühle ich doch einen inneren Frieden. Ich kann Feuer machen. Ich esse meine Ration an getrocknetem Fleisch.

Ich weiß, daß ich die Kraft habe, um drei Tage hier zu bleiben, dann werden sie kommen und mich holen. Der Kommandant ist mein Freund, ich kann auf ihn zählen. Und doch habe ich große Angst. Ich finde ein Vogelnest. So ein frisches Vogelnest in einer Höhle in dieser Höhe ist selten. Das Nest ist zerbrechlich. Genauso fühle ich mich auch im Innern, aber nach außen hin muß ich ein tapferer Soldat sein.

Die Gegenstände in dieser Höhle sind das Spielzeug eines Jungen. Ganz ähnliche Gegenstände hatte ich, als ich als junges Mädchen im Wald spielte. Die Einsamkeit, die ich nun empfinde, ist die Einsamkeit und Öde jener Zeit, als es noch keine Gefährten gab, der Zeit vor Heather und Brendan. Sie waren meine Lebensgefährten, und jetzt sind sie nicht mehr da. Ich habe niemanden zum Spielen; ich kehre in ein leeres Nest zurück.

Ich will nicht allein sein; ich will nicht mehr in dieser Höhle sein. Ich will meine Kinder wiederhaben, ich will meine Jugend wiederhaben, ich will meine Gefährten wiederhaben. Aber so kann es nie wieder sein. Ich muß weiterziehen. Ich muß mich hochrappeln, die Höhle verlassen und den Berg hinuntersteigen, selbst wenn es mich das Leben kosten sollte.«

Meine Mutterschaft hatte zum großen Teil die Rolle bestimmt, die ich in meinem Leben zu spielen hatte. Das Aufgeben dieser Rolle hinterließ ein klaffendes Loch. Ich hatte nicht gemerkt, daß ich die Mutterschaft zu meinem Heldenweg gemacht hatte. Davor hatte ich in Reaktion auf meine Mutter – auf ihre Frustration und Wut – agiert, hatte die Zustimmung meines Vaters, der Kirche, der Schule oder der Arbeitskollegen gesucht.

»Jetzt fühle ich mich nackt«, schrieb ich. »Ich kann die Rolle der ›perfekten Mutter‹ nicht länger als Tarnung benutzen. Und ich vermag weder die Energie noch den Enthusiasmus aufzubringen, die ›perfekte‹ Therapeutin, Schriftstellerin oder Künstlerin zu sein. Ich will einfach ein ganz gewöhnliches menschliches Wesen sein: keine heroischen Taten, nur eine ruhige innere Suche. Ich habe ein Messer, Wasser, drei Steine, ein Vogelnest, Essen und eine Schlafmatte. Ich weiß, ich kann überleben, ich muß mich nicht von Eltern, Kindern oder einem Partner abhängig machen. Ich kann meiner Seele Ausdruck geben.«

Wie Demeter war auch ich imstande, mit der Zeit über meinen persönlichen Verlust hinwegzukommen, aber ich hatte nicht vermutet, daß es so lange dauern würde. In meinem Schmerz und Kummer bemerkte ich nicht, daß mich der Demeter-Archetypus im Griff hatte. Kurz nach diesem Traum kam Heather an Halloween für einen Wochenendbesuch nach Hause. Auch sie hatte während ihres ersten Semesters zu kämpfen gehabt; ihr Zuhause fehlte ihr schrecklich, und sie hatte noch keine Freundesgruppe gefunden, in der sie sich wohl fühlte. Zu dieser Zeit war ich auch gebeten worden, mit einem Kunstwerk zu einer Ausstellung mit dem Thema »Kleiner als ein Brotkasten« beizutragen. Ich bat Heather, mir bei der Bemalung einer Brotschachtel aus Pappe zu helfen, die allen Künstlern als Ausgangspunkt für ihren Beitrag zu diesem Thema zugeschickt worden war. Wir fingen an, sie gemeinsam mit verschiedenen Mustern zu bemalen, und aus irgendeinem Grund malte ich plötzlich Korngöttinnen. Heather fragte mich, warum der Göttin, an der ich gerade malte, eine Träne aus dem Auge trat. Ich antwortete spontan, daß sie ein gebrochenes Herz hätte, und brach in Tränen aus.

Und da erst wurde mir bewußt, daß ich diese Korngöttinnen, die wir malten, mit Demeter und den Verlust meiner Tochter mit Persephone in Verbindung brachte. Ich träumte weiterhin und schrieb und ging täglich ohne Enthusiasmus meinen Alltagsbeschäftigungen nach. Aber ich konnte nachts wieder schlafen. »Wenn die Zeit für eine Transformation der gesamten Persönlichkeit gekommen ist, für die Geburt einer völlig neuen Einstellung, dann trocknet innerlich und äußerlich alles aus und wird das Leben immer steriler, bis der *bewußte Verstand* gezwungen ist, den Ernst der Situation zu begreifen und die Gültigkeit des Unbewußten anzuerkennen.«[17] Schließlich war ich imstande, aus meiner Trauer über die Trennung von meiner Tochter herauszukommen und mir klarzumachen, daß ich nun daran arbeiten mußte, die Tochter in meinem Innern zu finden.

## Inannas Abstieg

DER ABSTIEG

Inanna, die große Himmelskönigin, legte ihr Herz am Urgrund der Erde ab. Sie drehte ihren Rücken zum Himmel und stieg hinab. »Aber deine Sicherheit?« riefen besorgte Stimmen ihr nach. »Geht zu den Vätern, falls ich nicht zurückkomme«, rief sie noch, bereits beim ersten Tor angelangt. »Unterwegs zum Begräbnis«, erklärte sie sich der Torhüterin, und die Sandsteinschranke gab nach. Und weiter stieg sie hinab – durch Schlamm, der ihren Ohren das Gold entriß. Hinab zwischen granitenen Armen, die ihr das Hemd vom Leibe zerrten. Hinab durch Feuer, das ihr das Haar vom Kopfe sengte. Hinab durch Eisen, durch Mark und Bein, dachte sie, das ihre Gliedmaßen packte. Tiefer und tiefer hinab heulte sie durch eine Leere, die sie aussaugte. Bis sie am Ende Auge in Auge vor Ereshkigal stand, der großen Königin der Unterwelt. Dieses erbarmungslose Auge ließ ihr das Blut in den Adern gefrieren, und betäubt trat sie in die Pupille ein, die Schädel bekränzten, die ihr das Fleisch von den Knochen nagten, während sie tiefer und tiefer in den hohlen Abgrund fiel.

Janine Canan *Inannas Abstieg*
aus: Her magnificent Body

Haben wir unsere spirituelle Identität als im Patriarchat lebende Töchter erkannt, dann gilt es einiges an Ausgrabungsarbeiten zu leisten. Wir müssen uns die Anteile unserer selbst wieder zu eigen machen, die zu uns gehörten, bevor wir uns in die Gewänder der Kultur hüllten. Sylvia Brinton Perera bediente sich in ihrem hervorragenden Buch *Der Weg zur Göttin der Tiefe* des alten sumerischen Gedichts über Inanna und Ereshkigal, um einen Blick auf die Zerstückelung zu werfen, die einer Frau widerfährt, wenn sie ihre Identifikation mit dem Männlichen und ihre Verteidigungsmechanismen gegen das Männliche abstreift, ihre alte Lebensweise aufgibt und auf eine Wiedergeburt wartet.[18]

Inanna, die alte sumerische Göttin des Himmels und der Erde, steigt in die Unterwelt hinab, um an den Begräbnisfeierlichkeiten für Gugalanna, dem Mann ihrer Schwester Ereshkigal, Königin der Unterwelt, teilzunehmen. Inanna weist, bevor sie Himmel und Erde verläßt, ihre getreue Vertraute Ninshubur an, im Falle, daß sie nicht binnen dreier Tage zurückkehre, die Vatergötter Enlil, Nanna und Enki um Hilfe zu bitten. Sie beginnt mit ihrem Abstieg. Am ersten Tor zur Unterwelt wird sie angehalten und aufgefordert, ihre Absicht zu erklären. Der Torhüter Neti informiert Ereshkigal, die Königin der großen Tiefe, darüber, daß Inanna um Einlaß ins »Land ohne Wiederkehr« bitte, um dem Begräbnis von Gugalanna beizuwohnen. Als Ereshkigal dieses hört, schlägt sie sich auf die Schenkel, beißt sich auf die Lippen und weist Neti an, Inanna entsprechend den Gesetzen und Riten zu behandeln, die für alle gelten, die ihr Königreich betreten: Sie muß ihre königlichen Gewänder ablegen und tief gebeugt in die Unterwelt eintreten.

Der Torhüter befolgt diese Anweisungen und nimmt Inanna an jedem der sieben Tore eines ihrer herrlichen göttlichen Attribute ab. Ereshkigal blickt sie mit dem Auge des Todes an. Sie spricht das Wort des Zorns gegen Inanna, tötet sie und hängt ihren Leichnam an einen Pfahl, damit er verrotte. Als Inanna nach drei Tagen nicht zurückkehrt, bricht Ninshubur in Klagen aus und umkreist die Trommel schlagend die Häuser der Götter. Sie begibt sich zu Enlil, dem höchsten Gott des Himmels und der Erde, und zu Nanna, dem Mondgott und Inannas Vater, doch beide weigern sich, sich in die Angelegenheiten und Gesetze der Unterwelt einzumischen. Schließlich hört Enki, der Gott der Wasser und der Weisheit, Ninshuburs Wehgeschrei um Inanna.

Er macht sich daran, sie zu retten. Er erschafft zwei Geschöpfe, nicht männlich und nicht weiblich, aus dem Schmutz unter seinem Fingernagel. Er stattet sie mit Speise und Wasser für die Unterwelt aus und sagt ihnen, sie sollten mit Ereshkigal trauern. Sie schlüpfen unbemerkt in die Unterwelt und trösten Ereshkigal, die um ihren toten Gemahl trauert oder in ihren Geburtswehen stöhnt. Ereshkigal ist für dieses Mitgefühl so dankbar, daß sie ihnen ein Geschenk machen will. Sie bitten um den Leichnam Inannas und besprengen ihren Körper mit der Nahrung und dem Wasser des Lebens. Die wieder zum Leben erweckte Inanna wird daran erinnert, daß sie, wenn sie die Unterwelt verlassen will, an ihrer Stelle einen Ersatz schicken muß. Und während sie nun auf dem Weg zurück die sieben Tore durchschreitet und jeweils ihre königlichen Gewänder zurückfordert, ist sie von Dämonen umgeben, die ihren Sündenbock ergreifen sollen.

Im letzten Teil des Mythos wird ihre Suche nach ihrem Ersatz beschrieben. Dieser ist Dumuzi, ihr Gemahl, der ihren Tod nicht betrauert, sondern es sich statt dessen auf ihrem Thron hat gutgehen lassen.

Inanna bietet ein Muster von weiblicher Ganzheit, das über das der Mutter hinausgeht: Sie ist die Verkörperung der Fruchtbarkeit der Erde; Göttin des Morgen- und des Abendsterns; Göttin des Krieges; Göttin der sexuellen Liebe, des Heilens, der Emotionen und des Gesangs. Sie ist eine Wanderin; sie bricht das Tabu des Übertretens der Schwelle zur Unterwelt. An jedem der sieben Tore gibt sie Aspekte ihrer Identität auf. Diese Entschleierung deutet auf »die Beseitigung alter Illusionen und falscher Identitäten, die in der oberen Welt nützlich erscheinen mochten, in der Unterwelt aber einfach nicht zählen.«[19]

Ereshkigal wurde von den Göttern vergewaltigt und in die Unterwelt verbannt wie alle Dinge, die mit dem Körper und der Natur zu tun haben. Sie ist ein Teil des Weiblichen, das in den Untergrund verschwand. Sie verkörpert Wut, Gier und Verlustangst. Sie ist rohe, unverfälschte sexuelle Energie; sie ist die vom Bewußtsein abgespaltene weibliche Kraft. Sie repräsentiert den Instinkt und die Intuition, die von der Frau ignoriert und herabgewürdigt werden. »In ihr liegt das potentielle Leben noch bewegungslos, aber schon in den ersten Geburtswehen, jenseits jeder Sprache und ihrer Unterscheidungen und doch schon im Urteilen und Handeln begriffen.«[20]

Für mich ist Ereshkigal ehrfurchtgebietend, denn sie hat, wie ich weiß, die Macht, mich bis auf meine nackte Essenz zu reduzieren. Ihre unpersönlichen Kräfte bedeuten nicht nur Destruktion, sondern auch Transformation wie im Falle von »Verfall und Schwangerschaft, die auf den passiven Empfänger selbst gegen seinen oder ihren Willen einwirken. Diese unpersönlichen Kräfte verschlingen und zerstören, brüten und gebären unerbittlich und ohne Anteilnahme.«[21]

Sie ist sowohl der Ort des Todes wie des noch schlafenden neuen Lebens, der Punkt notwendiger Zerstörung und der Heilung. Bei der Begegnung mit Ereshkigal konfrontiert sich die Frau mit ihrer eigenen dunklen Seite, dem Zorn und der Wut, denen sie jahrzehntelang keinen Ausdruck gab, während sie den Vater oben zu erfreuen suchte. Eine meiner Klientinnen beschreibt dies als eine in einer

Depression sitzenden Kugel aus geschmolzenem Eisen, die in ihrer Brust nagt.

Ereshkigal steht für die Beziehung der Frau zu den Mechanismen der tiefen Schichten ihrer Psyche, ihres Körpers, ihres instinktiven Wesens. Sie fordert Ehrerbietung und Respekt. Sie sieht uns mit dem Auge des Todes an, sieht, was wir selbst nicht sehen wollen. Sie verlangt, daß wir uns die Aspekte von uns ansehen, von denen wir uns abgespalten haben.

Im negativsten Fall kann sie alles Leben zum Stillstand bringen. Eine Klientin schildert, wie ihre Mutter mit dem »bösen Blick« durch sie hindurchsah: »Jedesmal, wenn sie sich über mich ärgerte, fixierte sie mich mit ihrem bösen Blick des Hasses und sprach eine Woche lang nicht mit mir. Es war wie ein schwarzes Loch. Sie benahm sich, als sei ich tot; sie sah mich nicht, sie hörte mich nicht, sie sprach kein Wort mit mir. Ich war verzweifelt, so absolut von ihr getrennt zu sein; ich hatte das Gefühl, das Leben sei zu Ende und ich könnte nicht mehr weitermachen. Ich flehte sie an, damit aufzuhören, aber sie gab nie nach.«

Ereshkigal pfählt Inanna, und ihr »Pfahl füllt die ewig-empfängliche Leere des Weiblichen mit weiblicher Yang-Energie an. Er... bewirkt, daß die Frau selbst eine Ganzheit sein kann. Sie ist dann nicht nur vom Mann oder Kind abhängig, sondern aus sich selbst heraus ein vollwertiges und eigenes Individuum. Sie kann voll zu ihrem Ja und Nein stehen, ihrem eigenen starken Pfahl.«[22] Fängt eine Frau an, zu sich selbst zu stehen und selbstbewußt aufzutreten, dann gilt sie oft als unliebenswürdig, garstig, eine Xanthippe, die nicht mehr bereit ist zu lächeln, Gefühle herunterzuschlucken, zu erstarren und gefällig zu sein. Aber eine Frau, die zu ihrer Ganzheit finden will, muß die dunkle Mutter in ihrem Innern zurückfordern.

## Begegnung mit der dunklen Mutter

Bei ihrem Abstieg erfährt die Frau eine Phase der Introvertiertheit oder Depression, eine langsame, schmerzvolle Selbstschwangerschaft, in deren Verlauf sie sich aus ihrer Identifikation mit ihrem Ego-Bewußtsein schält und zu einem Zustand des vorverbalen Körper- und Geistwissens zurückkehrt. Unter Umständen hat sie das

Gefühl von unglaublicher Leere, das Gefühl, ausgeschlossen zu sein, gemieden und zurückgelassen zu werden, ohne Wert zu sein. Vielleicht fühlt sie sich heimatlos, verwaist oder irgendwo auf einer Zwischenstation. Wie Demeter und Inanna bringt sie keine Früchte hervor, keine Produkte. Sie fühlt sich vielleicht nackt und preisgegeben, geschlechtslos, ausgedorrt und wund. Vieleicht träumt sie von Tunnels, Untergrundbahnen, von einem Schloß, von Gräbern, davon, daß sie von Schlangen verschluckt wird, oder sie findet sich wie Jonas im Bauch eines Wals wieder. Wenn sie zuläßt, daß dieser Abstieg zu einer sinnvollen und bewußten Initiation wird, muß sie sich nicht im Dunkel verlieren.

Eine Klientin träumt, daß sie der dunklen Mutter in einer Untergrundbahn begegnet. »Ich fahre mit meiner fünfjährigen Tochter, einem weiteren Kind und meinem Mann in der U-Bahn. Der Zug fährt in eine Station ein, und wir wollen aussteigen. Meine Tochter Maraya eilt zuerst aus dem Wagen, ihr Hut fliegt davon und landet hinter dem Zug, und sie rennt ihm nach. Ich laufe ihr nach und kann sie nicht sehen, aber die Kinder auf der anderen Seite der Gleise rennen irgend etwas nach. Ich kann Maraya nicht sehen, weiß aber, daß ihr nichts passiert ist; sie ist nicht auf die Gleise gefallen. Ich eile zurück, um mein Gepäck, meine Kameratasche und meine Handtasche aus dem Wagen zu holen, und reiche sie meinem Mann hinaus. Während ich noch weitere Gepäckstücke holen will, fährt der Zug ab. Ich bin nun ohne Gepäck, ohne Geld und ohne Kamera im Zug und weiß auch nicht den Namen der Station, an der ich meine Familie zurückgelassen habe. Im Wagen sitzen nur noch zwei weitere Frauen. Eine lehnt sich zurück, als sei sie krank, und die andere kümmert sich um sie. Ich frage sie nach dem Namen der Station, die wir gerade verlassen haben; sie wissen ihn nicht, sagen aber, daß es bis zum nächsten Halt noch mindestens vierzig Minuten sind. Ich erzähle ihnen von meinem Dilemma, und sie sagen: ›Da sitzen Sie ja wirklich ganz schön in der Patsche, nicht wahr?‹ Aber sie bieten mir keine Hilfe an. Ich denke, daß ich mindestens einen Dollar von ihnen erbitten muß, um wieder zurückfahren zu können, aber ich weiß nicht, welche Linie ich nehmen muß, oder ob meine Familie auf mich warten wird.«

Ich bitte meine Klientin, sich mit den beiden Frauen in der U-Bahn zu unterhalten. »Sie sind meine Mutter und ich. ›Was tust du hier mit mir in der U-Bahn?‹ frage ich. ›Du mußt dich mit uns konfrontieren, bevor du wieder aussteigen kannst‹, sagen sie. Ich schaue sie mir an. Die sich zurücklehnende Muttergestalt hat die Macht; die Tochter kümmert sich um sie. Die Mutter ist spöttisch und höhnisch, sie ist faul und kommandiert herum. Ich werde ganz klein in ihrer Gegenwart, kümmere mich aber liebevoll um sie. Ich könnte sie umbringen.

Sie ist kränklich und abhängig; ihre Macht liegt in ihrer Abhängigkeit. Mit ihrer Abhängigkeit kettet sie mich an sich. Ich fühle mich wie taub; ich weiß nicht mal, wohin dieser Zug fährt. Das Ziel ist unbekannt, und ich fühle mich hier in diesem Wagen mit ihr gefangen. Ich möchte ihr sagen, daß sie aufstehen und sich bewegen soll, aber ich habe Angst, daß sie mich bestrafen wird, weil ich ihr ihre Abhängigkeit entziehe. Sie liebt mich im Grunde nicht; ich weiß es, gebe aber vor, daß sie mich braucht. Ich gebe etwas vor und werde zur geduldig leidenden Märtyrerin. Bin ich nicht ein braves Mädchen? Ich kümmere mich um meine Mutter.

Ich muß an der nächsten Station aussteigen und entferne mich von ihr. Es wäre so befreiend. Diese Frau, die mir gegenübersitzt, ist so frei. Sie hat kein Gepäck, keine Familie, kein Geld. Ihr sind keine Grenzen gesetzt, auch wenn sie sich fürchtet. Ich bin an etwas gebunden, das nicht einmal da ist: eine alte Identität, die Tochter einer kranken Mutter, die sich selbst ihren Wert beweist. Kläglich und schweigend. Was würde passieren, wenn ich aufstünde und wegginge? Ich würde meine Mutter verlieren. Ich würde mein Selbstbild als Dienerin meiner Mutter verlieren. Ich würde nicht länger im Dienst der negativen Mutter stehen. Ich würde diesen Komplex durchbrechen.

Ich kann nicht länger dienen, es erstickt mich. Ich will das Tageslicht sehen. Wenn sie noch in der Untergrundbahn bleiben will, dann ist das ihre Reise. Ich will frische Luft atmen. Sie schrumpelt zusammen, als ich ihr sage, daß ich bei der nächsten Station aussteigen werde.«

Diese Frau lag anschließend vierzig Tage lang mit einer Lungenentzündung im Bett; sie bekam ein rätselhaftes Fieber und hatte ständig Schweißausbrüche. Es war eine Zeit des Leidens und der Isolation, aber auch eine Zeit der Reinigung und Transformation. Ihr wurde klar, daß sie nicht mehr an der Wut auf ihre Mutter fast ersticken mußte. Sie hatte den Mythos von Inanna und Ereshkigal gelesen und kam eines Tages gegen Ende ihrer Krankheit zu mir in die Therapie und sagte, sie habe vergessen, Ninshubur zu sagen, daß sie in die »Unterwelt gehen« werde.

## Achtsames Leiden und Rückkehr

Als Inanna nach drei Tagen nicht aus der Unterwelt zurückkehrt, wendet sich ihre Vertraute Ninshubur an die Himmels- und Mondgötter um Hilfe. Wie viele Frauen sucht Inanna »nach Liebe am falschen Ort«; sie wendet sich an die Väter, die zwar augenscheinlich die Macht haben, aber weder fähig noch hinreichend großzügig sind, um zu helfen. Dies ist ein sich ständig wiederholendes Thema für mich und viele Töchter des Patriarchats, die Hilfe und Zustimmung von jenen erwarten, die sich weigern, sie so zu sehen, wie sie sind. Frauen müssen lernen, wo ihre wahren Quellen der Bestätigung zu finden sind.

Ninshubur begibt sich zu Enki, dem listigen Gott des Wassers und der Weisheit, Herrscher über den Fluß der Meere und Ströme. »Er stellt das zeugende, kreative, spielerisch einfühlsame Männliche dar.«[23] Aus dem Dreck oder Lehm unter seinen Fingernägeln stellt er spontan das bereit, was der Augenblick erfordert. Er erschafft Geschöpfe, die weder männlich noch weiblich sind, die Demut und Mitgefühl verkörpern und Ereshkigals Gefühle widerzuspiegeln vermögen.[24] Sie ist in tiefer Trauer, und diese asexuellen Geschöpfe leiden mit ihr, innerlich und äußerlich. Sie bitten sie nicht, irgend etwas zu *tun*; sie lassen sie in ihrem Schmerz nur einfach *sein*. Sie stimmen in ihre Klagelieder mit ein. Ereshkigal hat das Gefühl, gehört zu werden, und das gestattet ihr, »ihren Schmerz als das zu akzeptieren, was er ist – ein Bestandteil des natürlichen Lebensprozesses.« Sie muß niemanden dafür verantwortlich machen; sie kann sich ganz einfach auf das Leiden einlassen und auf natürliche Weise heilen.

Diese Fähigkeit des Mitfühlens oder sich auf den Schmerz *einzulassen* hilft ihn überwinden. Sie verhindert auch eine »vorzeitige Ejakulation«, wie ich es nenne, womit ein allzu baldiges Aktiverweden gemeint ist, weil der Schmerz des Aushaltens, der Spannung des

Unbekannten unerträglich wird. Wenn wir die Geduld aufbringen, sich den Prozeß voll und ganz entfalten zu lassen, dann kann auch eine tiefe Heilung erfolgen. Wenn wir den Prozeß abbrechen, lassen wir uns nie zu ganzer Entfaltung kommen. Frauen und Männer müssen einander bei der Ehrung des weiblichen Zyklus unterstützen, der, wie die Lebenszyklen in der Natur, Tod, Verfall, Schwangerschaft und Wiedergeburt beinhaltet.

Als Ereshkigal das Gefühl hat, gehört zu werden, erlaubt sie den geschlechtslosen Geschöpfen (*kalatur* und *kurgarra*), Inanna wieder zum Leben zu erwecken. Inanna spürt, wie sich das Leben wieder in ihr regt. Sie wird mit Nahrung und Wasser wiederbelebt, kommt langsam zu sich selbst und verläßt dann die Unterwelt, um ihren Ersatz zu suchen. Sie ist der dunklen Göttin begegnet und weiß, daß »alles Leben und jede Veränderung Opfer fordern. Das ist genau das Wissen, dem die patriarchalische Moral und die ewigen Mädchen-Töchter der Väter entflohen sind, um den Schmerz bei der eigenen Erneuerung und die schmerzhafte Erkenntnis ihrer eigenen Selbständigkeit und Einzigartigkeit nicht auf sich nehmen zu müssen«.[25]

Inanna ist nach ihrer Rückkehr aus der Unterwelt keineswegs nur reine Süße und Licht; so wie auch eine Frau, die gerade aus ihrer freiwilligen Isolation herauskommt, um sich zu behaupten und zur Geltung zu bringen, nicht immer einen reizenden Anblick bietet. Gnade der Familie und den Freunden, die möchten, daß sie wieder so wird wie zuvor! Sie weiß nun, in welchem Ausmaß sie sich selbst geopfert hat, um andere zu erfreuen, und sie ist nicht bereit, wieder zu ihrer alten Lebensweise zurückzukehren. Sie trennt sich erbarmungslos von Menschen und Umständen, die sie nicht in dem unterstützen, was sie geworden ist.

Inanna findet Dumuzi, ihren Gemahl, ihren Partner, auf ihrem Thron sitzen, unbekümmert um ihre Lage. Sie stellt ihn und befiehlt, daß man ihn in die Unterwelt bringt. Sie opfert den, der ihr am liebsten ist. »Der geliebte Dumuzi ist hier nichts anderes als die gehätschelte Animushaltung, der alte König, den die weibliche Seele ihrem Selbst opfern muß, den sie töten muß als den Urquell ihrer eigenen Wertschätzung und Identität.«[26] Mit anderen Worten, er steht für den Teil, bei dem wir Zustimmung und Billigung suchen. Ich habe von vielen meiner Klientinnen gehört, daß sie, während sie an ihrer Doktorarbeit schrieben, zur Erkenntnis kamen, daß sie sich nur aus einem Grund auf diese spezielle Initiationsreise begeben hatten, nämlich dem, die Zustimmung und den Beifall ihrer Väter zu erringen. Und an diesem Punkt entschlossen sich viele Frauen, alles andere zu werden, nur kein Doktor.

Die Göttin Inanna betrauert den Verlust ihrer Liebe, und hier wird sie nun von einer Menschenfrau gehört. Geshtinanna, die Schwester von Dumuzi, betrauert selbst den Verlust ihres Bruders. In ihrer Liebe und ihrem Kummer bittet sie Inanna, sie an ihres Bruders Statt in die Unterwelt zu schicken. Inanna ist von ihrem Angebot und ihrer bewußten Opferbereitschaft so gerührt, daß sie verfügt, Bruder und Schwester sollten sich abwechseln und jeweils sechs Monate in der Unterwelt und sechs Monate auf der Erde verbringen.[27]

Geshtinanna ist das neue Weibliche; sie ist die weise Frau, die in Kontakt mit ihren Gefühlen steht, demütig und bescheiden, und *sich ihres Opfers bewußt ist*. Sie ist willens, den Zyklus von Abstieg – Aufstieg – Abstieg zu durchleben und auszuhalten. »Sie ist Vorbild einer Frau, die für sich selbst einstehen kann, ihren Selbstwert bewahrt, die zum Männlichen in liebender Beziehung stehen kann, während sie die direkte Verbindung zu ihren eigenen Tiefen behält. Sie dient als Beispiel dafür, wie eine Frau zum menschlichen, persönlichen Leiden bereit ist – und damit zum ganzen Spektrum der Göttin.«[28] Und sie geht freiwillig in die Unterwelt. Mit diesem mutigen, bewußten Einverständnis durchbricht sie das Sündenbockmuster: Sie selbst wählt die Konfrontation mit der Unterwelt.«[29] Sie gibt niemandem die Schuld.

Geshtinanna hat die Heldin unserer Tage viel zu lehren; sie unternimmt ihren Abstieg nicht, um Ehrungen und Applaus zu erhalten, sondern weil sie den gesamten Zyklus ihrer weiblichen Natur durchleben will. Sie erringt die Weisheit der Zyklen des Wandels und akzeptiert die dunkle, instinktive Seite, die uns hilft, sowohl im Leiden und Tod wie auch in der lichten, freudvollen Seite, die uns in unserer Stärke, unserem Mut und unserem Leben bekräftigt, Sinn zu finden.

## Kapitel 7

# Das dringende Verlangen nach einer Wiederverbindung mit dem Weiblichen

### Das Wurmbaby

Ich träume, ich habe ein Baby, ein kleines Mädchen. Es ist sehr klein, sieht fast aus wie ein bleicher Wurm. Lucien und ich spazieren die Main Street entlang, und plötzlich fällt mir das Baby ein. Wir eilen nach Hause und finden es am Fuß der Verandatreppe in einem Kinderwagen liegen. Ich hebe es heraus, und es ist am Verhungern. Ich will es stillen, merke aber, daß ich zuerst die Windeln wechseln muß. Ich sage zu Lucien: »Du mußt mit ihr reden, damit du eine Beziehung zu ihr herstellst.« Ich wickle das kleine Wurm, und es sieht so mitleiderregend aus, so winzig. Es kann kaum weinen, nur Laute wie eine kleine Katze von sich geben. Es verlangt nichts, es ist nur traurig. Ich mache mir Sorgen, daß es überlebt, denn ich hatte mich nicht einmal mehr daran erinnert, daß ich dieses Baby habe. Es weint, und Milch schießt in meine linke Brust ein.

Als ich über den Traum nachsinne, läßt mich das Wurmbaby an den unmaskierten Darth Vader in George Lukacs' Film *Die Rückkehr der Jedi-Ritter* denken. Luke Skywalker entfernt die Maske seines Vaters und ist schockiert und traurig beim Anblick des unterentwikkelten Kopfs dieses Kriegerkönigs. Dem Staat dienend hatte er die Entwicklung seiner Menschlichkeit vernachlässigt. Wenn ich die Maske meines Vaters abnehme, dann sehe ich einen traurigen kleinen Jungen, der in den Arm genommen, gestreichelt werden und gesagt bekommen will, daß er geliebt wird, so wie er ist. Und wenn ich die Maske des Vaters in mir abnehme, den heroischen Aspekt in mir, dann sehe ich meine tiefe weibliche Natur, die sich danach sehnt, anerkannt zu werden, danach sehnt, daß ich mit ihr spreche, daß sie gewaschen, gewickelt und gefüttert wird. Aber diese Verbindung ist so zerbrechlich, daß ich sie zuweilen vergesse. Ganz sicherlich habe ich genug Milch, um dieses neugeborene Weibliche zu nähren, ich muß nur daran denken.

Hat eine Frau diesen Abstieg durchlebt und sich von ihrer Identität einer spirituellen Tochter des Patriarchats getrennt, dann wird sie das dringende Verlangen verspüren, sich wieder mit dem Weiblichen zu verbinden, sei es nun in der Gestalt der Göttin, der »Mutter« oder des kleinen inneren Mädchens. Es entsteht der Wunsch, die Aspekte in sich zu entwickeln, die, während sie den Heldenweg ging, in den Untergrund verschwanden: ihr Körper, ihre Emotionen, ihr spiritueller Geist, ihre schöpferische Weisheit. Möglicherweise können uns die unentwickelten Aspekte in der Beziehung zu unserem eigenen Vater einen Hinweis auf unsere wahre weibliche Natur liefern.

Hat eine Frau viele Jahre mit der Ausbildung ihrer intellektuellen Fähigkeiten und der Beherrschung der materiellen Welt verbracht, sich aber nicht um die Feinheiten ihres Körperwissens gekümmert, so mag sie nun daran erinnert werden, daß Körper und Geist eins sind. Hat sie ihre Emotionen ignoriert, während sie sich in den Dienst der Bedürfnisse ihrer Familie oder Gemeinde stellte, so mag sie nun langsam damit beginnen, sich wieder ihre Gefühle als Frau zu eigen zu machen. Die Geheimnisse des weiblichen Reichs werden in ihren Träumen aufscheinen, in synchronistischen Ereignissen, in ihrer Dichtung, in ihrer Kunst, in ihrem Tanz.

## Die Spaltung zwischen Körper und Geist

Historisch gesehen wurde die Verbindung zwischen Körper und Seele mit der Entmachtung der Muttergöttin zerstört. Und wir versuchen erst jetzt, da eine massive Zerstörung der Mutter Erde droht, diese Verbindung wiederherzustellen. Als die Menschheit die Heiligkeit der Erde vergaß und ihre Götter in Kirchen und Kathedralen statt in Hainen und auf Berggipfeln zu verehren begann, verlor sie die geheiligte »Ich-Du«-Beziehung mit der Natur. Wir haben vergessen, daß wir ihre Kinder und mit allen ihren Wesen verwoben sind. Wir verloren das Gefühl für die Heiligkeit, die sich in allen Lebewesen, Bäumen, Steinen, Meeren, vierbeinigen Geschöpfen, Vögeln, Kindern, Männern und Frauen verkörpert. Und mit der Mißachtung der Heiligkeit der Natur ging die Leugnung der Heiligkeit des Körpers einher.

Das war nicht immer so. Als der Körper der Frau mit dem Körper der Göttin gleichgesetzt wurde, wurde die Frau als Gefäß verstanden, das das Wunder des Lebens enthält.

»In früheren Zeiten, als noch die Metapher und der Archetypus und nicht die wissenschaftliche Kenntnis beschrieben, wie es sich mit den Dingen verhielt, wurde den Frauen mit einem Gefühl der Ehrfurcht begegnet. Diese Ehrfurcht hatte mit den Veränderungen und Wandlungen des weiblichen Körpers zu tun. Ein Mädchen wurde zur Frau, wenn die Menstruation einsetzte, und Blut war stets mit etwas Numinosem verbunden. Jeden Monat blutete sie nun, bis sie schwanger wurde. Dann hörte sie mit ihren Blutungen neun Monate lang auf und wurde zum Gefäß für ein neues Leben. Man glaubte, daß sie das Blut in ihrem Körper zurückhielt, um ein Baby zu erschaffen. Hatte sie dann das Baby geboren, blutete sie wiederum Monat für Monat bis zur Menopause, wo sie dann mit ihren Blutungen aufhörte. Auch dies erweckte Ehrfurcht, denn nun, so glaubte man, bewahrte sie ihr Blut im Körper, nicht um ein Baby, sondern um Weisheit zu erschaffen. Frauen eignen sich heute diese völlig andere Sichtweise von ihren Erfahrungen wieder an und bringen ein Gefühl für die Heiligkeit der Materie in die Welt zurück.«[1]

Im Mittelalter und dann vor allem während der industriellen Revolution mit ihrer Vergötterung der Maschine wurden der physische Körper von Frauen und Männern, wie auch die Mutter Erde, physisch und sexuell mißbraucht. Der Körper wurde, die Grenzen seiner Stärke und Ausdauer mißachtend, überfordert und dazu gezwungen, sich kulturellen Erwartungen hinsichtlich Größe, Form und Schönheit anzupassen, um so den Interessen menschlicher Gier zu dienen. Die Herabwürdigung des weiblichen Körpers drückte sich in kulturellen und religiösen, die Menstruation, die Geburt und die Menopause umgebenden Tabus aus[2], und spiegelt sich auch in der Zunahme der statistisch erfaßten Fälle von Vergewaltigung, Inzest und Pornographie. Die Heiligkeit des weiblichen Körpers, die Heiligkeit, die sich in der Materie verkörpert, ging verloren, als die Menschen anfingen, Vatergötter zu verehren. Der Respekt und die Achtung vor der Fruchtbarkeit, die sich einst mit der menstruierenden Frau verbanden, verschwanden zusammen mit der Göttin in den Untergrund.

Und in der Abwesenheit der Göttin vergaßen manche Frauen die tiefe Weisheit des weiblichen Körpers und die Geheimnisse der weiblichen Sexualität. Frauen *wissen* mit ihrem Körper. Jean Shinoda Bolen sagt, daß wir, »wenn wir etwas mit unserem Körper, wie auch mit unserem Verstand und Herzen wissen, etwas sehr Tiefes über uns selbst wissen, und daß es genau diese Dimension ist, die in unserer christlichen Kultur und vom Christentum beeinflußten Psychologie aus dem Gleichgewicht geraten ist. Es war eine reine Vaterpsychologie und reine Vatertheologie, in der der geistige Verstand, die Ausdeutungen und das Wort die transformative Erfahrung ausmachen, und dies gilt nicht (für Frauen)«.[3]

## Weibliche Sexualität

Seit der Mann entdeckte, daß auch er Anteil an der Zeugung von Kindern hat, wurde der mit ihrer Sexualität assoziierte Machtverlust der Frau in allen Kulturen zur Realität. Um den patrilinearen Stammbaum zu schützen, versuchten die Männer jahrhundertelang die Sexualität der Frau unter ihrer Kontrolle zu halten. »Wenn nun der Mann die Frau braucht, so versucht er, ihre Macht einzuschränken. Deshalb verbieten die *von Männern gemachten* Gesetze der Frau die freie Verfügung über ihre Sexualität; sie könnte darin zu weit gehen und das fragile, wenn auch zählebige soziale Gebäude in Gefahr bringen, das der Mann ausschließlich zu seinem eigenen Vorteil errichtet hat: die patriarchalische Gesellschaft, in der wir heute noch leben.«[4] »Denn die Treue der Gattin, darauf sei nochmals hingewiesen, wurde vom Mann lediglich zum Schutz seines Erbes erfunden: Nach der patrilinearen Erbfolge hat der Sohn Nachfolger des Vaters zu sein, der Sohn ist also stets *Sohn des Vaters* und nicht *Sohn der Mutter*.«[5]

Selbst in den keltischen Gesellschaften, wo noch die matrilineare Abstammungslinie galt, hielt man die sexuelle Macht der Frau für gefährlich, ungesund und furchteinflößend. Jean Markale erzählt, daß die keltische große Mutter Rhiannon, als sie in den Untergrund gedrängt wurde, die Gestalt eines weißen Wildschweins oder einer Sau annahm. Aus der folgenden, ebenfalls von Markale erzählten, walisischen Geschichte geht klar hervor, daß die Schweinegöttin

Henwen von Artus und seinen Mannen gefürchtet, verfolgt und erniedrigt wurde. Die Macht ihrer Fruchtbarkeit versetzte sie in großen Schrecken.

*»Sheela-na-gig«, Illustration von Sandra Stafford*

»Eine der Sauen des Knoll, die Henwen (= ›Die weiße Alte‹) war trächtig. Nun war prophezeit worden, daß der Britischen Insel großes Leid von ihrem Wurf widerfahren würde. Daher rief Artus Britanniens Heere zusammen und trachtete danach, das Tier zu töten. Die Sau machte sich aus dem Staube und brach in Kernyw ein. Dort stürzte sie sich auf der Flucht vor dem Obersauhirten zum Meer hinab. In Maes Gwenith (= ›Weizenfeld‹), in Gwent, gebar sie ein Weizenkorn und eine Biene ... In Llonyon in Premboke gebar sie ein Gerstenkorn und ein Weizenkorn ... In Riw-Gyverthwch, in Arvon, gebar sie unter dem Maen Du (= ›Schwarzer Stein‹) eine Katze. Aber der Obersauhirte warf sie vom Felsen herab ins Meer.«[6]

Weizen, Gerste, Bienen und Katzen sind uralte Symbole der Göttin. Das Patriarchat mag sie verfolgen, aber ihre Nachkommenschaft wird weiterhin gedeihen.

Die Schweine- oder Saugöttin verkörperte in vielen alten Kulturen Fruchtbarkeit und Fülle. Das Schwein war ein Symbol der Göttin in Mesopotamien, und im alten Europa gewann es durch den Demeter- und Persephonekult Bedeutung, da die eleusinischen Riten aus Vegetationsritualen hervorgegangen waren, in denen das heilige Schwein eine große Rolle spielte. Nach dem Ende der Feierlichkeiten machten sich die Frauen und Männer davon und liebten sich in den Ackerfurchen, damit es zu einer guten Ernte kam. Dieses Ritual stellt eine direkte Verbindung zwischen menschlicher Sexualität und agrikultureller Fruchtbarkeit her.[7] Sehr wahrscheinlich wurde der

Sexualität der Frau die wohlverdiente Achtung und Ehrerbietung entgegengebracht, weil sie befähigt ist, Leben auf die Erde zu bringen. Geist und Körper waren eins.

Die meisten Frauen haben dieses sich mit ihrer Sexualität verbindende Machtgefühl verloren. Der Mann hingegen hat die Frau erniedrigt, indem er sie eine Versucherin, eine üble Verführerin und Verschlingerin nannte. Die ursprüngliche Macht der reinen sexuellen und zeugenden Energie der Göttin wurde als enorme Bedrohung für die männliche Autorität betrachtet. Außerdem galt sie als für unsere kulturelle Arbeitsethik hinderlich und zerstörerisch. Die »freien sexuellen Beziehungen – symbolisiert durch das Bild der Göttin, durch die Notre-Dame der Nacht – (stellen) ein Risiko dar, weil sie mit der vollständigen Befriedigung der instinktiven Wünsche des Mannes (und der Frau) enden würden. Auf diesen Zustand ... würde aber eine Phase der Latenz, um nicht zu sagen des Schlafs folgen ... Wir befänden uns in größter Nähe zum *Zustand des Nirwana*, wo jeglicher Wunsch nach Leben abgeschafft ist. Anders ausgedrückt: Wir befänden uns in einem generellen *regressus ad uterum*, einer Rückkehr zur Mutter, zum wahrhaftigen Paradies, in der imaginären oder tatsächlichen Geborgenheit der Gebärmutter, ihrer Wärme, ihrer Feuchtigkeit, in der sicheren Geborgenheit der Nährerin und Hüterin eines Herdes, dessen Feuer nie ausgeht – in der Sicherheit der ewigen Glückseligkeit, die der Mensch sucht«.[8]

Alte Göttinnenfiguren mit glorifizierten weiblichen Genitalien wurden jahrhundertelang von einfallenden Stämmen und christlichen Priestern verunstaltet. Die Sheela-na-gig, ein keltisches Symbol für den verschlingenden Mutteraspekt der Göttin wurde überall in Irland und England in den Stein von Tempeln und Schüsseln gemeißelt. Sie zeigte »riesige Genitalien, die sie mit beiden Händen auseinanderzieht, und angewinkelte Beine, was in der Phantasie Bilder von ungezügelter Sexualität heraufbeschwört und uns gleichzeitig auf kosmische Weise an unseren Ursprung erinnert. In ihr drückte sich der intime und ehrfurchtgebietende Anblick des Mysteriums der Geburt aus, und sie symbolisierte den Augenblick, in dem sich das neue Leben von der blutigen Plazenta trennt und freigesetzt wird«.[9] Bei den meisten der noch übriggebliebenen Gestalten wurden die Genitalien aus dem Stein gekratzt und das ursprüngliche Gesicht unkenntlich gemacht.

Angesichts einer derartig zielstrebigen Zerstörung der Symbole weiblicher Fruchtbarkeit nimmt es nicht wunder, wenn sich manche Frauen heute ihrer Genitalien schämen und in diesem Bereich Krankheiten oder »Leiden» entwickeln wie kleine Geschwülste und Herpes. Aus Angst, für schmutzig gehalten zu werden, verheimlichen sie dies dann vor ihrer Familie und ihren Freunden. Sie vergleichen die Blume ihrer Sexualität mit anderen und finden ihre Schamlippen und Vagina mangelhaft. Nichts an ihrem Körper stimmt; pubertierende Mädchen jammern über den Umfang ihrer Hüften und Brüste, statt ihre Fähigkeit, Kinder zu gebären und zu nähren, zu feiern. Sie machen abfällige Bemerkungen über die Menstruation, weil ihnen niemand sagte, daß die Zeit ihrer Periode oder des »in ihrem Mondseins«, wie die Indianer es nennen, eine Zeit der Reinigung ist; eine Zeit der Träume, der Einsichten und der Intuition; eine Zeit enormer Macht, die sie sich wieder zu eigen machen und die sie respektieren müssen.

## Familienbotschaften über den weiblichen Körper

»Sag mir, wie es ist, eine Frau zu sein«, bittet eine fünfunddreißigjährige Frau. »Ich lebe in einem Körper, der an die zweihundert Pfund wiegt, und ich kann mich mit meiner Weiblichkeit überhaupt nicht identifizieren. Ich weiß, wie es sich anfühlt, eine Mutter zu sein; ich pflege und hege gerne meine Kinder und Klientinnen, aber ich identifiziere mich nicht in *sexueller* Hinsicht mit meinem Frausein. Meine Eltern haben mir immer gesagt, daß ich ja nicht schwanger nach Hause kommen sollte, und ich dachte wahrscheinlich, daß man mich zu Hause rausschmeißen würde, wenn ich Sex hätte und schwanger würde. So habe ich mit dreizehn angefangen zuzunehmen, um mich zu schützen. Ich kann mich erinnern, daß ich in der achten Klasse war, als während einer Tanzveranstaltung der beliebteste Junge meiner Klasse auf mich zukam und mich zum Tanzen aufforderte. Ich hatte eine solche Angst vor seiner Berührung, daß ich ihm sagte, er sei mir zu klein. Kurz darauf fing ich an, übermäßig zu essen.«

Viele Frauen haben mit der Tatsache, daß sie in einem weiblichen Körper stecken, so massive Schwierigkeiten, daß sie ihn, um diesen

Störfaktor auszutreiben, mit Essen, Alkohol, Drogen, Überarbeitung oder übermäßigem Körpertraining malträtieren. Identifiziert sich eine Tochter mit dem Männlichen, um ihren Vater zu erfreuen, dann betont sie die Entwicklung ihrer geistigen und intellektuellen Fähigkeiten und lehnt ihren weiblichen Körper ab. Sie vergißt, wie man auf seine Wünsche und Bedürfnisse hört. Der Körper ist intelligent; er weiß, wann er hungrig und durstig ist, wann er Ruhe braucht, wann er sich ertüchtigen möchte, Sex will, keinen Sex will und wann er aus dem Gleichgewicht geraten ist. Viele von uns wurden jedoch dazu trainiert, die Mitteilungen unseres Körpers zu ignorieren oder sich darüber hinwegzusetzen.

Der Körper der Frau ist öffentliche Domäne, wie gegenwärtig ganz klar der Aufruhr über die Abtreibungsfrage zeigt. Jedermann hat eine Meinung darüber, was die Frau mit ihrem Körper tun oder nicht tun soll. Geht es um eine Anstellung, dann flehen viele Väter ihre Töchter an, abzunehmen und auf ihr Aussehen zu achten, damit sie einen guten Job als Sekretärin bekommen. Eben diese Töchter haben vielleicht ihr Auge auf eine Position im Management geworfen, wo sie über Macht und Status verfügen würden, aber man sagt ihnen, sie sollten sich in physischer Hinsicht dem anpassen, was für eine Frau in unterstützender Rolle angemessen und schicklich ist. Jahrelang hat man Frauen erzählt, daß sie in der Geschäftswelt ihren Job nicht so gut wie Männer versehen können, weil sie menstruieren und Kinder zur Welt bringen. Und es ist kein Geheimnis, daß wir Frauen trotz aller Fortschritte, die wir in den letzten zwanzig Jahren erzielten, noch immer dafür bestraft werden, daß wir uns die Zeit nehmen, Kinder zu bekommen und uns in den ersten Jahren um sie zu kümmern, indem man uns bei Beförderungen und Gehaltserhöhungen übergeht.

Wenn die Mutter einer Frau keine Beziehung zu ihrem eigenen weiblichen Körper herstellen konnte oder abschätzige Bemerkungen über ihre Sexualität oder die Sexualität anderer Frauen machte, dann war sie wahrscheinlich auch nicht imstande, den weiblichen Körper ihrer Tochter zu schätzen und zu lieben.[10] Manche Frauen erzählen ihren Töchtern Horrorgeschichten über ihre erste Penetrationserfahrung oder über die Schmerzen bei der Geburt, und so bekommen viele Mädchen Angst vor ihrer Sexualität, verabscheuen ihren Körper und schneiden sich von ihren Instinkten ab. »Wurde in einer Familie großer Nachdruck auf perfekte Leistung gelegt, ohne daß dem Werden oder Sein des Kindes in aufrichtiger Weise Anerkennung gezollt wurde, dann hat das Mädchen sehr früh gelernt, daß seine instinktiven Reaktionen unakzeptabel sind; ihre Wut, ihre Angst, sogar ihre Freude setzten sich in der Muskulatur ihres Körpers fest, wurden chronisch darin eingeschlossen und dem Alltagsleben unzugänglich. Werden die authentischen Gefühle vom Instinkt abgeschnitten, verbleiben die echten Konflikte entweder im Unbewußten oder werden dort somatisiert.«[11]

Inzest, Vergewaltigung oder körperliche Mißhandlung sind die offensichtlichsten Fälle, in denen die Gefühle einer Frau von ihrem Körper abgespalten werden. Wird ein Mädchen von einer männlichen Autoritätsperson – Vater, Bruder, Onkel, Großvater, Familienfreund, Lehrer, Arzt, Pfarrer oder Chef – mißbraucht, dann betäubt sie ihren Körper, um den mit dem sexuellen Trauma verbundenen demütigenden Schmerz zu vergessen. Doch dieser Schmerz verschwindet nicht mit seiner unmittelbaren Ursache. Die Erfahrung wird an der Körperstelle der Verwundung, etwa Lippen, Brüste, Schamlippen, Vagina oder Zervix, gespeichert und bewirkt Verkrampfungen, physischen Schmerz und eine Konfusion über Empfindungen wie Sinneslust, Taubheit oder Unbehagen. Ich habe festgestellt, daß viele meiner Klientinnen, die im frühen Alter sexuell mißbraucht wurden, entweder zu unglaublich empfindsamen Körperarbeiterinnen wurden oder aber überhaupt keinen Bezug mehr zu ihren körperlichen Grenzen herstellen können. Sie verwandeln ihre Verwundung entweder in eine Erfahrung tiefen Verständnisses darüber, wie Schmerz und Verwirrung im Körper eingeschlossen und auch freigesetzt werden können, oder sie umgeben ihren armen geschundenen Körper mit einem Panzer und machen sich für ihre Instinkte und Intuition unempfindlich. Sie vertrauen nicht mehr auf das, was ihnen ihr »Bauch« signalisiert, weil das Hören auf ihren Körper unerwünschte Erinnerungen und Gefühle hochbringt.

Kehrt eine Frau von ihrer Abstiegsreise zurück, holt sie sich auch ihren Körper wieder, und sie holt sich mit diesem Akt der Wiederaneignung nicht nur *ihre* persönliche physische Gestalt zurück, sondern verkörpert damit auch die Heiligkeit des Weiblichen für uns alle. Sie bringt allmählich dessen Bedürfnisse ins Bewußtsein. Durch die achtsame Ernährung, durch Körperübung, das Baden, Ruhen, Heilen, Lieben, Gebären und Sterben erinnert sie uns alle an die Unantastbarkeit des Weiblichen. Die meisten Frauen, auch ich persönlich, erfahren ihre heiligsten Augenblicke als physische Momente: in einer Umarmung, im Akt der Liebe, im Stillen eines Kindes. Nichts hat mich der Ekstase des Geheiligten nähergebracht als das Gebären eines Kindes. Die Dimension des Heiligen existiert im Körperlichen, und weder die Seele eines Menschen noch die Seele einer Kultur können sich entfalten, wenn der Körper nicht zurückgefordert und geachtet wird.

Wenn ich an Frauen denke, die den heiligen Aspekt des weiblichen Körpers in ihre Arbeit und ihr Leben einbringen, dann kommt mir Arisika Razak in den Sinn, eine Hebamme aus dem kalifornischen Oakland, die den »Vulvatanz« kreierte, um die Sexualität der Frau zu ehren.

»Als Hebamme«, so sagt sie, »verwende ich ziemlich viel Zeit auf die Genitalien von Frauen, ich schaue mir ihre Vulva an, sehe, wie sich der Muttermund weitet, wie der Kopf des Kindes erscheint. Ich kann die Frauen an einer Hand abzählen, die nach einer Untersuchung aufstanden und in ihrem Körper völlig gegenwärtig waren. Da sind die Frauen, die ihre Vulva bedecken, die die übliche Bemerkung machen, daß sie nicht gut riechen. Ich weiß, daß uns diese Gefühle von Scham und Unreinheit nicht immer begleitet haben. Einst war die Vulva ein Symbol der Schönheit und Heiligkeit und Transzendenz. Alle Menschen kommen durch dieses Tor unseres Körpers zur Welt.

Ich bin eine Kriegerin, die für den Körper kämpft; ich arbeite mit armen Frauen, mit Frauen, die ihre Spiritualität nicht in Anspruch nehmen oder auch nur darum bitten, daß wenigstens die Geburt zu einer spirituellen Angelegenheit wird. Unter anderem erinnere ich sie stets daran, daß sie, wenn sie es wollen, »nein« sagen können. Wenn sie keinen Sex haben wollen, dann haben sie das Recht, ihn zu verweigern. Ich ermuntere sie, in ihren Beziehungen »ja« und »nein« zu sagen, und ich sage ihnen auch, daß ihre Sexualität etwas ist, das ihr ganzes Leben lang existiert, und daß sie sich mehr um ihren Körper kümmern müssen. Die Sexualität war für mich wichtig, weil sie meine Tür ins Reich des Spirituellen war, und nun stellt meine Arbeit mit dem Vulvatanz und mit dem Körper meinen Dienst an der Göttin dar.«[12]

## Dies ist mein Leib

Wir produzieren unbewußt und spontan Symbole in Form von Träumen. Viele Frauen und Männer träumen heute von der Göttin; sie stellt eine Projektion des weiblichen Prinzips dar, das in unserer Gesellschaft wiederhergestellt werden muß. Sie nimmt viele Gestalten an und verkörpert sich oft in den vielfältigen Symbolen des persönlichen Erbes eines Menschen. Catherine, eine Frau Ende Vierzig, wurde in einer irischen, streng katholischen Familie erzogen. Kürzlich hatte sie eine Reihe von Träumen vom Kelch, wie er in der katholischen Messe für die Transformation des Weins in das Blut Christi verwendet wird. In den vorchristlichen Kulturen war der Kelch oder der Kessel ein Symbol des weiblichen Aspekts des Heiligen.

In ihrem ersten Traum sah sie sich selbst in einem Gemälde mit folgender Inschrift darunter: »Dies ist sie, die den Kelch des heiligen Blutes trinkt.« Einen Monat später träumte sie, daß sie aus dem Kelch trank und zwölf Blutstropfen ihre Kehle hinunterrannen. Und sie hörte die Worte: »Du wirst vom Blut der großen Mutter genährt.« »Blut ist ein lebenspendendes Symbol«, schrieb sie in ihr Tagebuch, »ein Symbol der Erneuerung und Regenerierung. Es ist ein mächtiges Symbol des Weiblichen, des Kessels, des Schoßes, der Reinigung und Läuterung durch das menstruelle Blut. Das Trinken des Blutes der Göttin stellt meine heilige Initiation in die Mysterien des Weiblichen dar.«

Zwei Monate später hatte Catherine einen Traum, in dem sie ihren Körper als Kelch sah und die Worte hörte: »Dies ist meine geliebte Tochter, an der ich großes Wohlgefallen habe.« Sie wachte vor Energie schier berstend auf. »Ich vibrierte vor Energie«, schrieb sie in ihr Tagebuch. »Ich konnte nicht länger im Bett bleiben; ich hatte das Gefühl, mein Körper würde platzen, so erfüllt war ich. Es war noch mitten in der Nacht, aber ich kramte meine ganzen Utensilien hervor und formte zunächst einen rudimentären Kelch aus Ton. Der kalte Ton dämpfte mich etwas, aber das reichte nicht. Ich brauchte Farbe, um meinen Gefühlen Ausdruck zu verleihen. Ich holte alle meine Leuchtstifte und zeichnete einen strahlend farbigen und vor Energie strotzenden Kelch. Mir kamen immer wieder die Worte in den Sinn: ›Dies ist mein Leib, dies ist mein Blut.‹ Mir wurde klar, daß *ich* in diesem Moment Geist verkörperte; *meinen* Leib und *mein* Blut. Ich war die verkörperte Göttin, doch nicht in irgendeiner arroganten Weise, sondern ganz einfach als Verkörperung von Geist. Der Gott oder die Göttin existieren nicht getrennt von mir, nicht außerhalb von mir; ich verkörpere sie; ich fühle ihre Macht.«

## Ein Panzer über meinem Herzen

Diesen Abstieg unternimmt man nicht leichten Herzens; er wirbelt Staub auf. Um uns nicht traurig und hilflos zu fühlen und uns nicht von gefährlichen Emotionen, die in der Tiefe lauern, überwältigen zu lassen, haben wir unser Leben mit einer möglichst großen Menge wichtiger Geschäftigkeit angefüllt. Eine Frau, die den Mut aufbringt, in die Bereiche unterhalb ihrer normalen Gewahrseinssphäre hinabzusteigen, wird dort Gefühle finden, die sie ihrer Entscheidung nach früher nicht erfahren wollte. Wenn sie die abgetragene Maske, die sie den kollektiven Vätern präsentiert, abschält – nett, höflich, entgegenkommend, freundlich sein: »Oh, es macht mir nichts aus, alles was du willst« – findet sie vielleicht Dolche der Wut über ihre geopferte Zeit, Verwirrung über Geschichten des Verrats, auf die sie nie wirklich einging, Traurigkeit darüber, daß sie sich so lange Zeit allein ließ, und Hilflosigkeit in bezug auf den nächsten Schritt.

Eine attraktive Frau in den Fünfzigern, die zehn Kinder großgezogen hat, lächelt und sagt: »Ich war in all den Jahren sehr glücklich. Ich empfinde nur Bedauern über die Unterhaltungen, die ich nie geführt habe – mit meinen Kindern, meinem Mann, mit mir selbst. Ich habe mein Herz gepanzert, weil es zuviel zu tun gab, weil da zu viele Enttäuschungen waren, und ich fühlte mich da sicher, wo ich war, und wollte das Boot nicht zum Schaukeln bringen.«

Zuviel zu tun. Wie viele Frauen haben sich weggegeben, weil zuviel zu tun war und keine Zeit zuzuhören. Frauen, die sich in ihrer Identität über ihre Beziehung zu ihren Eltern, ihrem Mann, ihren Geschwistern, Kindern oder Arbeitskollegen definieren, haben wenig Energie übrig, um sich ihre eigenen wahren Gefühle anzuschauen. Abgesehen davon hat man ihnen gesagt, daß es egoistisch sei, an sich selbst zu denken. Oder ihr aufgeblähtes Gefühl von Wichtigkeit hindert sie daran, die geheime Absprache zu erkennen, die über ihre Abhängigkeit von anderen besteht: »Wenn *ich* es nicht mache, geschieht nichts.«

Jahrhundertelang hat man Frauen gesagt, sie sollten nicht »hysterisch« sein. Wenn sie starke Gefühle für etwas entwickeln, lobte man sie nicht für ihr Engagement und ihre Leidenschaftlichkeit, sondern hielt ihnen Unvernunft vor. Waren sie über eine Kränkung wütend, so sagte man ihnen, sie seien unbeherrscht.

Eltern, denen der Ausdruck von Gefühlen Unbehagen bereitet, sagen zu ihren Töchtern: »So solltest du nicht empfinden«; oder sie ziehen sie auf: »Hier kommt die große Tragödin«, oder »Du kannst das Taschentuch jetzt mal wieder wegstecken.« In solchen Familien kann auch der Freude nur gemäßigt Ausdruck verliehen werden; eine überschwengliche Äußerung von Glücksgefühlen gilt als »zu albern«. Hört ein Mädchen immer wieder, daß seine Gefühlsäußerungen »zuviel« sind, dann lernt es, seine Gefühle für etwas Riskantes zu halten. Schnell wird ihm klar, daß Eltern und Lehrer Enttäuschung, Ärger oder auch freudige Erregung nicht akzeptabel finden, warum also sollte es sich überhaupt noch mit Gefühlen abgeben. Gefühle, die nicht anerkannt werden, verschwinden nicht; sie begeben sich in den Untergrund und binden uns an die Vergangenheit.

Wir schneiden uns von unseren Gefühlen ab, um nicht die Trauer zu fühlen, die uns überkommt, weil wir nicht, wie das Wurmbaby in meinem Traum, in den Armen gehalten und geliebt werden. Wir wollen nicht die Wutschreie hören, die unausgesprochene Forderung des kleinen Mädchens in uns, das fragt: »Wie konntest du mich verlassen?« James Hillman nennt dies die *inzestuöse Rückkehr zur Mutter* und schreibt: »In dieser Phase der Entwicklung des Fühlens bedeutet der Inzest die Erlaubnis, sich selbst mit den dunkelsten und blutigsten Leidenschaften, den tatsächlichen Begierden, die ausgeführt und gehegt werden wollen, mit dem ungehemmten Zorn zu verbinden, wo das Herz tatsächlich ist, auch wenn das Fühlen in den Fäusten, Gedärmen oder Genitalien stecken mag, und nicht den Vorstellungen folgt, welche sagen, wo das Herz sein sollte und was wir zu fühlen haben.«[13] Dieser Zorn und diese Trauer können sich als Schmerz überall in unserem Körper ausbreiten.

## Die Trennung vom Weiblichen betrauern

Eine der größten Herausforderungen der Heldinnenreise besteht in der Erfahrung dieser tiefen Trauer über die Trennung vom Weiblichen. Die Frau muß sich erlauben, diesen Verlust in der ihr angemessenen Weise zu benennen und zu betrauern, und muß sich dann von dieser Trauer lösen und ihren Weg fortsetzen. Wenn sie sich im Zustand der Traurigkeit und Verzweiflung befindet, braucht sie die Unterstützung des positiven Weiblichen, eine Mutter- oder Schwesterngestalt, Mann oder Frau, die ihr in dieser Phase Schutz gewähren. Die Intensität ihrer Trauer hängt vom Maß ab, in dem sie sich als ein sich selbst unbekanntes und nicht gesehenes Wesen empfindet und wieviel sie zu tun hat, um ihre verlorenen Schätze wieder zu bergen. Vielleicht ist sie nur aus dem einfachen Grund traurig, weil sie zuviel und doch nicht genug hat: eine Fülle an »Dingen« oder leeren Ehrungen, aber einen Mangel an Selbstliebe, Selbstrespekt oder der Verbindung mit ihrem innersten Kern. Es ist wichtig, nicht nur anderen die Schuld zuzuweisen, sondern die Ursachen für diese Trauer gründlich zu erforschen und die Verantwortung für die Selbstheilung zu übernehmen.

Angela ist eine Inzestüberlebende um die Mitte Zwanzig, die ihrer Mutter gesagt hatte, wie tief enttäuscht und wie wütend sie darüber ist, daß diese es nicht vermocht hatte, sie vor den Belästigungen des Stiefvaters zu schützen. Und immer wieder hatte ihre Mutter erwidert, daß sie nichts davon gewußt hatte, und sich geweigert, die Schuld auf sich zu nehmen. Sie wollte von den Gefühlen der Hilflosigkeit und Trauer ihrer Tochter nichts hören. Zehn Jahre der Bitterkeit waren zwischen den beiden Frauen vergangen, als eines Tages die Mutter zur Tochter kam und sagte: »Ich hatte unrecht. Ich fühle mich schrecklich, weil ich dich nicht beschützt habe. Ich wollte nicht sehen, was da passierte, weil ich nicht wußte, was ich tun sollte. Du mußt wissen, daß ich damals alles getan habe, was ich konnte, aber es war nicht genug. Ich habe dir gegenüber versagt.« Die Tochter fühlte sich zum erstenmal in ihrer Beziehung mit der Mutter *gehört*. Dies löschte nicht den Schmerz und die Demütigung des Inzests aus, aber die Wunde begann zu heilen, weil sie nun ihren Gefühlen Ausdruck geben konnte und sie gehört wurde. Und aus ihrer Traurigkeit heraus entwickelte sie Mitgefühl für die Mutter.

»Traurigkeit liegt im innersten Kern des Seins. Entblättere das Herz von allen anderen Gefühlen, und du stößt unvermeidlich auf Traurigkeit, bereit wie ein keimender Same, sein grünes Blatt zu entfalten.«[14] Man muß jedoch an der Traurigkeit nicht festhalten. Ihre Freisetzung ist eine Disziplin, wie das bewußte Atmen. Atme ein, du fühlst sie, atme aus, du entläßt sie. Atme ein, eine Träne rinnt über deine Wange; atme aus, du empfindest Dankbarkeit über ihre Wärme. Atme ein und lächle.[15] Sei nett zu dir selbst, mach ganz kleine Schritte.

## Großmutter Spinnenweib

Kehrt eine Frau, ihren Sack mit Knochen hinter sich herschleifend, aus der Unterwelt zurück, dann sehnt sie sich danach, getröstet, im Arm gehalten und umsorgt zu werden. Sie hat den Wunsch, in den Schoß einer Muttergestalt zu klettern, an ihre Brust gedrückt und beruhigt zu werden und gesagt zu bekommen: »Alles wird gut werden.« Das Volk der Tewa-Pueblo-Indianer erzählt uns von der »Reise aus dem tiefsten dunklen Untergrund nach oben, wobei der Maulwurf als der Graber fungiert. Wenn die Menschen dann auftauchen, sind sie vom Licht geblendet und wollen wieder zurück. Dann spricht eine leise weibliche Stimme zu ihnen und sagt, sie sollen geduldig sein und die Augen nur ganz langsam öffnen. Wenn sie dann schließlich ihre Augen geöffnet haben, sehen sie das gebeugte kleine alte Spinnenweib, die Großmutter der Erde und allen Lebens. Sie warnt sie vor der Versuchung, miteinander zu streiten und Waffen zu haben und vor dem Leid, das aus ihnen entsteht. Sie erzählt ihnen auch vom Mais und wie man ihn pflanzt und sich um ihn kümmert.«[16]

Wir sehnen uns nach dieser mitfühlenden und instruktiven Qualität des Weiblichen, nach diesem Aspekt, der uns die Fürsorge für uns selbst lehrt und uns davor warnt, uns in kleinlichen Auseinandersetzungen und im Wunsch nach Dominanz zu verlieren. Spinnenweib bekümmert sich um die Menschen; sie ist die Bewahrerin des Lebens, eine Weberin von Netzen, eine Mentorin und Helferin denen, die sich auf ihrer Reise abmühen. Sie weiß, was Geduld ist: nicht vorzeitig ans Licht zu drängen, die Spannung auszuhalten und die Dinge sich zu ihrer Zeit entfalten lassen. Sie weiß, wie man pflanzt und neue Samen umhegt. Es sind die weiblichen Qualitäten in einer Frau oder einem Mann, die uns helfen, zu unserer wahren Menschlichkeit zu finden.

Im Schöpfungsmythos der Hopi spielt Großmutter Spinnenweib eine zentrale Rolle und hilft den Menschen, die Bedeutung des Lebens zu entdecken.

Als Sonnengeist die erste (untere) Welt geschaffen und lebendige Geschöpfe in sie gesetzt hatte, war er nicht zufrieden mit dem Werk, denn er hatte das Gefühl, die Geschöpfe verstünden nicht die Bedeutung des Lebens. Er rief Großmutter Spinnenweib herbei und bat sie, zu den Geschöpfen zu gehen und sie auf ihren weiteren Weg vorzubereiten. Und das tat sie.

Sie führte sie weiter zu ihrem Aufstieg in die nächste darüberliegende Welt. Für eine Weile machten sie Fortschritte, aber dann wurde Großmutter Spinnenweib wieder zu ihnen geschickt, um sie zu lehren und sie zur nächsthöheren Welt zu führen. Hier errichteten sie Dörfer und pflanzten und lebten in Frieden zusammen. Aber das Licht war trübe und die Luft kalt. Großmutter Spinnenweib lehrte sie zu weben und Gefäße zu machen, und für lange Zeit kamen sie ganz gut voran.

Dann kam Zwietracht auf. Und Großmutter Spinnenweib kam und sagte ihnen, sie müßten einige Entscheidungen treffen, und die, die sich verändern wollten, müßten höher hinaufklettern. Als sie schließlich unter großen Schwierigkeiten bis knapp unter die »Tür in den Himmel« gekommen waren, konnte niemand erkennen, wie man hinauf und durch die Tür gelangen sollte.

In diesem Moment erschienen Großmutter Spinnenweib und ihre jungen Enkelsöhne, die Kriegergötter. Ein Bambus wurde gepflanzt, der hoch wachsen sollte. Großmutter Spinnenweib drängte die Menschen, ohne Unterlaß zu singen. Und dies half dem Bambussproß schließlich, in die Höhe und durch »die Tür in den Himmel« zu wachsen. Großmutter Spinnenweib sagte den Menschen, sie müßten sich und ihre Habe versammeln und tief darüber nachdenken, was geändert werden müßte, bevor sie diese Tür erreichten, und sie sagte, sie würde zurückkehren. »In der oberen Welt«, so sagte sie, »müßt ihr lernen, wahre Menschen zu sein.«[17]

Großmutter Spinnenweib und ihre Enkelsöhne betraten zuerst die obere Welt. Und während sich die Menschen in dieser neuen Welt niederließen, wachte sie über sie. Sie blieb in der Nähe, um sie lehren zu können, wie sie alles, was sie brauchten, herstellen konnten, und sie zeigte ihnen Rituale, um Licht und Wärme in die Welt zu bringen.

Als alles soweit fertig war, setzte Großmutter Spinnenweib einen See über das Loch, durch das sie gekommen waren, und erklärte den Menschen, wie sie sich auf ihre Reise vorbereiten sollten und was sie zu erwarten hatten. Sie erinnerte sie an ihre Ursprünge und mahnte sie, ihre heiligen Rituale zu bewahren. »Nur die von euch«, so sagte sie, »die vergessen, warum sie in diese Welt gekommen sind, werden den Weg verlieren.«[18]

Wir brauchen, wie die ersten Menschen, Innenschau und Weisheit, um ganzheitliche menschliche Wesen zu werden. Großmutter Spinnenweib hilft uns, uns daran zu erinnern, wer wir sind und worin unsere Verantwortung als Verwalter dieses Planeten besteht. Sie gibt uns die Lehren, die Lieder und die Rituale, die uns daran erinnern, unsere Verbindung mit den Zyklen der Natur zu achten und zu ehren. Wenn wir unsere wechselseitige Verbindung mit allen Wesen tief empfinden, werden wir nicht andere beherrschen oder zerstören.

Vor einigen Jahren interviewte ich Colleen Kelley, eine Künstlerin aus New Mexico, die mit Ritualen arbeitet. Es ging um ein Projekt mit dem Titel »Changing Woman: Zeitgenössische Gesichter der Göttin«, das ich fotografierte. Sie erzählte mir von der Gestalt einer alten Frau, die ihr in einem Wachtraum erschien und die mich an Großmutter Spinnenweib erinnerte. »Auf einer Pilgerreise zu einem heiligen Ort in Arizona hatte ich die Vision von einer sehr alten Frau, die aus einem Cañon auf mich zukam und mir viele Dinge zeigte. Eines dieser Dinge war ein Netz der geistigen Welt, das auseinanderfiel. Das Netz bestand aus vielen Opfergaben und Zeremonien, die über die Jahrtausende hinweg abgehalten worden waren. Die Botschaft, die sie mir übermittelte, besagte, daß die Frauen, die versucht haben, diese Traditionen am Leben zu erhalten, sich nun, um dieses Netz des Lebens zu bewahren, auf telepathische Weise an die Frauen und Männer überall in der Welt wenden, die auf die Zeremonien eingestimmt sind. Das Leben ist bedroht, wenn das Netz nicht bewahrt wird.«[19]

## Das Weibliche als Bewahrerin

Die Bewahrerin des Lebens ist ein Aspekt des positiven Weiblichen, ob er sich nun in einer Frau oder in einem Mann verkörpert. Das positive Weibliche befaßt sich mit Netzwerken und Verbindungen, mit dem Zusammenbringen von Gemeinschaften für die Arbeit am gemeinsamen Wohl. Das Weibliche sieht die Ähnlichkeiten zwischen allen Wesen und zeigt Mitgefühl und Erbarmen. Es fordert auch den Schutz für die Jungen und weniger vom Glück Begünstigten.

Käthe Kollwitz stellte in ihrer Kunst die ausgebeuteten und ungeschützten Arbeiter und Arbeiterinnen, die Freuden und Leiden der Mutterschaft und die Schrecken des Krieges auf eine Weise dar, die den bewahrenden Aspekt des Weiblichen verkörpert. Mit ihren Plakaten »Deutschlands Kinder sind hungrig!«, »Niemals wieder Krieg« und »Saatfrüchte sollen nicht vermahlen werden« protestierte sie gegen die sinnlose Zerstörung von Menschenleben im Ersten und Zweiten Weltkrieg. Ihre Skulptur »Turm der Mütter« zeigt die grimmige und trotzige Schutzhaltung des Weiblichen gegenüber jenen Kräften, die die Jungen bedrohen. Nachdem ihr Sohn im Ersten Weltkrieg gefallen war, gab sie der Trauer eines ganzen Volkes in ihrem Totenmal »Die Eltern« Ausdruck.

Während des Leidens und Schreckens der Naziherrschaft in Deutschland ermutigte sie sich selbst und andere dazu, nicht den Glauben zu verlieren, indem sie zärtliche Bilder von Müttern und Kindern malte und zeichnete, die an die ganze Wärme menschlicher Beziehungen erinnern.[20] In ihrer Tagebucheintragung vom 4. Dezember 1922 steht zu lesen: »Ich bin einverstanden damit, daß meine Kunst *Zwecke* hat. *Ich will wirken* in dieser Zeit, in der die Menschen so ratlos und hilfsbedürftig sind.«[21] Der Franzose Romain Rolland bezeichnete ihr Werk als »das großartigste deutsche Gedicht« ihrer Zeit und schrieb, daß diese Frau mit so mannhaftem Herzen auf die Armen geschaut und sie mit ernstem und zärtlichem Mitgefühl in ihre mütterlichen Arme geschlossen habe. Sie sei die Stimme des Schweigens jener, die man geopfert hat.[22] Wie der in Kuan Yin verkörperte Aspekt des Weiblichen hat Käthe Kollwitz die Schreie der Menschen gehört.

## Das Weibliche als Schöpferin: Oshun und Changing Woman

Eine Frau, die den Abstieg vollbracht hat, hat den verschlingenden Zerstöreraspekt des Weiblichen erfahren, der im Dienste des Todes und der Erneuerung ihrer selbst steht. Nach der Trockenheit und Dürre, die sie in dieser Zeit der Trennung vom Leben »oben« erlebt hat, sehnt sie sich nach dem feuchten, grünen, saftigen Aspekt des kreativen Weiblichen. Sie, die sich von ihrer weiblichen Natur abgeschnitten fühlte, mag nun das, was sie ist, zurückfordern und sich wieder zu eigen machen und fühlt, wie ihre Kreativität zu fließen beginnt. Diese Erneuerung kann im Garten, in der Küche stattfinden, in der Verschönerung des Heims, in der Beziehung, im Weben, Schreiben oder Tanzen. Ihr ästhetisches Empfinden und ihre Sinnenhaftigkeit werden lebendig, und sie fühlt sich durch Farben, Gerüche, Geschmäcker, Berührungen und Töne erfrischt.

Oshun, die westafrikanische Göttin der Liebe, Kunst und Sinnenhaftigkeit lehrt uns einiges über Schönheit und Kreativität. Luisah Teish, eine Oshunpriesterin in der afrikanischen Tradition der Yoraba Lucumi, beschreibt sie »als den Ort, wo die Flußwasser dem Ozean begegnen. Sie ist nicht nur die erotische Liebe zwischen Paaren, sondern auch die Liebe, die den ursprünglichen Impuls zur Schöpfung gab. Sie existiert in jeder Zimmercalla, in jedem Wasserfall und in den Augen eines jeden Kindes. Sie ist der Grund, warum wir ohne Angst in der Welt existieren können; sie macht das Leben erträglicher. Sie verkörpert alles, was schön ist, was die Menschen zu großartigen Ideen inspiriert, sie wunderbare Kunstwerke erschaffen und ihre Sinne wirklich gebrauchen läßt. Wenn ich in Trance gehe und etwas erschaffe, das andere Menschen sich öffnen läßt, dann weiß ich, daß sie da ist. Jedesmal, wenn ich zu einem Fluß komme, wo schöne Steine liegen, dann kann ich sie ganz klar hören«.[23]

In der Navajomythologie ist Changing Woman die Schöpferin. Sie ist die Erde und der Himmel, die Herrin der Pflanzen und des Meeres. Sie reicht über den gebärenden Aspekt der Mutter hinaus; sie ist der weibliche Schöpfer. Sie erschuf das erste menschliche Wesen aus der Haut, die sie sich von verschiedenen Partien ihres Körpers abrieb. Sie wandelt und entfaltet sich immerwährend. »Ihre kosmischen zyklischen Bewegungen – sie altert jeden Winter und wird in jedem Frühling zu einem schönen jungen Mädchen – machen sie zur Essenz von Tod und Wiedergeburt, zur Signatur der ständigen Erneuerung und Verjüngung des Lebens.«[24] Man sagt, daß »die männliche Kreativität eher ständig nach vorne drängt, wohingegen die weibliche Kreativität sich mehr um sich selbst dreht, und zwar nicht in eine kreisförmigen, sondern in einer spiralförmigen Bewegung«.[25] Sie wandelt sich ständig. Changing Woman erschafft durch ihren Tanz. Diese Frau von unglaublicher Schönheit erschafft Schönheit, wo immer sie hingeht. Sie trägt ein Kleid aus weißen Muscheln und Türkisen und tanzt ein Pubertätsritual für alle jungen Navajomädchen. Dieser Tanz wird im »Lied der ersten Pubertätszeremonie« beschrieben:

Sie ist in Bewegung, Bewegung
Sie ist in Bewegung, Bewegung.

Weiße Muschel-Frau, in Bewegung
Ihre Schuhe aus weißen Muscheln, in Bewegung
Ihre Schuhe schwarz glänzend, in Bewegung
Ihre Schnürsenkel aus weißen Muscheln, in Bewegung
Ihre Beinkleider aus weißen Muscheln, in Bewegung...

Ihr Tanzrock aus weißen Muscheln, in Bewegung
Ihr Gürtel aus weißen Muscheln, in Bewegung
Ihr Armreif aus weißen Muscheln, in Bewegung
Ihre Kette aus weißen Muscheln, in Bewegung
Ihre Ohrringe aus weißen Muscheln, in Bewegung...

Über ihr tanzt schön ein Drosselmännchen
Sie ist in Bewegung
Er singt: seine Stimme ist schön, sie ist in Bewegung...

Vor ihr ist alles schön, sie ist in Bewegung
Hinter ihr ist alles schön, sie ist in Bewegung

Sie ist in Bewegung, Bewegung
Sie ist in Bewegung, Bewegung.

Diese Fähigkeit, sich *mit* dem kreativen Impuls zu bewegen, ohne den Versuch zu machen, ihn zu erzwingen, ist ein Aspekt des Weiblichen, über den ich erst jetzt allmählich etwas lerne. Vatertöchter wie ich haben es schwer, wenn sie die Dinge einfach geschehen *lassen* sollen; wir haben gerne die Kontrolle über die Ereignisse und den Zeitpunkt ihres Geschehens. Das Abwarten des Resultats und die Ungewißheit über das Resultat schaffen enorme Ängste. Das Weibliche verfügt über eine Qualität, die die Dinge in ihrem natürlichen Zyklus geschehen läßt. Menschen, die im Bereich der Therapie und des schöpferischen Prozesses auf den tiefen Ebenen des Unbewußten arbeiten, wissen, daß es Phasen der Ruhe wie der Erneuerung gibt, daß sie respektiert und geschätzt werden müssen, und daß man ihnen Zeit lassen muß. Man kann die Geburt nicht erzwingen. Das Vertrauen in die Mysterien der Manifestation ist eine der tiefen Lehren der weiblichen Reise.

## Verfeinerung des Gefäßes

Zu den geheiligten Aufgaben des Weiblichen gehört die Erkundung des *Seins* statt des *Tuns*. Heute fordern viele Frauen in Träumen und Kunstwerken das Bild des Gefäßes zurück, das den nach innen gerichteten Aspekt des Weiblichen direkt anspricht. Sowohl in den heidnischen wie christlichen Religionen stellt das *vescia piscis* (»Gefäß des Fisches«) ein Symbol des Weiblichen dar. Joan Sutherland spricht über eine Verfeinerung des Gefäßes, das für unser Leben steht. »Meditation und alle diese Formen von einsamer Arbeit verfeinern das Gefäß von innen, und das gemeinsame Ritual, das Zusammenkommen und Feiern mit anderen Frauen verfeinern es von außen. Wir müssen an diesem Gefäß weiterarbeiten, weil seine Qualität darüber bestimmt, was in seinem Innern geschehen, welche Art von Transformation sich darin ereignen kann. Wir müssen diesem Verfeinerungsprozeß Aufmerksamkeit schenken, damit das Gefäß das, was in es hineingegeben wird, was durch es bewirkt wird, zu akzeptieren vermag. Diese Verfeinerung ist sowohl eine innerliche wie äußerliche, bis das Gefäß transparent wird, bis sich das Innere und das Äußere berühren. Es ist einfach; es ist nicht kompliziert. Aber es ist harte Arbeit, und sie verlangt wirkliches Engagement.«[27]

*Sein* verlangt, daß wir uns selbst akzeptieren, bei uns selbst bleiben und nicht *tun*, um uns selbst zu beweisen. Es ist eine Disziplin, die von der Außenwelt keinen Beifall erhält; sie stellt die Produktion um der Produktion willen in Frage. Politisch und ökonomisch gesehen hat sie wenig Wert, aber in ihrer einfachen Botschaft liegt Weisheit. Wenn ich mich so akzeptieren kann, wie ich bin, und wenn ich in Harmonie mit meiner Umgebung lebe, dann muß ich nicht produzieren, propagieren oder verschmutzen, um glücklich zu sein. Und *Sein* ist nichts Passives, es verlangt fokussiertes Gewahrsein.

Valerie Bechtol, eine Künstlerin aus New Mexico, erschafft Geistgefäße, die diesen aktiven Aspekt des Seins ansprechen. »Die von mir geschaffenen Geistgefäße sind meine Verbindung zu mir als Gefäß, ein Hineingehen und Erkennen, daß alles, was ich brauche, in mir zu finden ist. Ich bin ein unglaubliches Gefäß, ein großer, wundervoller, gigantischer Schoß, der alles in sich enthält. Es ist gleich, wo ich bin. Ich habe ein Heim in diesem Gefäß. Durch meine Arbeit möchte ich von dieser Passivität wegkommen, die wir heute in unserer Kultur mit einem Gefäß assoziieren. Ich will seine Bedeutung aus paganen Zeiten, als es ein sehr aktives Instrument war, wieder einbringen. Es hatte einen transformativen Charakter; das Gefäß wurde zum Heilen benutzt und immer von Frauen hergestellt.«[28]

Vielleicht verstehen Frauen aus diesem Grund, was es heißt, ein Gefäß zu sein. Sie verstehen, was es heißt, eine Transformation in ihrer Gebärmutter zuzulassen. Wenn ihnen Unterstützung und Respekt entgegengebracht wird, damit sie *sein* können, wer sie sind, dann gebären Frauen Weisheit. Und unser Planet, Gaia, braucht diese Weisheit und achtsames *Sein*, um die richtige Beziehung mit allen Lebewesen wiederherzustellen. Unser achtloses *Tun* hat eine unglaubliche Zerstörung auf dieser Erde geschaffen.

Und deshalb ist es so notwendig, daß wir in unserem heutigen Leben den Begriff des *Helden* und der *Heldin* neu definieren. Beim Weg der Heldin geht es nicht um Macht über etwas oder jemanden, um Eroberung und Herrschaft; es geht um die Aufgabe, durch die Ehe der weiblichen und männlichen Aspekte unserer Natur wieder Balance in unser Leben zu bringen. Die Heldin unserer Zeit muß sich mit ihrer Angst vor der Wiederaneignung ihrer weiblichen Natur auseinandersetzen; ihrer persönlichen Macht; ihrer Fähigkeit zu fühlen, zu erschaffen, gesellschaftliche Strukturen zu verändern und ihre Zukunft zu formen. Sie bringt uns Weisheit im Hinblick auf die wechselseitigen Verbindungen zwischen allen Lebewesen; sie lehrt uns, wie wir auf diesem globalen Gefährt zusammenleben können, und hilft uns, damit wir uns das Weibliche in unserem Leben wieder zu eigen machen. Wir sehnen uns nach ihr:

Oh, große Großmutter,
Ich bin eine Vatertochter gewesen,
Endlich bin ich die Tochter meiner Mutter.
Oh, Mutter vergib mir, denn ich wußte nicht, was ich tat.
Oh, Mutter, vergib mir, wie auch ich dir vergebe.
Oh, Großmutter; o große Großmutter,
Wir kommen jetzt nach Hause.
Wir sind Frau.
Wir kommen jetzt nach Hause.

Nancee Redmond

## Kapitel 8

# Heilung der Spaltung zwischen Mutter und Tochter

»Die Realität unserer historischen Gegenwart macht es erforderlich, daß wir das Muster der Märchen umkehren – wir müssen den Weg zurückverfolgen und diese weiblichen Konstellationen wiederherstellen und heilen, um das unterdrückte männliche Element zu erneuern und zu integrieren.«

Madonna Kolbenschlag *Kiss Sleeping Beauty Goodbye*

Sie geht tief
diese Suche die den Schleier lösen sollte
die die Wunde verbände
die uns mit Blut zeichnete
zur Hochblüte der roten Anemone
an diesem ersten Sonntag nach
der ersten vollen Mondin des Frühlings
die uns zurückriefe
zum Ursprung der Dinge
und uns am Wendepunkt der Zeit
eine Spiegelung der Mondin
schauen ließe
um Liebe
einzulösen

Julia Connor *Zu Mond und Hase*

Das nächste Stadium der Heldinnenreise beinhaltet die Heilung der *Spaltung zwischen Mutter und Tochter*, der Abspaltung von der eigenen weiblichen Natur. Das Schreiben darüber stellt für mich den schwierigsten Teil der Reise dar, weil es der für mich schmerzlichste Aspekt ist. Wie viele Frauen habe auch ich den machtvollen Vater in mir entdeckt und die heroischen, von unserer Gesellschaft als männlich definierten Qualitäten entwickelt. Ich habe die Fähigkeiten des Unterscheidungsvermögens, des logischen Denkens und der Durchsetzung ausgebildet, die mir in der äußeren Welt gute Dienste leisten. Ich habe verschiedene Male in meinem Leben diesen Abstieg durchgemacht und, von Ereshkigal wund gerieben, überlebt. Und jedesmal kehrte ich danach mit größerer Intaktheit aus der Unterwelt zurück.

Doch meine innere Spaltung zwischen Mutter und Tochter heilte ich nicht. Meine Beziehung mit meiner Mutter war nie leicht, aber ich habe das Gefühl, daß dies eine Wunde ist, die über die Beziehung einer Frau mit ihrer eigenen Mutter weit hinausreicht. Sie führt ins Herz des Ungleichgewichts der Werte in unserer Gesellschaft. Wir haben uns von unseren Gefühlen und unserer spirituellen Natur abgespalten. Wir sehnen uns nach tiefer Verbindung. Wir verlangen nach Vereinigung und Gemeinschaft, nach den positiven, so sehr nährenden Qualitäten des Weiblichen, die in unserer Kultur fehlen. »Wenn sich eine Person oder Gesellschaft zu einseitig entwickelt, sich zu sehr von der Tiefe und Wahrheit menschlicher Existenz abspaltet, dann steigt etwas in der Psyche auf und macht sich daran, die Authentizität wieder herzustellen. Ein Zusammenbruch befreit das Leben momentan von den Forderungen der Alltagsrealität und setzt einen tiefgründigen spirituellen Prozeß in Gang, eine innere Initiation, die ihr eigenes Ziel der Heilung beinhaltet.«[1] Wir sehnen uns nach einem machtvollen weiblichen Elternteil.

## Unbemutterte Töchter

Wie viele Frauen habe auch ich mich nie sehr bemuttert gefühlt, obwohl ich weiß, was es heißt, tief geliebt zu werden. Meine Mutter tat sich schwer, mich zu akzeptieren; als Kind stellte ich für sie eine Überforderung dar. Ständig fiel ich von Bäumen herunter, brach mir die Knochen oder war in Unfälle verwickelt. Sie schätzte meine kreativen Impulse nicht, vielmehr fühlte sie sich durch sie bedroht. Sie versuchte mich in Schranken zu halten, aber vergeblich. Immer wieder brach ich aus dem Behälter ihrer Bemutterung aus. Er war zu klein für mich; er erstickte mich.

In meinen frühen Jahren setzte ich das Weibliche mit etwas Erstickendem und Gefährlichem gleich. Ich erkannte zwar seine Schönheit und Sinnenhaftigkeit, fand aber, es fehle ihm an Humor. Ich strebte nach Perfektion, und ganz gewiß war ich nichts weniger als ein perfektes Kind; meine Gefühle waren nicht stimmig. Ich weiß, daß meine anfängliche Ablehnung des Weiblichen eine Ablehnung des

*»Mutter und Tochter«, Gemälde von Meinrad Craighead*

Ärgers, der Mißbilligung, der Rigidität und Unfähigkeit meiner Mutter war, mich so wahrzunehmen, wie ich war. Als ich als heranwachsendes Mädchen meine Mutter zunehmend stärker ablehnte und mich mehr und mehr mit meinem Vater identifizierte, spaltete ich mich auch zunehmend mehr vom starken, mächtigen Weiblichen in mir ab.

Glücklicherweise war meine Mutter sehr stark mit ihrem religiösen Leben befaßt und ermutigte mich von daher in meiner Hingabe an das Spirituelle. Tatsächlich war sie sehr stolz darauf, daß ich jeden Morgen die Frühmesse besuchte. Natürlich sagte ich ihr nichts über meine Visionen vom heiligen Franziskus und der Jungfrau Maria, aber ich verbrachte Stunden damit, Altäre aufzubauen und mit den

Heiligen zu sprechen, und sie ließ mich dabei unbehelligt. Außer Haus verbrachte ich meine Zeit meist im Wald in der Nähe eines Baches, wo mein Lieblingsbaum stand. Dort fühlte ich mich zu Hause, sicher und geschützt.

Meine Mutter ließ mir nur allzugern alle Zeit, die ich für mich brauchte, weil wir ständig aneinandergerieten. Sie nannte mich Fräulein Allwissend und sagte mir voraus, daß ich mich eines Tages in Schwierigkeiten bringen würde. Natürlich hatte sie recht. Mit einiger Regelmäßigkeit verursachte ich einigen Aufruhr unter den Nonnen in der Schule – vor allem dann, wenn ich Fragen über Dinge stellte, die für mich keinen Sinn ergaben, wie zum Beispiel die Auferstehung Christi. »Wie ist Jesus denn aus dem Grab gekommen, Schwester?« fragte ich in der zweiten Klasse. »Er war doch schon seit drei Tagen tot, und außerdem hatte man einen riesigen Stein vor die Graböffnung gerollt.«

Diese Frage verschaffte mir eine sofortige Verweisung aus dem Klassenzimmer und Eingang in das Büro der Direktorin. Von dort wurde ich nach Hause geschickt, wo meine Mutter wütend darüber war, daß ich die Schwestern beleidigt hatte. In der ersten Klasse zerbrach eine Nonne einmal ein Lineal an meinem Arm, was eine solche Schwellung verursachte, daß sie Angst hatte, mich nach Hause zu schicken. Diese Angst war völlig unbegründet. Als ich nach Hause kam, wurde ich dafür bestraft, daß die Nonne ihre Fassung verloren hatte.

Die Pubertätszeit war ein Alptraum. Als ich mich mit siebzehn zum erstenmal in einen Jungen verliebte, kam meine Mutter zu dem Schluß, daß ich vom Teufel besessen sei, und traf eine Verabredung mit dem örtlichen Pfarrer, damit er eine Teufelsaustreibung vornahm. Glücklicherweise sagte der das Unternehmen ab. Ständig warnte sie mich, ja nicht schwanger nach Hause zu kommen, aber ich lebte so behütet, daß ich nicht einmal wußte, wie man in einen solchen Zustand geriet! Meine Mutter hatte mich nicht in die Geheimnisse des Frauseins eingeweiht. Mit einundzwanzig hatte ich mich dann kundig und tatsächlich ihre schlimmsten Ängste wahr gemacht – ich kam schwanger und verlobt nach Hause. Sie konnte mir nicht vergeben und schimpfte mich eine Hure. Mein schwangerer Körper, auf den ich so stolz war, wurde mit Hohn und Verachtung überschüttet.

Das ist jetzt alles Vergangenheit, die Turbulenzen jener Zeit sind nun beruhigt. Wenn ich darüber nachdenke, wie sich diese Spaltung auf mein Leben ausgewirkt hat, so ist mir klar, daß ich meinen Körper überanstrengt, seine Bedürfnisse ignoriert und ihn über den Erschöpfungszustand hinaus in die Krankheit getrieben habe. Fähigkeiten, die mir leicht zufallen, nahm ich für selbstverständlich; meine Intuition habe ich ignoriert. Ich fühlte mich schuldig, wenn ich mir Zeit nahm, um mich zu entspannen oder etwas auszubrüten. Ich war auf Kampf statt auf Mühelosigkeit gefaßt und habe das kostbare Geschenk des Lebens nicht voll und ganz genossen. Ähnliche Geschichten höre ich von anderen Frauen, denen man in ihrer Kindheit sagte, sie sollten hart arbeiten, etwas leisten, anderen gefällig sein und ihre persönlichen Gefühle ignorieren. Niemand erwartet Leichtigkeit im Leben, und *Freude* am Leben war etwas ganz und gar Unerhörtes. »Das Leben ist hart, das Leben ist nicht fair; wenn du dich entspannen willst, dann warte, bis du die Gänseblümchen von unten wachsen siehst.«

Als ich die in meiner Kindheit und Jugendzeit unausgedrückt gebliebene Wut durcharbeitete, fand ich tiefe Heilung in der Kunst des Bemutterns. Meine Aufgabe als Mutter und dann auch als Lehrerin hat mich gelehrt, wie man andere nährt, bestärkt und mit ihnen spielt. Wie viele Frauen, die in ihrer Kindheit nicht ausreichend bemuttert wurden, fand auch ich meine tiefste Heilung in der aktiven Mutterrolle. Mit Anfang Dreißig suchte ich in der Liebe und Zustimmung älterer Frauen, die meine Mentorinnen oder Arbeitskolleginnen waren, nach der »Mutter«. Mit Ende Dreißig heiratete ich erneut, nachdem ich einen Mann gefunden hatte, der sich mit seiner weiblichen Natur ausgesprochen wohl fühlt. Seine Liebe hat mich zutiefst genährt.

Ich genieße meine Beziehung mit meiner Schwester und meinen Freundinnen und bin seit Jahren in Frauengruppen involviert und an Ritualen zu Ehren weiblicher Initiationsriten beteiligt. Aber noch immer ist dieses dringende Verlangen in mir, mich mit der »Mutter« zu verbinden. Dies hat teilweise mit dem Wissen zu tun, daß es Gespräche gibt, die ich mit meiner Mutter nie führen werde, und teilweise mit dem Wunsch nach Ganzheitlichkeit.

Ich weiß, daß sich diese Spaltung zwischen Mutter und Tochter auf meine Beziehung mit dem inneren Weiblichen auswirkt. Ich weiß auch, daß ich nicht zur Vollständigkeit gelangen werde, solange ich diese Wunde nicht heilen kann. Ich empfinde die Hilflosigkeit eines von seiner Mutter getrennten Neugeborenen; um diese innere Spaltung zu heilen, muß ich in mir selbst eine fürsorgende Mutter entwikkeln.

## Die Mutter als Schicksal

Unsere innere Beziehung zu unserer eigenen Mutter, ob sie fürsorglich oder kalt, bestärkend oder manipulativ, anwesend oder abwesend war, hat sich in unsere Psyche als der *Mutterkomplex* integriert. James Hillman schreibt über die grundlegende Rolle, die dieser Komplex hinsichtlich der dauerhaftesten und unnachvollziehbarsten Gefühle spielt, die wir uns selbst gegenüber hegen:

»Man begegnet der Mutter immer wieder aufs neue in Form des Schicksals. Nicht nur die Gefühlsinhalte, auch die Fühlfunktion selbst nimmt diejenigen Muster an, welche sich durch die Reaktionen und Werte aus der Mutter-Kind-Beziehung eingespielt haben. In allen Lebenssituationen sind die Spuren der Mutter deutlich ersichtlich. Wie wir unser körperliches Sein erleben, unsere psychische Selbstbeobachtung und unser Selbstvertrauen fühlen, wie wir die subjektiven Tönungen beurteilen, in denen wir die Welt erleben und die wir in die Welt hinaustragen, wie wir die fundamentalen Ängste und Schuldgefühle beurteilen, die Art, wie wir Liebschaften eingehen, und wie wir uns in der Intimität verhalten, unsere psychologische Temperatur, ob kalt oder warm, wie wir uns bei Krankheit fühlen, unser Benehmen, Geschmack, unsere Essens- und Lebensgewohnheiten, unsere Art, Zusammenhänge zu sehen, unsere Gestik und Stimme – alles trägt Spuren der Mutter.«[2]

Für eine Frau hat dieser Mutterkomplex enorme Implikationen hinsichtlich ihrer persönlichen Identität und ihrer sexuellen Gefühle, die unter Umständen nichts damit zu tun haben, ob sie das Verhältnis der Mutter zu ihrem eigenen Körper als locker oder verkrampft wahrnahm. Hillman schreibt weiter:

»Diese Einflüsse auf die Fühlfunktion brauchen nicht Abbilder der persönlichen Mutter sein, müssen auch nicht im Gegensatz zu ihr stehen, damit der Mutterkomplex seine Wirkung ausüben kann. Der Mutterkomplex ist nicht meine *Mutter*, sondern mein *Komplex*. Er zeigt an, in welcher Art meine Psyche die Mutter aufgenommen hat.«[3]

Wenn eine Frau ihre Mutter in negativer oder destruktiver Weise »aufgenommen« hat, dann spaltet sie sich von ihrer positiven weiblichen Natur ab und muß daran arbeiten, sie wieder für sich zurückzufordern. Wenn die Verhaltensweise und Einstellung der Mutter sie sogar in ihrem Überleben als Frau bedroht hat, identifiziert sie sich unter Umständen sehr stark mit dem Männlichen, in dem sie die Rettung sucht. Viele Frauen fanden den spontanen, Spaß liebenden, nährenden Aspekt des Weiblichen in ihrem Vater.

Der Charakter der Mutter-Tochter-Spaltung wird auch von der Art und Weise bestimmt, in der die Frau die archetypische »Mutter«, die die Mutter Erde und die kulturelle Sicht vom Weiblichen mit einschließt, in ihrer Psyche integriert.

Unsere kollektive Psyche fürchtet die Macht der »Mutter« und tut alles ihr Mögliche, um sie herabzuwürdigen und zu zerstören. Wir nehmen ihre Fürsorge für selbstverständlich; wir benutzen, mißbrauchen und beherrschen die Materie *(mater)* bei jeder Chance, die sich uns bietet. Jede Tonne Öl, die ins Meer fließt, jede Tonne nuklearer Abfall, die irgendwo gelagert wird, jeder Baum, der am sauren Regen erstickt, zeigt die enorme Arroganz und Mißachtung, die wir ihr gegenüber hegen.

Unsere Kirchen haben jahrhundertelang die weibliche Seite Gottes in den Untergrund gedrängt, haben das Bild des weiblichen Aspekts zerstört, seine Macht zugunsten männlicher Götter vereinnahmt. Wie sollen wir uns mit dem Weiblichen verbunden fühlen können, wenn unsere Kultur alles in ihrer Macht Stehende tut, damit wir es vergessen? Wir beugen uns vor den Göttern der Gier, der Herrschaft und Ignoranz und blicken verächtlich auf die weiblichen Gestalten der Fürsorglichkeit, der Balance und der Großzügigkeit. Wir vergewaltigen, plündern und zerstören die Erde und erwarten, daß sie uns unerschöpflich gibt. Diese Mutter-Tochter-Wunde reicht tief; es wird viel brauchen, sie zu heilen.

## Die Suche nach der eigenen Mutter

Ich frage mich, ob der mit der Mutter-Tochter-Spaltung assoziierte Schmerz nicht seinen Ursprung mit der Geburt nimmt, wenn die Tochter nicht länger in Fusion mit der Mutter lebt und sich nach dieser sicheren, geborgenen Umgebung zurücksehnt. Wir alle spüren irgendwo in unserer Psyche eine Sehnsucht nach der Wärme des Fruchtwassers, von dem wir sanft umspült und ins Leben geschaukelt werden. Uns fehlt der in uns pulsierende, beruhigende Klang ihres Herzschlags. Wenn die Trennung von der Mutter zu früh erfolgt oder die Verbindung mit der Mutter bei der Geburt verlorengeht, wird die Frau ihr ganzes Leben lang nach ihrer Mutter suchen.

Rose-Emily Rothenberg schreibt über die Erfahrung eines Kindes, das bei der Geburt zur Waise wird:

»Im sehr frühen Alter repräsentiert die Mutter das Selbst. Für das Sicherheits- und Selbstwertgefühl des Neugeborenen ist eine lebendige Verbindung mit der Mutter, der Trägerin dieser wichtigen lebensspendenden Projektion, entscheidend. Die Mutter ist auch Trägerin der Verbindung, die ganz zurück bis zur Erde reicht. Wird dieser fundamentalen, primären Beziehung Schaden zugefügt, dann richtet sich das Ego (des Kindes) vorzeitig zurück auf sich selbst, reduziert auf seine eigenen Ressourcen. Das Kind macht dann die Erfahrung von Verlassenheit . . .«[4]

Dieses Verlassenheitsgefühl ist auch ein Thema für Frauen, die nicht zu Waisen wurden. Gleich ob die Mutter physisch anwesend war oder nicht, der Mangel an emotionaler und spiritueller Anwesenheit wird vom Kind als Verlassenheit empfunden. Inzestüberlebende, die von männlichen Verwandten belästigt wurden, und nunmehr erwachsene Kinder von Alkoholikern berichten von einem grauenhaften Schmerz, wenn sie sich von ihrer Mutter verlassen fühlten, die überfordert oder zu sehr mit sich selbst beschäftigt war, um ihre Kinder zu beschützen und für sie da zu sein. Diese Kinder fahren in ihrem dringenden Bedürfnis nach Bemutterung fort, ihr ganzes Leben lang andere um Aufmerksamkeit, Zustimmung und Selbstdefinition zu bitten.

Erkennt die Frau die Wunde ihres inneren Weiblichen, und ist ihre Mutter noch am Leben und ansprechbar, so kann sie versuchen, diese Wunde durch eine Erneuerung und Transformierung der anfänglichen Beziehung zu heilen. Sie sieht die Fragmentierung, die in ihr als unbemutterte Tochter entstand, und bittet aktiv um eine Verbindung. Die Jungsche Analytikerin Lynda Schmidt beschreibt in ihrem Artikel *»How the Father's Daughter Found Her Mother«*, wie sie in ihren mittleren Jahren zu einer Beziehung mit ihrer Mutter Jane Wheelwright fand.

Lynda Schmidt war von der Natur bemuttert worden und wuchs ohne große Beaufsichtigung auf einer Ranch auf, so wie ihre Mutter vor ihr. Ein Aufwachsen nach Art der Artemis, und nur die Cowboys als »gute Vater«-Figuren achteten ein wenig auf sie. »Aufgrund ihrer ganz speziellen Vision und Motorik waren meine Mutter und mein Vater mit Dingen in der Welt beschäftigt, die ihnen eine konventionelle Kindererziehung nicht wirklich möglich machte. Die Hauptrolle meines Lebens war demzufolge die Wildnis, die Natur (die große Mutter/das weibliche Selbst) in unartikulierter Form. Meine grundlegende Mutter war daher ein Archetypus, eine Atmosphäre, ein geographischer Bereich. Eine persönliche Mutter aus Fleisch und Blut existierte nur minimal . . .«[5]

Lynda Schmidt fand, daß die »große Mutter-Ranch« ein ausgezeichnetes Modell für die weibliche Welt war, das ihr half, eine starke Verbindung mit ihrem instinktiven und biologischen Selbst herzustellen, aber mit ihrer eigenen Mutter hatte sie bis in ihre mittleren Jahre hinein nur wenig Verbindung. Dann las sie das Originalmanuskript des Buches ihrer Mutter, *The Death of a Woman*, im Grund eine Mutter-Tochter-Geschichte, in der es um die Beziehung ihrer Mutter mit einer sterbenden Krebspatientin ging. Zum erstenmal erlebte Lynda Schmidt sie als *Mutter*. Und obgleich es um die Beziehung ihrer Mutter zu einer anderen jungen Frau ging, konnte sie dadurch doch deren Fähigkeit nachempfinden, »mütterlich und besorgt zu sein, vielleicht auch mir gegenüber. Und dieses Gefühl eröffnete die zweite Hälfte meines Lebens.«[6]

Sie fand dann manches Gemeinsame mit ihrer Mutter, als sie miteinander einige Zeit auf der Ranch verbrachten, der Ranch, die ihnen beide eine Mutter gewesen war. Dort entwickelten sie eine gleichberechtigte, schwesterliche Beziehung. Sie entdeckten, daß sie einander in ihrer gemeinsamen Liebe zum Ausreiten und in der Welt der Ideen begegnen konnten, und sie arbeiteten ihre Mutter-Tochter-Beziehung im Schreiben und in anderen Ausdrucksformen durch. Nun geben sie die Erfahrungen ihres Heilungsprozesses in Workshops über Mutter-Tochter-Beziehungen an andere Frauen weiter.

Frauen, deren Mütter gestorben sind oder aus anderen Gründen unerreichbar waren, suchen in ihren Träumen, in der Natur und in ihrer Kunst nach ihrer Mutter. Patricia Fleming schreibt in ihrem Artikel *»Persephone's Search for Her Mother«* über ihre Sehnsucht nach ihrer Mutter, die achtundzwanzig Stunden nach ihrer Geburt in Uruguay gestorben war. Die ersten fünf Jahre wurde sie von ihrer Großmutter aufgezogen, dann aber fand eine schmerzliche Trennung von ihr statt, als ihr Vater wieder heiratete. Sie suchte ihre Mutter in ihren Beziehungen zu ihrem Mann, zu ihrer Tochter, zu Freunden und Kollegen, aber erst als ihre schwangere Tochter ihr Kind verlor und selbst beinahe starb, konnte sie das Weibliche im Innern heilen. Sie trauerte um ihre Mutter, ihre Großmutter, den Schmerz ihrer Tochter und das ungeborene Kind:

»Als in diesem Frühjahr die Schwertlilien herauskamen, wollte ich Schwertlilien malen, nichts als Schwertlilien. Das Malen dieser zutiefst weiblichen Formen schien ein Bedürfnis in mir zu befriedigen und eine Brücke zum tief Weiblichen in mir selbst zu bauen. Sie werden sich erinnern, daß in der Geschichte von Demeter, wie Homer sie erzählt, Zeus sich schließlich ihrer Tränen erbarmt und als versöhnliche Geste Iris ›auf ihren goldenen Flügeln‹ zu ihr schickt. Mythisch gesehen war dies die erste goldene Brücke zur Mutter – zu Demeter – zur Erde – *zum Alltäglichen*.«[7]

Patricia Fleming setzte ihren Heilungsprozeß durch eine Pilgerreise nach Griechenland fort, das ihr das Land der »Mutter« zu sein schien. Dort besuchte sie die heiligen Stätte der Göttin in der Gestalt von Artemis, Isis und Demeter. Ihre erste Erfahrung mit Demeter machte sie in einem kleinen Museum in Tegea, wo sie eine Demeterfigur so stark an ihre Großmutter erinnerte, daß sie ein unmittelbares Erkennen und Akzeptiertwerden erlebte. In Eleusis setzte sie sich beim heiligen Brunnen der Demeter nieder und war zutiefst vom Schock und Trauma bewegt, die Demeter durch die Trennung von Persephone durchmachte. Endlich hatte sie das Gefühl, daß ihr eigenes Leid eine Bedeutung hatte, und fühlte sich durch ihre Verwandtschaft mit Demeter wiederhergestellt und erlöst.

Nach diesem Erlebnis half ihr ein Traum von ihrer Großmutter, Friede in ihrer Suche nach ihrer Mutter zu finden. Im Traum fragte sie ihre verstorbene Großmutter, wo sie gerne begraben wäre. Die Großmutter antwortete, sie könne es sich aussuchen, aber wenn sie sie mit nach Hause nehmen wolle, würde sie immer bei ihr sein. Patricia Fleming war einverstanden, ihren Sarg mit nach Hause zu nehmen, wo sie ihn in ihrem Wohnzimmer aufstellte. Noch im Traum wurde ihr klar, daß sie nun ihre Mutter/Großmutter verinnerlicht hatte. Die Suche nach ihrer Mutter hatte tatsächlich ein Ende gefunden.[8]

## Göttliche Alltäglichkeit

Frauen, die in ihrer Beziehung zur Mutter eine tiefe Verwundung erfahren haben, suchen oft Heilung im Alltäglichen. Und für viele nimmt dies die Form einer *göttlichen Alltäglichkeit* an: Sie sehen das Geheiligte in jeder alltäglichen Handlung, sei es das Geschirrspülen, die Reinigung der Toilette oder das Unkrautjäten im Garten. Sie werden durch das Sich-Erden im Alltäglichen genährt und geheilt. Und so manche Frau identifiziert sich in dieser Phase der Wiederaneignung des inneren Weiblichen mit Hestia und findet die innere Weise Frau.

»Hestia ist das Zentrum der Erde, das Zentrum des Heims und unser eigenes persönliches Zentrum. Sie verläßt ihren Ort nicht; wir müssen zu ihr gehen.«[9] Sie ist der Ort unserer inneren Weisheit. Im alten Griechenland repräsentierte Hestia sowohl die jungfräuliche Göttin des Herdes wie das Herdfeuer eines Hauses. Der Herd steht noch immer für das Zentrum eines Heims, für den Schutz vor den Elementen, für den Ort, wo sich Familie und Freunde gesellig versammeln. Mit Hestia verbinden sich Werte wie Wärme, Sicherheit und menschliche Beziehungen. Im Kontext einer Familie oder Organisation ist sie das »Spinnenweib«, das die Netze webt, sich um die Einzelheiten kümmert und weiß, was jedermann tut.

Da Frauen nun eine immer größere Rolle in der Außenwelt spielen, kümmert sich niemand mehr um den Herd der Familie und ist der Geist der fürsorglichen und nährenden Verbundenheit heruntergekommen. Durch die Abwertung der Frau in der Gesellschaft wurde die wertvolle Qualität des Weiblichen als Mittelpunkt der Familie weitgehend ignoriert. Heim und Herd haben an Bedeutung verloren, so wie auch wir vergessen haben, unseren Heimatplaneten wertzuschätzen und zu schützen. Frauen mußten den Herd verlassen, um die Menschheit daran zu erinnern, wie wichtig es ist, daß wir uns um unseren physischen Körper wie auch um den Körper unseres kollektiven Haushalts, des Planeten Erde, kümmern.[10]

## Heilung von Natur und Gemeinschaft

Viele Frauen konzentrieren sich heute auf ganz neue Weise auf die Kunst der Beziehungen. Sie wenden sich in ihrem Verlangen, in sich die Abspaltung vom inneren Weiblichen zu heilen, anderen Frauen zu, sie kommen zusammen, um ihrer Erfahrung vom Heiligen einen Namen zu geben, um ihre Verbindung mit Gaia zu ehren und um in Zusammenkünften und Visionssuchen weibliche Initiationsriten zu durchlaufen.[11] Die Heilung der Mutter-Tochter-Spaltung ist ein Gemeinschaftsunternehmen. Eine Frau braucht eine unterstützende Gemeinschaft, um ihre eigene Stimme zu hören und sich in ihrer Richtung bestätigen zu können.

In der Natur wird die Frau auf ihrer mühseligen Suche in den Armen von Gaia, der Urmutter, geheilt. »Sie ist mehr Erde als Mutter und zu riesig, zu fern, um die Merkmale aufzuweisen, die sich allgemein mit einer menschlichen Mutter verbinden.«[12] Alle lebendige Materie wird aus ihr geboren. Ihre reichlich fließenden Brüste erinnern uns an unsere Fruchtbarkeit. In ihr spiegelt sich unsere eigene zyklische Natur wider: die Zeiten des Überwinterns und des Gebärens. Die ersten Blumen des Frühlings, die Wildgänse, die nach Norden ziehen, die Winde, die durchs hohe Gras streichen, und laichende Lachse erinnern uns an die Erneuerung des Lebens. Die Wintersonnenwende erlaubt uns zu ruhen und unsere Träume zu versammeln.

Frauen kommen jetzt wieder zusammen, um die Jahreszeiten zu feiern und ihrer Verbindung mit den Phasen des Mondes Ehre zu erweisen. Mütter haben begonnen, Rituale für die erste Menstruation ihrer Töchter zu erschaffen und in Menopauseritualen das Ende ihres eigenen Blutflusses zu feiern. In Visionssuchen in der Wildnis finden Frauen den Mut, ihre persönlichen Ängste zu überwinden, wobei sie von einer Gemeinschaft von Frauen jeglichen Alters unterstützt werden. Sie singen, tanzen und feiern zusammen und lauschen allein im Schweigen auf die Geschichten von Schwester Schlange, Bruder Falke und Schwester Mond. Sie bitten um eine Vision von ihrem wahren Weg. Frauen tauschen ihre Träume von einer Zukunft aus, die Werte des Herzens, eine alles einbeziehende Sprache und das Leben feiernde Bilder in sich vereinigt.

## Großmutter als Führerin

Viele Frauen wenden sich an eine Großmuttergestalt als Führerin in die geheimnisvollen Reiche des Weiblichen. Sie mögen sich ihrer Großmutter als eines sicheren Zufluchtsorts, einer Quelle der Zuwendung, einer Fürsorgerin in Zeiten der Krankheit erinnern. Wie Hekate, Großmutter Spinnenweib und Hestia verkörpert sie die Qualitäten weiblicher Einsicht, Weisheit, Stärke und Fürsorglichkeit, Qualitäten, die eine Frau vielleicht sonst in ihrem Alltagsleben entbehrt. Wir wenden uns an diesen Aspekt der weisen Alten, damit er uns in schwierigen Übergangsphasen hilft.

Die Psychotherapeutin Flor Fernandez beschwor die Gestalt ihrer kubanischen Großmutter Patricia herauf, als sie gegen Ende Zwanzig eine schwierige Zeit durchmachte und zu verstehen suchte, welche Richtung sie mit ihrer Arbeit einschlagen sollte.

»Meine Großmutter war immer eine Quelle der Inspiration und Stärke für mich. Ich wuchs in ihrer Aura des Schutzes und der Heilung auf. Ich sah zu, wenn sie andere mit ihren Gebeten, Kräutern und Ritualen heilte. Ich war ein neugieriges Kind, und sie nahm sich Zeit, um mit mir über ihre Arbeit als *curandera* oder Heilerin zu sprechen. Ich war fünf, als ich an einem *mal de ojos* schwer erkrankte. (Man glaubt, daß man diese Krankheit bekommt, wenn man von einer Person mit negativen Energien oder Gedanken angeblickt wird. Die Symptome sind Erbrechen und Durchfall, und die hatte ich.)

Meine Großmutter nahm mich mit in ihren Heilungsraum, zündete Kerzen an und sang und betete. Schon nach ein paar Minuten ging es mir wieder gut, und ich wollte wieder hinaus und mit meinen Freundinnen spielen. Meine Großmutter behielt mich aber noch da und lehrte mich ein Schutzgebet in Anrufung eines Geistführers, der mir künftig beistehen sollte.

Ich war fünfzehn, als ich meine Großmutter verließ, um hierher in die Staaten zu kommen. Viele Jahre lang vergaß ich dann meine Verbindung mit ihr und ihre Heilarbeit. Ich mußte mich an eine neue Kultur anpassen, in der das, was meine Großmutter tat, als Aberglaube abgetan wird. Mit achtundzwanzig fing ich an, mich wieder an sie zu erinnern. Ich machte eine schwierige Zeit durch, Sie würden es eine Existenzkrise nennen. Ich hatte meine Wurzeln und meine Seele verloren und fühlte mich leer und verloren.

Damals nahm ich an einem Workshop über Tod, Sterben und Träume teil, und da war ein Augenblick, in dem ich die Leiterin des Workshops ansah und das Gesicht meiner Großmutter erblickte. Ich fühlte, wie ein Energiestrom direkt in mein Herz einfloß, der mich in ein Reich des Wissens trug, das ich vergessen hatte. In dieser Nacht träumte ich von ihr. Sie kam zu mir und sagte: ›Mein Kind, erinnere dich an die Zeiten, als ich dich auf meinen Schoß setzte und mit dir über die Heilkräuter sprach und dir erzählte, wann sie zur richtigen Zeit gepflückt werden, damit die Macht und die Stärke der Pflanze bewahrt wird. Wir haben soviel Zeit miteinander verbracht, um über die menschliche Natur und die Kräfte zu sprechen, die man nicht sehen, aber fühlen kann. Du warst ein besonderes Kind, und ich nahm mir Zeit mit dir, weil ich wußte, daß du meine Lehren in Zukunft würdest weitergeben können. Du hast, wie ich einst auch, das Geheimnis unserer weiblichen Natur vergessen.‹«[13]

Dieser Traum war der Anfang einer Reise, durch die Flor Fernandez zur Heilerin wurde. Erst machte sie sich daran, ihren eigenen Körper zu heilen, dann richtete sie diese Energie auf das Heilen anderer. Auch viele andere Frauen erinnern sich an die besonderen Fähigkeiten und Talente ihrer Großmütter, wenn sie sich ihre eigene weibliche Natur wieder aneignen.

## Die Frau als Mythenschaffende

Das Erschaffen von Mythen ist ein sich ständig fortsetzender Prozeß, und wir brauchen die Mythen zur Strukturierung des Lebens. Während er über die Definition des Mythos im Zusammenhang mit der Dichtung spricht, schreibt Mark Schorer: »Mythen sind die Instrumente, mit deren Hilfe wir uns ständig bemühen, unsere Erfahrungen für uns selbst verständlich zu machen. Ein Mythos ist eine große, beherrschende Idee, die den Fakten des Lebens philosophische Bedeutung verleiht; das heißt sie ist für die Erfahrung von strukturierendem Wert. Eine Mythologie ist ein mehr oder weniger ausgeformtes System solcher Ideen, ein Pantheon. Ohne diese Ideen bleibt die Erfahrung chaotisch, fragmentarisch und rein phänomenal. Es ist das Chaos von Erfahrungen, das sie hervorbringt, und sie sollen in dieses Chaos Ordnung bringen.«[14]

Wurde eine Frau nicht von ihrer Mutter oder Großmutter in eine weibliche Mythologie eingeführt, dann muß sie ihre eigene Beziehung zum inneren Weiblichen, zur großen Mutter aufbauen. Das mag erklären, warum heute so viele Frauen zur Heilung der Wunde im Innern nach alten mächtigen Göttinnengestalten und Heldinnen suchen. Weil die Geschichte der Frauen dermaßen zertrümmert wurde, müssen wir heute bis in die Prähistorie zurückgehen, um Elemente einer Frauenmythologie zu finden, die existierte, bevor die alten Griechen die Macht unter zahlreichen Göttern aufteilten. Archäologen haben alte Kulturen ausgegraben, die sich auf die lebengebenden Prinzipien der Göttin gründeten, und Frauen fordern nun wieder die Macht und die Würde zurück, die ihnen einst zukam, als der Schutz des menschlichen Lebens und der Heiligkeit der Natur ihre Aufgabe war.

Seit den 1970er Jahren haben Künstlerinnen eine Unmenge an Bildern und Gestalten geschaffen, die die vorchristlichen Göttinnen und die mit ihnen verbundenen Symbole darstellen. »Künstlerinnen wie Mary Beth Edelson, Carolee Schneemann, Mimi Lobell, Buffie Johnson, Judy Chicago, Donna Byars, Donna Henes, Miriam Sharon, Ana Mendieta, Betsy Damon, Betye Saar, Monica Sjoo und Hannah Kay energetisieren, indem sie die mit dem Göttin-Archetypus verbundenen Kräfte herbeibeschwören, eine neue Form des Göttin-Bewußtseins, das in seiner neuesten Manifestation und über die

Wiederaneignung der weiblichen visionären Fähigkeiten dem patriarchalen Schöpfungsmythos den Garaus macht.«[15]

Die Visionskraft und Macht des Weiblichen zeigen sich in Darstellungen von Jungfrau, Mutter und weisen Alten; der Spinne, der Schlange und des Vogels, des Gefäßes, der Höhle und des Grals, des Berges, des Wassers und der Bäume und von kulturspezifischen Göttinnengestalten wie Cerridwen, Lilith, Kuan Yin, Yemaya, Tiamat, Amaterasu und vielen vielen anderen. Diese Arbeiten fangen die Essenz des weiblichen Aspekts der Schöpferin, Bewahrerin und Zerstörerin ein und feiern die Bewahrung, die Achtung und die wechselseitige Verbundenheit der Grundelemente des Lebens.[16]

Estella Lauter erklärt in ihrem Buch *Women as Mythmakers: Poetry and Visual Art by Twentieth-Century Women*, daß der Mythos gewöhnlich die Form einer gewöhnlichen machtvollen Geschichte oder eines Symbols annimmt, die sich in den Träumen von Einzelpersonen immer wiederholen oder ihre Ursprünge in einem Gruppenritual haben.[17] Sie schreibt: »Hat sich ein Mythos erst einmal etabliert, dann ist es schier unmöglich, ihn mit rein rationalen Mitteln zu demontieren. Er muß durch eine andere, gleichermaßen überzeugende Geschichte oder ein überzeugendes Symbol ersetzt werden.«[18]

Frauen fechten nun die vorherrschenden Mythen über alte Symbole des Weiblichen an – so wie etwa Eva, die immer noch als Zerrbild von Frauenmacht herhalten muß. Die in Los Angeles ansässige Malerin Nancy Ann Jones sagt im Zusammenhang mit ihren Bildern: »Wir müssen die Tyrannei der biblischen Eva anfechten, die als Verführerin mit profanem und unreinem Körper dargestellt und seit Tausenden von Jahren für die Ursünde der Menschheit verantwortlich gemacht wird. Dieser Mythos hat die Einstellung bekräftigt, daß Frauen in alle Ewigkeit einen zweitrangigen Status einnehmen sollen, weil sie aus Adams Rippe erschaffen wurden. Bei allen Verboten und Einschränkungen, die Frauen auferlegt wurden, wird Eva stets als Begründung und Beweis angeführt.«[15]

Nancy Ann Jones erklärt dann die Symbole, die wir auf ihrem Bild *Challenging Myth III* (Abbildung S. 61) dargestellt sehen: »Hier habe ich Eva vor dem Labyrinth dargestellt, das sich im Boden der Kathedrale von Chartres findet, weil Chartres an einer Stätte erbaut wurde, die vor dem Aufkommen des Christentums der Göttin geweiht war. Schon Jahrhunderte bevor das Alte Testament geschrieben wurde, hat man die Göttin angebetet und war die Sexualität der Frau etwas Heiliges. Ich möchte, daß der Sexualität der Frau wieder ihre ursprüngliche Macht und Würde zukommt.«[20] Künstlerinnen wie Nancy Ann Jones, die neue Geschichten und Symbole des Weiblichen erschaffen, heilen im Verlauf dieses Prozesses ihre eigene weibliche Natur.

## Der Ursprung der Göttinnengestalten

Wahrscheinlich haben die frühen Göttinnensymbole ihren Ursprung in der Ehrfurcht der Menschen vor der weiblichen schöpferischen Kraft im Zusammenhang mit dem Gebären von Kindern. Bilder von der Mutter wurden zu etwas Heiligem. Mayumi Oda, eine im Zweiten Weltkrieg in Japan geborene Malerin, die nun in Sausalito lebt, fing in den 60er Jahren an, die Göttin zu malen, die Jahre, in denen auch ihre Kinder zur Welt kamen. Die Tatsache, daß sie Söhne hatte, bereitete ihr während des Vietnamkrieges Sorge, und sie war entschlossen, für sich ein positives weibliches Bild zu finden, mit dem sie sich identifizieren konnte und das ihr die Kraft gab, schöpferisch zu sein und das Leben zu bestehen. Davor hatte sie keine bewußten Kenntnisse von der Göttin, noch hatte sie den Wunsch, Göttinnen zu malen; sie kamen einfach aus ihr heraus.

»Zu dieser Zeit machte ich Radierungen und benutzte schwarze Tusche. Das ist ein ziemlich schwarzes Medium. Und aus diesem schwarzen Keim erstand diese riesige Frau mit großen Brüsten. Ich betitelte sie ›Die Geburt der Venus‹, und dies war tatsächlich die Geburt meiner eigenen Göttin.«[21]

In den letzten zwanzig Jahren erkundete sie dann durch ihr Bilderwerk von der Göttin ihre eigenen verschiedenen Aspekte.

»Als ich meinen eigenen Zorn noch nicht sehr gut kannte, versuchte ich mich an friedlichen Göttinnen. Ich malte Kuan Yin als Göttin des Mitgefühls und Erbarmens mit einem Schwert und betitelte das Bild ›O Göttin, gib uns Stärke, uns den Weg zu bahnen.‹ Mir wurde klar, daß Mitgefühl und Erbarmen nicht nur einfach mit Sympathie, sondern auch etwas mit Härte zu tun haben. In den letzten Jahren habe ich mit der schwarzen Dakini gearbeitet, der zornigen, kriegerischen Seite des Weiblichen. Das konnte ich nur, indem ich Güte und Sanftheit mir gegenüber praktizierte. Wenn ich wütend und zornig war, konnte ich nicht damit arbeiten. Es war nicht der Zorn und die Wut, denen ich Ausdruck geben wollte; es geht darüber hinaus, ist jenseits davon. Es ist der Dualismus, den wir überschreiten müssen, um unserem Tod zu begegnen.«[22]

Viele Künstlerinnen gehen auf die Verbindung zwischen der Göttin und der Natur ein. Buffie Johnson, eine in New York lebende Künstlerin, die nun auf die Ende Siebzig zugeht, hat die Göttin in ihren Naturformen gemalt, seit sie acht Jahre alt war. »Ich wurde zu diese Arbeit in sehr jungen Jahren berufen, aber das wußte ich damals noch nicht. Als ich sieben oder acht war, lebte ich in Duxbury, Massachusetts, im Haus eines Verwandten, eines alten Kapitäns, mit meiner Tante und meiner Großmutter, und ich machte vierzig Zeichnungen vom Geist der Sonne, des Mondes, der Sterne, des Nordwinds, des Ostwinds, der Erde und des Himmels. Es waren allesamt Frauen in verschiedenen Stellungen.«[23]

Als sie in ihren Dreißigern war, begann sie Bilder von der großen Mutter zu sammeln. Ihr wurde bewußt, daß sie in ihren Blumenbildern die Vegetationsgöttin malte. »Eines Tages wachte ich auf und sagte zu mir: ›Also ich male die Göttin der Vegetation, weil ich mich der Knospe, der Blüte, der Frucht, der Hülse und der Wurzel, dem gesamten Zyklus der Herrin der Vegetation gewidmet habe.‹« Dann stellte sie fünfunddreißig Jahre lang Nachforschungen über die Göttin an und versammelte ihre Erkenntnisse über die ersten bekannten von Menschenhand geschaffenen Kunstwerke als Beweis für die Existenz der Göttin in ihrem Buch *Lady of the Beasts*.

Als ich sie fragte, warum sie die Göttin malte, gab sie zur Antwort: »Die Erde ist in Gefahr, und wir sind in Gefahr, weil wir Teil der Erde sind. Ganz im Gegensatz zur christlichen Vorstellung, daß Pflanzen, Tiere, Minerale und Ozeane da sind, um der Menschheit zu dienen, sind wir alle miteinander verwoben und müssen lernen, in einen Zustand des Einsseins mit der Welt zu kommen, statt sie zu beherrschen.«[24]

## Die dunkle Traumfrau

Heute träumen Frauen von starken fürsorglichen Frauen, die nicht andere beherrschen müssen, um ihre Macht zur Schau zu stellen, sondern die zur Träumerin kommen, um sie für eine neue Ordnung zu erwecken. Sie träumen vom Dunklen, der Notwendigkeit, den harten Realitäten von Leben und Tod ins Auge zu sehen, von der Möglichkeit der Umwälzung, des Leidens und der Psychose. Viele Träumerinnen begegnen einer großen, mächtigen, dunkelhäutigen Frau, die sie nährt und neu erschafft.

Nach einer Nierenoperation hatte eine Frau Mitte Vierzig folgenden Traum, in dem sie die Erfahrung der Begegnung mit der *dunklen Traumfrau* und der Heilung ihrer weiblichen Wunde machte.

»Ich merke, daß ich in die Hölle hinabsteige. Ich ziehe meinen roten Parka an. Ich will zur irdischen Welt zurückkehren.

Ich bin von Skeletten und Ghulen umgeben. Die Haut wird mir vom Körper genagt. Ich bin ein Gerippe, das unter Gerippen wandelt. Der Wind beginnt zu blasen, und ich dorre aus. Ich bin in einer Wüste, meine Knochen sind trocken und zerfallen zu einem Häufchen Staub. Ein klarer Wassertropfen fällt in dieses Häufchen aus Knochenstaub, das ich bin.

Eine dunkelhäutige Frau, eine Afrikanerin oder Inderin, rührt mit den Fingern in diesem Staub, um ihn zu einem Schlammbrei zu verrühren. Sie erschafft mich neu. Sie beginnt mit meiner Vagina. Mein menschlicher Körper fängt an zu weinen. Als erstes macht sie mich zu einer Frau.

Als mein Körper fertiggestellt ist, sehe ich, daß es der gleiche Körper ist, in dem ich jetzt bin. Meine Operationsnarbe ist noch da. Ich habe immer noch Hängebrüste vom Stillen. Ach, es ist der Körper, den ich für diese Welt bekommen habe. Ich bin noch nicht tot. Ich bin noch immer in diesem Körper und in dieser Welt lebendig. Ein transformierter Körper ist für einen anderen Ort bestimmt.«

Dies war ein machtvoller Transformationstraum, der enorme Veränderungen in der Wahrnehmung der Frau von sich selbst und ihrem Leben ankündigte. Doch die dunkle Traumfrau kann der Träumerin auch eine ganz direkte Botschaft übermitteln.

Kürzlich hatte ich einen Traum von einer dünnen schwarzhäutigen Frau, die wirklich kein überflüssiges Gramm Fleisch auf ihren Knochen hatte. Sie saß in meiner Küche und rollte mit offener Hand Limonellen über mein Hackbrett. Sie trug einen ausgeblichenen Hausmantel. Sie sah mich an, ein bißchen vom Leben ermüdet, und sagte: »Mädel, ich habe auf der Suche nach meiner Arbeit die ganze Welt bereist und bin nach Hause gekommen, um zu schreiben. Finde deine Worte, Mädchen.«

## Worte einer Frau

Jetzt, da mehr und mehr Menschen Bilder und Geschichten vom geheiligten Weiblichen erschaffen, verfestigen sich diese in der Sprache und beeinflussen die Erfahrung von anderen. Susan Griffin hat die Erde mit dem Begriff der »Schwester« neu benannt, statt der Begriffe Mutter, Hure oder Alte, und uns somit eine für uns erreichbare und nicht von uns abgelöste Liebe zur Natur vorgestellt. In ihrem Gedicht: »Diese Erde. Was sie mir bedeutet« faßte sie ihren Kummer, ihr Mitgefühl, ihren Eros und ihren Trost in ihrer Beziehung zur Erde als Schwester in Worte, Worte, die zutiefst heilsam sind.

»Als ich in sie hineingehe, durchbohrt sie mir das Herz. Als ich weiter eindringe, entschleiert sie mich. Als ich ihre Mitte erreicht habe, weine ich rückhaltlos. Ich habe sie mein Leben lang gekannt, und doch entdeckt sie mir Geschichten, und diese Geschichten sind Offenbarungen, und ich bin verwandelt. Jedesmal, wenn ich zu ihr gehe, werde ich auf diese Weise geboren. Ihre Erneuerung überspült mich endlos, ihre Wunden streicheln mich; alles, was zwischen uns gekommen ist, wird mir bewußt, der Lärm zwischen uns, die Blindheit; etwas schläft zwischen uns.

Jetzt streckt sich mein Körper nach ihr aus. Sie sprechen mühelos miteinander, und ich lerne, daß sie mir ihre Gegenwart in keinem Augenblick versagt. Sie ist so feinfühlig wie ich, ich kenne ihre Wahrnehmungsfähigkeit; ich spüre ihren Schmerz, und mein eigener Schmerz erwacht in mir. Mein eigener Schmerz wächst an, und ich packe diesen Schmerz mit beiden Händen, ich öffne diesem Schmerz meinen Mund, ich schmecke, ich weiß, und ich weiß, warum sie nicht aufgibt, unter dem großen Gewicht, dem großen

Durst, in der Dürre, dem Hunger – und durch die Klugheit jeder ihrer Handlungen überlebt sie letztlich. Diese Erde ist meine Schwester; ich liebe ihre tägliche Anmut, ihre lautlose Kühnheit, und wie sehr ich geliebt *werde* wie wir diese Stärke ineinander bewundern, was wir alles verloren haben, was wir alles erlitten haben, was wir alles wissen: Wir sind zutiefst erstaunt über diese *Schönheit*, und was sie mir bedeutet und was ich ihr bedeute, vergesse ich nicht.«[25]

## Das Dunkle zurückholen: Die Verrückte zurückfordern

Ich eröffne diesen Abschnitt mit Madonna Kolbenschlags Zitat über die Wiederherstellung und Heilung der weiblichen Konstellation in Märchen, weil ich es für unabdingbar halte, daß wir uns die unterdrückten Anteile des sich in Hexen, bösen Stiefmüttern und verrückten Frauen verkörpernden Weiblichen wieder zurückholen und integrieren. Märchen werden gewöhnlich aus der Perspektive eines jungen Mädchens oder Jungen erzählt und drehen sich um ihre Beziehung zu ihren Eltern, Geschwistern, magischen Geschöpfen und Menschen, denen sie auf ihrem Weg begegnen. Wir hören, wie sie auf die gute oder schlechte Behandlung, die ihnen von anderen zuteil wird, reagieren, wie sie mit Herausforderungen fertig werden und schließlich den Preis des Erfolgs oder der Wiederversöhnung erringen.

Stiefmütter, Hexen und verrückte Frauen werden charakteristischerweise als Frauen dargestellt, die dem sich entwickelnden Kind Hindernisse in den Weg legen. Sie werden als gemein, grausam, knausrig, manipulativ, eifersüchtig und gierig beschrieben, und gewöhnlich werden ihre bösen Taten mit dem Tode bestraft. In »Hänsel und Gretel« wird die Hexe in den Ofen gestoßen, die Stiefmutter in »Schneewittchen« tanzt sich in glühenden Schuhen zu Tode, und die böse Hexe des Westens zerschmilzt in »Der Zauberer von Oz«.

Die Märchen bekümmern sich wenig um die Ursachen für die Grausamkeit der Stiefmütter oder bösen Hexe. Wir nehmen einfach an, daß sie schon immer so waren. Ihre Seite der Geschichte über das jammernde, ungezogene, manipulative Kind, das natürlich der Augapfel seines Vaters ist, bekommen wir nie zu hören. Die böse Stiefmutter steht für die Enttäuschung eines jeden Kindes, daß es keine »perfekte« Mutter hat, so wie diese illusionäre Mutter von nebenan, die immer da ist, alles versteht und bedingungslos liebt.

Es gibt aber ein Volksmärchen, in dem die Tochter ihrer Mutter die Tür öffnet und sie hereinholt und so jene unterdrückten Aspekte des Weiblichen heilt, die wir nicht sehen wollen und uns weigern zu akzeptieren und zu verstehen. Die Geschichtenerzählerin Kathlen Zundell hat mir diese Geschichte von einer zurückgestoßenen Tochter, die die Ausgestoßene in sich selbst heilt, indem sie die verrückte Frau, ihre Mutter, heilt, zuerst erzählt. Das Folgende ist meine Adaption der Geschichte.

Es war einmal eine Frau mit vier Töchtern. Sie liebte ihre Töchter eins, zwei und drei, die klug und schön waren, aber sie haßte ihre jüngste Tochter, die genauso war wie sie. Jeden Tag ging sie hinaus, um Nahrung für ihre Kinder zu sammeln. Und wenn sie zurückkehrte, hörten ihre Töchter sie singen:

Meine lieben Töchter,
eins und zwei und drei,
Kommt zu Mama, kommt herbei.
Mesmeranda, Tochter vier,
Du bleib hinter der Küchentür.

Die Mädchen rannten zur Tür, um ihre Mutter hereinzulassen, Mesmeranda aber blieb hinter der Küchentür. Dann bereitete die Mutter für ihre drei älteren Töchter das Essen zu, und wenn sie anschließend aßen und redeten und lachten, warfen sie die Überreste Mesmeranda zu. Die älteren Mädchen wurden groß und gediehen prächtig, Mesmeranda aber blieb dünn und zart.

Nun lauerte aber da draußen ein Wolf, der das Kommen und Gehen der Mutter beobachtete und dem nach ihren drei rundlichen Töchtern gelüstete. Er dachte, er könnte sie erwischen, wenn er das Lied der Mutter sang. Er übte Tag und Nacht, und als die Mutter dann eines Nachmittags weg war, schlich er sich zur Tür und sang:

Meine lieben drei Töchter,
eins und zwei und drei,

Kommt zu Mama, kommt herbei.
Mesmeranda, Tochter vier,
Du bleib hinter der Küchentür.

Aber nichts geschah. Die Mädchen machten nicht die Tür auf, weil die Stimme des Wolfs tief und heiser war. Der Wolf mußte sich geschlagen geben und schlich sich davon, um Kojote aufzusuchen. »Ich brauche die Stimme einer Mutter«, sagte er. »Mach, daß meine Stimme hoch und süß klingt.« Kojote sah ihn an. »Was gibst du mir dafür?« fragte er. »Eine der Töchter der Mutter«, antwortete der Wolf. Kojote bearbeitete die Stimme des Wolfs, und der Wolf kehrte zum Haus der Töchter zurück und sang:

Meine lieben Töchter,
eins und zwei und drei,
Kommt zu Mama, kommt herbei.
Mesmeranda, Tochter vier,
Du bleib hinter der Küchentür.

Diesmal war die Stimme des Wolfs so hoch, daß sie auf dem Wind davonflog. Die Mädchen lachten und sagten zueinander: »Ach, es sind nur die wispernden Blätter.« Und sie öffneten die Tür nicht. Etwas später kehrte die Mutter zurück und sang ihr Lied. Sofort öffneten die Mädchen die Tür, und die vier aßen und ließen Mesmeranda wieder nur die Überreste übrig.

Am nächsten Tag ging der Wolf wieder zu Kojote und beklagte sich: »Du hast meine Stimme zu dünn gemacht. Mach sie so, daß ich wie eine Frau klinge.« Kojote sprach einen Zauberspruch über dem Wolf, und der Wolf kehrte zum Haus der Töchter zurück. Und diesmal sang er genau wie die Mutter:

Meine lieben Töchter,
eins und zwei und drei,
Kommt zu Mama, kommt herbei.
Mesmeranda, Tochter vier,
Du bleib hinter der Küchentür.

Die Mädchen rannten zur Tür und öffneten sie, um ihre Mutter zu begrüßen. Der Wolf steckte sie in einen Sack und trug sie davon. Mesmeranda blieb hinter der Küchentür.

Später kehrte die Mutter zurück und sang an der Tür:

Meine lieben Töchter,
eins und zwei und drei,
Kommt zu Mama, kommt herbei.
Mesmeranda, Tochter vier,
Du bleib hinter der Küchentür.

Niemand kam und machte die Tür auf. Und so sang sie noch mal ihr Lied. Wieder kam niemand herbei, und sie begann das Schlimmste zu befürchten. Dann hörte sie eine sehr leise Stimme singen:

Mama, deine Töchter,
eins und zwei und drei,
Kommen nimmermehr herbei.
Fort sind sie, fernab von Land und Meer,
Hier ist Mesmeranda, Mama schau doch her.

Die Mutter riß die Tür auf, und als sie ihre geliebten Töchter nicht mehr sah, rannte sie wie von Sinnen aus dem Haus, raufte sich das Haar und sang immer und immer wieder ihr Lied.

Mesmeranda stand auf, sah das leere Zimmer und ging zur offenen Tür hinaus. Sie machte sich auf ihre Reise, sie machte ihren Weg in der Welt, und schließlich heiratete sie den Sohn des Kaisers.

Die Zeit verging. Eines Tages hörte man eine alte verrückte Frau mit wildem, verfilztem Haar vor dem Palasttor singen:

Meine lieben Töchter,
eins und zwei und drei,
Kommen nimmermehr herbei.
Mesmeranda, meine Tochter vier,
Hör du mich jetzt, ich steh vor deiner Tür.

Die Leute lachten, und die Palastwachen sagten, sie solle sich fortscheren. Aber sie kam jeden Tag in ihren Lumpen zurück und sang:

Meine lieben Töchter,
eins und zwei und drei,
Kommen nimmermehr herbei.
Mesmeranda, meine Tochter vier,
Hör du mich jetzt, ich steh vor deiner Tür.

Die Kaiserin hörte davon, daß da eine verrückte Frau in den Straßen nach ihrer Tochter Mesmeranda sang. Mesmeranda sagte: »Ich kenne keine verrückte Frau und ich habe keine Mutter.«

Eines Tages pflanzte Mesmeranda Blumen im Palastgarten und hörte ihren Namen im Lied dieser verrückten Frau erklingen. Sie öffnete das Tor und sah der Verrückten ins Gesicht. Da erkannte sie ihre Mutter. Sie nahm sie bei der Hand und führte sie in den Palast. »Mama«, sagte sie, »die anderen sind fort. Aber schau mich an. Ich bin Mesmeranda. Du hast mich früher nicht geliebt, und ich bin hinter der Küchentür geblieben. Aber jetzt bin ich hier, und ich werde mich um dich kümmern.« Dann badete sie ihre Mutter, zog ihr neue Kleider an und kämmte ihr das Haar.

## Rückforderung der weiblichen Macht

Mesmeranda holt ihre Mutter zurück, wäscht sie, kleidet sie und sorgt für sie. Sie öffnet ihr Herz und nimmt die Verrückte auf, jene Mutter, von der sie zurückgestoßen worden war. Jede von uns muß das abgelehnte Weibliche zurückholen, um die ganze weibliche Macht zurückfordern zu können. Wenn eine Frau ihre Mutter weiterhin ablehnt, weil sie von ihr nicht genügend bemuttert worden ist, dann bleibt sie an diese Frau gebunden, eine ewige Tochter im Wartestand. Sie weigert sich, erwachsen zu werden, wenngleich sie in der äußeren Welt wie eine Erwachsene zu funktionieren scheint. Tief im Innern fühlt sie sich jedoch unwürdig und unvollständig. Marion Woodman nennt in ihrem Buch *The Pregnant Virgin* diesen ausgestoßenen Teil von uns »die schwarze Jungfrau«. »Es ist jener Teil von uns, der in unser Bewußtsein dringt, wenn wir ins Dunkel gehen, wenn wir so lange in diesem bleiernen Dunkel graben, bis wir sein Silber zutage fördern.«[26]

Viele Frauen sind sich gar nicht bewußt, wie sehr sie sich aufgrund der Botschaften, die sie von ihren »Müttern« (Mutter, Großmutter, Tanten und Freundinnen der Familie) erhielten, im Leben zurücknehmen. Diese Litaneien machten schon ihre Mütter bewegungsunfähig und rütteln nun am Lebensgeist ihrer Töchter: »Ich hätte sollen ... Ich wollte immer, daß ... Du weißt nicht, wie schmerzlich es ist, nichts Eigenes zu haben ... Ich hatte nie Zeit für mich selbst ... Dein Vater ließ mich nicht ... Bring dich nicht in Schwierigkeiten ...

Tu niemandem weh ... Ich halte das nicht aus ... Es macht mich fertig ... Ich werde noch verrückt ... Ich weiß nicht, wie andere das machen ... Ich kann diesen Schmerz nicht ertragen.«

»Ich kann diesen Schmerz nicht ertragen« war ein direkter Befehl, nichts zu fühlen. Eine deutschamerikanische Mutter wies ihre Tochter an, den Nachbarn niemals etwas über ihre Gefühle zu sagen. »In unserer Familie tun wir so etwas nicht.« Erzählte die Tochter ihrer Mutter, daß sie sich wegen ihrer Freunde in der Schule aufregte, so bekam sie zur Antwort, sie solle nicht derartige Gefühle hegen. Will diese Tochter das Dunkle zurückholen, dann heißt das für sie, daß sie ihre Scham überwinden und *alle* ihre Gefühle, die sie vor sich selbst verborgen hat, zurückfordern muß, gleich wie sehr sie sich davor fürchtet. Nur so kann sie zu ihrer authentischen Stimme finden.

Eine meiner Klientinnen, die auf die Ende Vierzig zugeht, wuchs mit einer schwerhörigen Mutter auf. In dieser Beziehung war es an ihr, die Mutter zu schützen, für sie zu dolmetschen, für sie zu sprechen. Ihre einzige Rolle bestand darin, die Zwischenträgerin für ihre Mutter zu sein. »Ich lernte schon sehr früh, unsichtbar zu sein. Ich erfuhr auch, was andere Menschen sich wünschen. Doch ich hatte nie die Gelegenheit zu sagen, was ich wollte, weil niemand da war, der mich hörte oder mich in meinen Wünschen bestätigte. Ich hörte auf, etwas zu wollen. Ich wurde für mich selbst unsichtbar. Erst jetzt, wo ich bald fünfzig werde, lerne ich, wie wichtig es für mich ist, daß ich äußerlich wie innerlich sichtbar bin, daß ich für das, was ich weiß, anerkannt und gelobt werde und daß ich um das bitte, was ich möchte.«

Töchter, die keine Mutter hatten, die ihnen in der Kindheit den Rücken stärkte, hatten das Gefühl, unbedingt wissen zu müssen, wie sie allein zurechtkommen können. Dies ist eine typische Haltung von nun erwachsenen Kindern von Alkoholikern. Im Erwachsenenalter haben sie Schwierigkeiten, um Hilfe zu bitten und herauszufinden, was sie brauchen, weil sie darin nie Anleitung bekommen haben. Sie machen weiterhin alles allein und fürchten, sich auf niemanden verlassen zu können. Sie glauben, alles perfekt machen zu müssen, um dahinter all das, was sie nicht wissen und nie gelehrt wurden, zu verstecken. Um sich ihre persönliche Macht zurückzuholen, müssen sie lernen, um Hilfe zu bitten, und das bedeutet für sie einen gewaltigen Schritt.

Mir fällt es schwer, den Aspekt der Verrückten in meiner Mutter zu akzeptieren und gern zu haben, denn das heißt, daß ich mich mit der Verrückten in mir selbst konfrontieren muß. Wenn ich meine Mutter zurückhole, so wie sie ist, dann muß ich mit der Tatsache zurechtkommen, daß ich sie nicht dazu bringen kann, mich so zu lieben, wie ich geliebt werden möchte. Ich werde nie eine Mami haben, die ganz offen liebt: eine Mutter, ja, aber keine Mami. Ich muß meine Mutter so akzeptieren, wie sie ist. Ich kann nicht immer am Schmerz einer unbemutterten Tochter festhalten; er hindert mich daran, all das zu sein, was ich bin.

Ich mache eine gelenkte Phantasieübung, um mit meiner inneren Verbündeten Kontakt aufzunehmen, und ein Adlerweibchen kommt. Ich frage sie, was mich zurückhält. Sie antwortet:

»Dein Groll hält dich zurück. Hör auf, dich über den Mangel zu ärgern, über das, was du von deiner Mutter nicht bekommen hast. Es dient dir nur als Entschuldigung. Vergib deiner Mutter. Bediene dich dieser Vision von einem Adler, um über deinen persönlichen Verlust hinauszusehen, denn sonst verbiegen und verzerren sich deine Gefühle. Sei keine Maus, die nicht über ihre Nasenspitze hinaussieht.«

## Kapitel 9

# Den inneren Mann mit Herz finden

Dein innerer Mann und deine innere Frau
sie bekriegten sich
sind beide verwundet
müde
und brauchen Umsorgung
es ist Zeit
das Schwert niederzulegen
das sie in zwei zerteilt

### Heilung des verwundeten Männlichen

In der Gralslegende sucht Parzival nach dem Gral, dem Kelch, den Christus beim letzten Abendmahl in Händen hielt, den Kessel der großen Göttin alter Zeiten. Parzival kommt zum Gralsschloß, wo er den Fischer-König mit einer Wunde an seinen Genitalien oder seinem Schenkel vorfindet, einer Wunde, die nicht heilen will. Der Gral hätte ihn heilen können, aber der König brauchte einen jungen unschuldigen Mann, einen wie Parzival, der sehen konnte, daß etwas nicht in Ordnung war, der Mitgefühl genug hatte, um zu fragen: »Was peinigt Euch?« Erst dann konnten die heilenden Eigenschaften des Grals für den König wirksam werden.

Der König steht für das herrschende Prinzip in unserer Psyche und Kultur. In unserer Verwundung gleichen wir dem Fischer-König und in unserer Unschuld Parzival, einem »vollendeten Narren«. Wir verschließen unsere Augen vor der Tatsache, daß wir aus dem Gleichgewicht geraten sind. Solange nicht ein Aspekt von uns unseren Schmerz sieht, Mitgefühl hat und fragt: »Was peinigt Euch?«, solange werden wir nicht geheilt werden.

Wir sind vom kreativen Weiblichen in uns abgespalten; unser rationaler Verstand wertet es ab und nimmt es nicht zur Kenntnis, und so weigern wir uns, auf unsere Intuition, unsere Gefühle, unser tiefes Körperwissen zu hören. »Da wir uns immer weiter ins Reich des

Logos zu Lasten des Eros, der linken auf Kosten der rechten Gehirnhälfte bewegt haben, entstand in uns ein immer stärker werdendes Gefühl der Entfremdung von dieser unartikulierten Quelle der Bedeutung, die das Weibliche, die Göttin, der Gral genannt werden kann.« Wir fühlen die Traurigkeit und Einsamkeit, die aus dieser Entfremdung entsteht, aber wir erkennen nicht, daß sie das Ergebnis eines Ungleichgewichts in unserer Natur ist.

Das Männliche ist eine archetypische Kraft; es ist nicht ein Geschlecht. Es ist wie das Weibliche eine schöpferische Kraft, die allen Frauen und Männern innewohnt. Wenn es aus dem Gleichgewicht gerät und *in keiner Beziehung zum Leben steht*, dann wird es zu einer kampflustigen, kritischen und destruktiven Kraft. Dieses nicht eingebundene, archetypische Männliche kann kalt und unmenschlich sein; es bekümmert sich nicht um unsere menschliche Grenzen. In seiner Machismoausprägung fordert es, daß wir immer weitermachen, ganz gleich, was es kostet. Es verlangt Perfektion, die Kontrolle und Herrschaft über die Dinge; nie ist etwas genug. Unsere männliche Natur ist, wie der Fischer-König, verwundet.

Der Gral ist das uns allen zugängliche Symbol des geheiligten, schöpferischen weiblichen Prinzips. So wie der Gral den König, kann das Weibliche unsere männliche Natur heilen. In der Legende wird der Gral stets von der Gralsjungfrau getragen, aber das sehen Parzival und der König nicht. »Über dem Gral, seinem Schloß und seinen Hütern liegt ein Bann aufgrund eines Akts der Respektlosigkeit, der sich ausdrückt in einer Beleidigung, Vergewaltigung, eines Übergriffs auf dessen Jungfrauen, einer Respektlosigkeit gegenüber der Oberhoheit des Grals oder seines Gesetzes durch eine unangemessene Einstellung zur *Minne* oder Liebe.«[2]

Wie Parzival und der König erkennen auch wir nicht den Gral in uns. Wir müssen die Augen aufmachen und unser Bewußtsein erweitern. Wir brauchen das feuchte, saftige, grüne, fürsorgliche Weibliche, um das verwundete, ausgetrocknete, spröde, übermäßig ausgeweitete Männliche in unserer Kultur zu heilen. Ansonsten hausen wir in einer Öde. Parzival machte die Erfahrung mit dem Gral, dem Gralsschloß und dem verwundeten Fischer-König, stellte aber nicht die Frage: »Was peinigt Euch?« Wenn wir heilen sollen, dann müssen wir diese Frage bewußt stellen. Das auf nichts bezogene, außer Kontrolle geratene männliche Element in uns allen treibt uns aus dem Gleichgewicht. Es verhält sich wie der Öltanker *Valdez*, der vom Kurs abkommt, auf Grund läuft und die Mutter Natur verpestet.

## Das verbindungslose Männliche

Eine ausgetickte unbekannte Kraft
rammt unsere Mutter mit einem betrunkenen Boot
klebriger schwarzer Schlick dringt in ihre Haut ein
kommt in meinen Träumen vor
verseucht unser Bewußtsein
wir sind alle ölbetrunken

Wir stumpfen unsere Sinne ab
lenken unsere Augen ab
halten nach Sündenböcken Ausschau
schrubben ihre Strände
säubern ihre Vögel
sperren ihre Otter in Käfige
verleugnen unsere wechselseitige Verbundenheit
wir werden Sie wieder besudeln

Ich lechze nach Mutter Erde
der Unbeachteten
der Übervorteilten
ihre Rohstoffe für alle ausgeschürft
Sie sind wertvoll
menschliche Gier und Arroganz
schänden
beschmutzen
und
entweihen
Ihren Körper

Wann werden wir begreifen
daß wir unsere Mutter verwunden
alles was wir tun
berührt alle anderen
nicht länger können wir außer acht lassen
daß wir Bäume sind, die See und Erde
wir müssen Sie schützen
vor unseren Ausschreitungen

Ich komme gerade aus Alaska zurück (25. Mai 1989), wo ich mit Kindern arbeitete, die unter den Nachwirkungen leiden, die die vom Tanker Valdez verursachte Umweltkatastrophe auf ihr Leben hat, und stelle mir die Frage, die Parzival nicht gestellt hat. Ich war schockiert über das Ausmaß, in dem die Sprecher der Ölgesellschaft diesen Eingriff in das Ökosystem, die Auswirkungen auf das Leben der Tiere und die Lebensart der Menschen in den betroffenen Fischerdörfern abstritten. »Bis 15. September 1989 haben wir alles wieder gesäubert ... Es sind gar nicht so viele tote Tiere ... Es kamen keine Menschen ums Leben, warum also diese Trauermärsche?«

Sie lügen, verschleiern und leugnen diese massive Zerstörung der Umwelt. Sie zeigen kaum Mitgefühl für den Verlust des Lebensunterhalts der Fischer oder den qualvollen Tod, den die Seevögel und Ottern erlitten. Sie unternehmen enorme Anstrengungen, um die giftigen Auswirkungen von 240 000 Barrel ausgelaufenen Öls herunterzuspielen. Exxon und das Alaska Tourist Board haben eine Vier-Millionen-Dollar-Werbekampagne gestartet und sich dabei des Bildes von Marylin Monroe ohne ihren Schönheitsfleck bedient, um die Angst zu vertreiben, Alaskas Schönheit könnte gelitten haben. »Wenn Sie nicht sehr genau hinsehen, werden Sie wahrscheinlich gar nicht bemerken, daß der Schönheitsfleck fehlt«, steht in der Anzeige zu lesen. »Ohne ihn mag sich zwar das Bild verändert haben, aber nicht ihre Schönheit. Und dasselbe gilt für Alaska. Das ausgelaufene Öl mag zwar vorübergehend einen kleinen Teil des Bildes verändert haben, aber all die Dinge, die zu sehen und zu tun Sie hierher gekommen sind, sind so schön wie immer.«[3]

Diese Art von ungeheuerlicher Abwiegelung und Verleugnung ist ein typisches Beispiel für das auf nichts bezogene, verwundete, gefährliche männliche Element, das an seiner Wahrnehmung von Realität festhält. Wir alle haben ein solches Element in uns. Wir sind blind für das rigide, zwanghafte, beherrschende Männliche, das unsere Psyche dominiert. Jedesmal, wenn wir unsere Gefühle, unseren Körper, unsere Träume und Intuition verleugnen, dienen wir diesem inneren Tyrannen.

Eine Frau kann nur auf eine Weise dieses Ungleichgewicht in ihrem Innern heilen, sie muß das Licht des Bewußtseins in die Dunkelheit bringen. Sie muß willens sein, sich mit dem Schattentyrannen zu konfrontieren, ihn zu benennen und dann gehen zu lassen. Dies erfordert die bewußte Opferung gedankenloser Anbindungen an die Macht des Egos, an den finanziellen Gewinn und ein hypnotisiertes, passives Dasein. Es verlangt Mut, Mitgefühl, Demut und Zeit.

Die Herausforderung für die Heldin liegt nicht in einer Eroberung, sondern im Akzeptieren, im Annehmen ihrer namenlosen, ungeliebten Aspekte, die tyrannisch wurden, weil sie sie nicht geprüft hat. Wir können nicht blind durchs Leben gehen. Wir müssen alle widerstreitenden Aspekte von uns überprüfen. Wir alle haben Drachen in uns, die in den Schatten lauern. Diese Herausforderung verlangt, daß »wir die Stärke aufbringen, die bewußte Wahrnehmung und den Schmerz des Konflikts auszuhalten und uns darin zu ergeben«.[4] Der Auftrag der Heldin besteht darin, die Welt zu erhellen, indem sie sie liebt – angefangen bei sich selbst.[5]

## Das Machisma-Element aufgeben

1984 hatte ich in der Nacht vor einer Visionssuche, die ich mit anderen in den Bergen von Santa Cruz leitete, einen Traum. Eine Stimme sagte: »Die Reise zurück zum Weiblichen findet dann statt, wenn wir *machisma* entlassen.« In dieser rätselhaften Botschaft hörte ich zum erstenmal das Wort *machisma*, doch ich wußte, daß es ein Code ist für: »Ich kann das durchstehen; ich bin stark; ich brauche keine Hilfe; ich bin autark; ich kann das allein machen.« Es ist die Stimme des typischen, in unserer Kultur verehrten Helden.

Die Stimme im Traum sprach mit dem doppelbödigen Humor des Trickster, denn am nächsten Morgen goß es, und wir begannen unseren Marsch über vierzig Kilometer in strömendem Regen, der vier Tage lang andauerte. Ich hatte keinen ausreichenden Regenschutz dabei und mußte in dieser ständigen Nässe meine ganze Stärke und Energie aufbringen. Aber ich hatte wohl verstanden, daß die Stimme mich dazu gedrängt hatte, vom Archetypus des »einsamen« Kriegers zu lassen.

Im Leben einer jeden Frau kommt einmal der Punkt, an dem sie hinsichtlich ihres Frauseins eine bestimmte Wahl treffen muß. Sie sieht sich mit einem Dilemma im Kontext einer Beziehung, der Karriere, Mutterschaft, Freundschaft, einer Krankheit, des Alterns oder des Übergangs der Wechseljahre konfrontiert. Einen kurzen

Moment – oder einen Monat oder ein Jahr – lang wird ihr die Gelegenheit geboten, die vor so langer Zeit Parzival erhalten hatte: die Gelegenheit, *in* einer Situation zu sein, sie einzuschätzen und zu fragen: »Was peinigt mich?«

Wenn sie bewußt oder unbewußt den Weg des männlichen Kriegers gewählt hat, kann sie entweder weiterhin stoisch diesen Weg allein gehen, an ihrer Persönlichkeit feilen und die Macht und den Beifall in dieser Welt in ihrem vollen Umfang ausloten, oder sie kann ihre auf diesem Weg erlernten Fähigkeiten verinnerlichen und sie mit der Weisheit ihrer weiblichen Natur verbinden.

Es gibt keinen Zweifel, daß sie das männliche Element braucht. Das Unbewußte kann den Individuationsprozeß nicht allein bewältigen. Es ist von der Kooperation des Bewußtseins abhängig. Und das bedarf eines starken Egos.[6] Aber sie braucht eine Beziehung mit dem *positiven* inneren Männlichen, mit dem Mann mit Herz. Er wird ihr mit Mitgefühl und Stärke zur Seite stehen, damit sie ihr müdes Ego heilen und sich ihre tiefe weibliche Weisheit wieder aneignen kann. Und damit dieser positive Mann mit Herz auftauchen kann, muß sie ihrer weiblichen Natur Achtung erweisen.

## Die heilige Hochzeit

Durch die heilige Hochzeit, *hieros gamos*, die Einheit aller Gegensätze, entsinnt sich die Frau ihrer wahren Natur. »Es ist ein Augenblick des Erkennens, eine Art Erinnerung an das, was wir im Grunde schon immer wußten. Die gegenwärtigen Probleme werden dadurch nicht gelöst, die Konflikte bleiben bestehen, aber das Leiden der Person wird, wenn sie ihm nicht ausweicht, nicht mehr zu Neurosen, sondern zu einem neuen Leben führen. Die betreffende Person erhascht intuitiv einen Blick von dem, was sie ist.«[7]

Die heilige Hochzeit ist die Verbindung von Ego und Selbst. Die Heldin versteht allmählich die Dynamik ihrer weiblichen und männlichen Natur und akzeptiert beide Aspekte. June Singer schreibt:

»Ein weiser Mensch sagte einmal, das Ziel des männlichen Prinzips sei die Perfektion und das Ziel des weiblichen Prinzips die Vollständigkeit. Wenn du perfekt bist, kannst du nicht vollständig sein, weil du alle Unzulänglichkeiten deiner Natur heraushalten mußt. Wenn du vollständig bist, kannst du nicht perfekt sein, denn vollständig sein heißt, daß du gut und böse, richtig und falsch, Hoffnung und Verzweiflung in dir birgst. So wäre es vielleicht das Beste, sich mit etwas weniger als Perfektion und mit etwas weniger als Vollständigkeit zufriedenzugeben. Vielleicht müssen wir etwas mehr Bereitschaft aufbringen, das Leben so zu nehmen, wie es kommt.«[8] Das Ergebnis dieser Vereinigung ist die »Geburt des heiligen Kindes«.

*»Gawain und Lady Ragnell«, Illustration von Sandra Stafford*

Eine Frau gebiert sich selbst als göttliches androgynes Wesen, autonom, und im Zustand der Perfektion in der Einheit der Gegensätze. Sie gelangt zur Ganzheit. Erich Neumann schreibt dazu in *Amor und Psyche*: »Wir wissen nicht nur aus der Mythologie, sondern mehr noch aus den Erfahrungen des Individuationsprozesses von der Geburt des ›göttlichen Kindes‹ und seiner Bedeutung. Während die Geburt des göttlichen Sohns für die Frau in einer Erneuerung und Vergöttlichung ihrer Animus-Geist-Seite besteht, handelt es sich bei der Geburt der göttlichen Tochter um ein noch zentraleres, um ein weibliches Selbst, ihre Ganzheit betreffendes Geschehen.«[9] Durch die Vereinigung von Geist (Psyche) und Liebe (Amor) wird ihnen eine heilige Tochter geboren, deren Name Wollust-Wonne-Seligkeit ist. So verbindet auch die heilige Hochzeit die Gegensätze miteinander und verhilft einer ekstatischen Ganzheit zur Geburt.

## Eine Frau von Weisheit und ein Mann mit Herz

Die englische Erzählung von »Gawain und Lady Ragnell« schildert den Heilungsprozeß des verwundeten Männlichen und des verzerrten Weiblichen. Hier verbindet sich die Frau von Weisheit mit dem

Mann mit Herz. Ethel Johnston Phelps erzählt die Geschichte in *The Maid of the North*, eine Geschichte, die sich im ländlichen England des vierzehnten Jahrhunderts abspielt.

Eines Tages im Spätsommer hielt sich Gawain, der Neffe von König Artur, bei seinem Onkel und den Rittern am Hofe von Carlisle auf. Der König kehrte von seinem Jagdausflug in Inglewood zurück und sah so bleich und zittrig aus, daß Gawain ihm in sein Zimmer folgte und fragte, was los sei.

Artur war, als er allein jagte, von einem schrecklichen Ritter aus den nördlichen Landen namens Sir Gromer angehalten worden. Dieser wollte sich für den Verlust seiner Ländereien rächen. Er schonte Artur und gab ihm die Chance, sein Leben zu retten, wenn er ihn unbewaffnet in einem Jahr am selben Ort wieder träfe und ihm folgende Frage beantworten könne: »Was ist es, wonach Frauen am allermeisten verlangen? Wenn er die richtige Antwort wüßte, dann würde sein Leben verschont.

Gawain tröstete Artur und versicherte ihm, daß sie gemeinsam schon die richtige Antwort auf die Frage finden würden, und in den nächsten zwölf Monaten sammelten sie Antworten im gesamten Königreich. Als der festgsetzte Tag näherrückte, machte sich Artur Sorgen, denn keine von den Antworten schien ihm die richtige zu sein.

Ein paar Tage vor seinem Treffen mit Sir Gromer ritt er allein durch den goldenen Stechginster und die lilafarbene Heide zu einem Eichenhain. Dort stand eine riesige, unförmige Frau. »Sie war fast so breit wie hoch, ihre Haut war grün gefleckt, und Haarsträhnen, die wie Unkraut aussahen, bedeckten ihr Haupt. Ihr Gesicht schien mehr das eines Tieres als das eines Menschen zu sein.«[11] Ihr Name war Lady Ragnell.

Die Frau sagte, sie wüßte, daß Artur ihren Stiefbruder Sir Gromer treffen würde und daß er nicht die richtige Antwort auf seine Frage hätte. Sie aber wüßte die richtige Antwort und würde sie ihm auch sagen, wenn der Ritter Gawain ihr Gemahl würde. Artur war schokkiert und rief, daß dies völlig unmöglich sei, er könne ihr seinen Neffen nicht geben.

»Ich habe dich nicht darum gebeten, mir den Ritter Gawain zu geben«, wies sie ihn zurecht. »Ich werde dir die Antwort verraten, wenn Gawain selbst einwilligt, mich zu heiraten. Das sind meine

Bedingungen.«[12] Sie sagte ihm, sie würde ihn am nächsten Tag an gleicher Stelle treffen, und verschwand in den Eichenhain.

Artur war völlig niedergeschlagen, denn es kam überhaupt nicht in Betracht, daß sein Neffe sein Leben opfern und diese häßliche Frau heiraten solle, damit er selbst gerettet wurde. Gawain ritt dem König entgegen und fragte ihn, als er ihn so bleich und bedrückt sah, was los sei. Zunächst wollte Artur nichts sagen, aber als er schließlich dann doch mit Lady Ragnells Vorschlag herausrückte, war Gawain entzückt, auf diese Weise das Leben des Königs retten zu können. Als Artur ihn bat, sich nicht zu opfern, erwiderte Gawain: »Es ist meine Wahl und meine Entscheidung. Ich werde morgen mit dir dorthin reiten und in die Ehe einwilligen – vorausgesetzt, die Antwort, die sie uns gibt, ist die richtige und rettet dein Leben.«[13]

Artur und Gawain trafen sich mit Lady Ragnell und willigten in ihre Bedingungen ein. Am nächsten Tag ritt Artur allein und unbewaffnet nach Inglewood, um Sir Gromer zu treffen. Zunächst versuchte er es mit all den anderen Antworten, die er gesammelt hatte. Als Sir Gromer schließlich sein Schwert schwang, um Artur in zwei Stücke zu spalten, sagte dieser: »Eine Antwort habe ich noch. Wonach eine Frau am allermeisten verlangt, das ist ihre Souveränität, das Recht, ihren eigenen Willen auszuüben.«[14] Sir Gromer war wütend, denn er wußte, daß Artur die richtige Antwort von Lady Ragnell erfahren haben mußte. Er schwor, sich an seiner Stiefschwester zu rächen, und verschwand in den Wald.

Gawain hielt sein Versprechen und heiratete noch am selben Tag Lady Ragnell. Nach der Hochzeitsfeier in Anwesenheit der schokkierten und verlegen schweigenden Ritter und Damen von Arturs Hof zog sich das verheiratete Paar in sein Gemach zurück. Dort bat Lady Ragnell Gawain, sie zu küssen. »Gawain trat sofort auf sie zu und küßte sie. Als er zurücktrat, stand vor ihm eine schlanke junge Frau mit grauen Augen und heiterem Lächeln.«[15]

Gawain war erschrocken und verunsichert wegen ihrer Zauberei und fragte, wodurch diese dramatische Verwandlung ausgelöst worden sei. Sie erzählte ihm, daß ihr Stiefbruder sie schon immer gehaßt und ihre Mutter, die sich auf Zauberei verstand, gebeten hatte, sie in ein Monster zu verwandeln, das nur erlöst werden konnte, wenn der größte Ritter ganz Britanniens sie freiwillig zur Frau nahm. Gawain fragte, warum Sir Gromer sie denn so haßte.

»Er fand mich kühn und unweiblich, weil ich ihm trotzte. Ich verweigerte mich seinen Befehlen, sowohl was mein Eigentum als auch meine Person anging.«[16] Gawain lächelte sie bewundernd an und war entzückt darüber, daß der Bann nun gebrochen war. »Nur teilweise«, erwiderte sie. »Du hast die Wahl, mein lieber Gawain, wie du mich haben möchtest. Möchtest du mich nachts in dieser meiner eigenen Gestalt und bei Tag in meiner vormaligen häßlichen Form? Oder möchtest du mich in der Nacht in unserem Gemach noch grotesker und bei Tag im Schloß in meiner eigenen Gestalt? Denk gut nach, bevor du wählst.«[17]

Gawain dachte einen Moment lang nach, kniete dann vor ihr nieder, berührte ihre Hand und sagte, daß er diese Wahl nicht treffen könne, da dies eine Entscheidung sei, die nur ihr allein zukam. Er würde sie, gleich wie sie sich entschied, in allem bereitwillig unterstützen. Lady Ragnell strahlte vor Freude. »Du hast gut geantwortet, liebster Gawain, denn deine Antwort hat Gromers bösen Bann nun ganz und gar gebrochen. Dies war die letzte Bedingung, die zu erfüllen war. Denn er sagte, wenn nach meiner Hochzeit mit dem größten Ritter Britanniens mein Mann mir aus freien Stücken die Macht der Wahl gäbe, die Macht, meinen eigenen freien Willen auszuüben, dann sei der böse Zauber für immer gebrochen.«[18]

Lady Ragnell und Gawain vereinten sich in einer heiligen Hochzeit zweier Ebenbürtiger, die sich in freier und bewußter Wahl zu einer Verbindung entschlossen. Lady Ragnell war von ihrem bösen Stiefbruder verzaubert worden, weil sie ihren Willen behauptete und ihre Sexualität beschützte, und der mitfühlende Gawain gab ihr die Freiheit, ihre Verunstaltung zu transformieren. Sie hatte die Fähigkeit, den König zu retten, und Gawain hatte die Weisheit, die Souveränität des Weiblichen anzuerkennen. Gemeinsam fanden sie heilende Liebe. In einigen anderen Versionen dieser Legende ist Lady Ragnell die Gralsgöttin, und Gawain sowohl ihr Heiler als auch ihr Geliebter.

Edward Whitmont schreibt: »Die Gralsgöttin ist die Heldin einer jahreszeitlichen Entführungsgeschichte, die Herrin des Mondes und der Vegetation, die sich selbst von den abscheulichsten Tiergestalten in eine strahlende Schönheit verwandelt und die Führerin in die andere Welt ist.«[19] Die walisische Version dieser Geschichte deutet darauf hin, daß Gawain der ursprüngliche Name Parzivals ist, somit werden beide, Gawain und Parzival, in die Mysterien des Weiblichen initiiert. Durch die Ehrfurcht vor der Oberhoheit der Göttin in ihrer abstoßenden Form ist der Mensch wieder imstande, von ihren ewigströmenden Wassern zu trinken.[20] »Durch das Trinken der Wasser der Göttin wird der persönliche Machtanspruch des Ichs aufgegeben. Vielmehr bekennt sich das Ich dazu, nur ein Empfänger und Kanal des Schicksals zu sein, das einem tiefen, mysteriösen Seinsgrund entströmt, der Quelle von Schrecken und Abscheu wie des schönen Spiels des Lebens.«[21]

## Die heilenden Kräfte des Weiblichen: Hildegard

In der Gralslegende wandert Parzival, da er nicht die richtige Frage gestellt hat, fünf Jahre lang durch die Wildnis. Nach vielen Prüfungen und Abenteuern kehrt er zum Schloß des Fischer-Königs zurück und stellt diesmal die vorgeschriebene Frage, die den König heilt. Geheilt darf der König nun sterben, und die Fruchtbarkeit kehrt ins verödete Land zurück. Uns wird, wie Parzival, nun die Gelegenheit der Erkenntnis gegeben, daß wir das heilende Weibliche in unserer Kultur brauchen. Sollten wir es auch diesmal ignorieren, werden wir uns in einem wahrhaft nuklearen Ödland wiederfinden.

Die im zwölften Jahrhundert im blühenden Rheintal lebende Hildegard von Bingen, Äbtissin, Mystikerin, Prophetin, Predigerin, Lehrerin, Organisatorin, Reformerin, Komponistin, Malerin, Heilerin, Dichterin und Schriftstellerin, meinte, die große Sünde der Menschheit sei die Dürre, und sie müsse wieder Feuchtigkeit und Grün in ihr Leben bringen. Jean Shinoda Bolen sagt im Zusammenhang mit der Anwendbarkeit von Hildegards Lehren auf den Gral:

»Feuchtigkeit und Grün haben mit Unschuld, Liebe, Herz, Gefühlen und Tränen zu tun. Alle (Flüssigkeiten) in unserem Körper werden aktiviert, wenn uns etwas bewegt – wir weinen, wir werden feucht, wir bluten, alle numinosen Erfahrungen unseres Körpers haben mit Feuchtigkeit zu tun. Und die Feuchtigkeit bringt Leben auf unseren Planeten, sie ist das heilende Moment für die Erfahrung der Wüste, der Trockenheit und Dürre ... Wir werden wirklich verdorren, wenn wir unsere Regenwälder abholzen ... Wir müssen als Volk, wie Parzival, unseren Weg in der Wildnis finden und wieder zum Gralsschloß zurückkehren, um die Gralserfahrung zu machen und ihre Bedeutung zu verstehen. Wir gelangen nur zu kleineren Einsichten, aber das ist schon eine Menge.«[22]

Feuchtigkeit bringt denen Heilung, die trocken sind. Ein lieber Freund von mir, Steve, ein Erzieher mit großem Herzen, starb kürzlich an Aids. In seinen letzten Tagen stellte er sich den Tod als Erlösung von der Trockenheit seines verfallenden Körpers vor. Er sagte mir, er sei bereit zu gehen, und fragte mich, wie sein Übergang wohl aussehen werde. »Du wirst schwerelos über eine schöne grüne Wiese gehen«, gab ich zur Antwort. »Sie wird üppig, grün, fruchtbar, heilsam und feucht sein.«

Er lächelte: »Ich bin so trocken. Vor allem soll sie feucht sein.«

## Träume von der heiligen Vereinigung

Macht die Frau die Erfahrung der inneren heiligen Hochzeit, so träumt sie herkömmlicherweise von einer Begegnung mit dem Urvater, einen Mann mit eher göttlichen als menschlichen Zügen, oder wird von einem göttlichen jungen Mann zum Hochzeitsbett geführt. Sie träumt von einer Hochzeitszeremonie oder einem Hochzeitskleid oder -schleier und dem Bett der ehelichen Vereinigung. Sie sieht ihren Hochzeitsschuh oder das heilige Hochzeitsmahl.

Ihr Geliebter mag die Gestalt eines Untiers oder eines mächtigen männlichen Verbündeten annehmen, mit dem sie sich in Stärke und Sinnenhaftigkeit vereinigt. Eine Frau träumte wiederholt davon, daß sie sich mit dem Löwen Aslan aus den *Narnia Chronicles* von C. S. Lewis liebte, während eine Bärin als Zeugin der Heiligkeit dieser Vereinigung fungierte.

Eine Frau um Mitte Vierzig träumte von einem Geliebten, mit dem sie einmal vor zwanzig Jahren verlobt war. »Ich schwimme nackt in den Wellen des Ozeans unter den Sternen, und er kommt zu mir und umarmt mich. Ich öffne mich ihm gegenüber völlig und er sich mir. Er führt mich aus dem Wasser und trocknet mich zärtlich ab und hüllt mich in einen weißen Seidenkimono. Er nimmt meine Hand und führt mich einen Berg hinauf. Das Sternenlicht erhellt Hunderte von winzigen Pflanzen und Blumen, eine jede ein Juwel. Wir gehen über eine Wiese auf eine Hirschkuh in der Ferne zu. Sie wartet auf mich; sie ist eine Uralte, weise und liebend.«

C. S. Lewis schuf Aslan als Verkörperung des Christusbewußtseins. Sowohl der Bär wie auch der Hirsch sind alte Symbole der Muttergöttin. Beide Frauen träumten von der Vereinigung mit den Prinzipien des Göttlichen.

Viele Frauen finden heute ihre Geliebten in der Göttin. Betty DeShong Meador schreibt in *»Uncursing the Dark«* von den vielen Gestalten, in denen die Göttin oft in Zeiten der Entbehrung und Verzweiflung erscheint.

»Sie ist eine Gruppe von hungrigen alten Weibern im geschmolzenen Zentrum der Erde. Sie ist eine schwarze Frau, die kommt, um die Träumerin zu lieben. Sie ist eine Schlampe, eine Hure; sie ist ungehobelt, unverschämt, nuttig. Sie ist eine Priesterin, die eine Initiation in einem flammenden Raum durchführt. Sie ist verführerisch, verlangt nach der Träumerin, weckt in ihr die erotische Liebe zu einer Frau. Sie ist eine Quelle, die unversehens hervorbricht. Sie ist ein Tier. Sie ist ein schon lang zugedeckter Abgrund, der nun aufgedeckt wird. Sie ist eine Wildkatze, die ihre Jungen auf dem Schoß der Frau nährt. Sie ist ein Bienenschwarm, der aus einem alten Plattenspieler ausschwärmt.«[23]

Während ich an diesem Kapitel schrieb, hatte ich folgenden Traum. »Ich liege mit einer Frau zusammen. Ich bin überrascht, denn ich war noch nie zuvor in dieser Weise mit einer Frau zusammen. Sie ist dünn, hat eine glatte Haut und kleine Brüste. Ihre Haut ist fast durchsichtig. Sie erlaubt mir, sie zu berühren und ihre Brustwarzen zu küssen. Sie ist mir gegenüber offen und zugänglich. Ich liebe ihre Haut und ihren warmen, so sanften Körper. Ich liege quer über ihrem Bauch und werde so erregt, daß es mich in meinem ganzen Sein schüttelt. Ich habe einen Orgasmus, der meinen ganzen Körper von den Zehen bis zum Scheitel erfaßt. Davon wache ich auf. Sie erinnert mich an Isis, die Osiris wieder zum Leben erweckt.« Nach diesem Traum fühle ich mich für den Rest des Tages voller Energie wie auch zutiefst sinnenhaft und lebendig.

Viele Dichterinnen geben ihrer erotischen Natur in ihren vielen sinnenhaften wie spirituellen Aspekten Ausdruck. Diane Di Prima schreibt in *Ave* über ihre Vereinigung mit dem göttlichen Weiblichen:

... du bist Hügel, Gestalt und Farbe der Mesa,
du bist das Zelt, der Wigwam aus Fellen, die Hütte,
die Büffelgewänder, die Steppdecke, der geknüpfte Teppich,
du bist der Kessel und der Abendstern,
über der See steigst du auf, du schwimmst durch die Dunkelheit
ich bewege mich in dir, entzünde das abendliche Feuer,
ich tauche meine Hand in dich und esse von deinem Fleisch,
du bist mein Spiegelbild und meine Schwester,
du entschwindest wie Rauch über nebligen Hügeln
zu Pferd geleitest du mich durch die Wälder der Träume,
große Zigeunermutter, ich lehne meinen Kopf an deinen Rücken

Ich bin du
und ich muß wie du werden
ich habe dich gesehen
und ich muß wie du werden
ich bin immer du
ich muß wie du werden

Die heilige Hochzeit wird vollzogen, wenn eine Frau beide Aspekte ihrer Natur vereint. Anne Waldman, eine Lyrikerin und praktizierende Buddhistin, sagt: »Ich muß das Frau-Prinzip (prajna) im Mann in mir mit dem Mann-Prinzip (upaya) in mir vereinen.« Und weiterhin spricht sie davon, daß wir alle der Welt mehr *prajna*, mehr Bewußtsein und Weisheit einhauchen müssen, um das Gleichgewicht wiederherzustellen. Sie zitiert den zeitgenössischen türkischen Dichter Gilten Akin:

Mit den Menschen leben, so wie sie leben
Die Luft einatmen, die sie atmen
Ihnen Weisheit einhauchen[25]

Und dies ist wahrlich die Aufgabe der Heldin unserer Tage. Sie heilt, während sie im Atmen ihre wahre Natur erkennt und uns allen Weisheit einhaucht. Die Heldin wird zur Herrin beider Welten; sie kann die Wasser des Alltagslebens befahren und auf die Lehren der Tiefen hören. Sie ist die Herrin von Himmel, Erde und Unterwelt. Sie hat aus ihren Erfahrungen Weisheit gewonnen: Sie muß nicht länger dem anderen die Verantwortung zuschieben; sie *ist* das andere. Sie bringt diese Weisheit zurück, um die Welt an ihr teilhaben zu lassen. Und Frauen, Männer und Kinder dieser Welt werden durch ihre Reise verwandelt.

## Kapitel 10

# Jenseits der Dualität

Wir alle sind Teil der eignen Vorfahren;
wie wir auch alle
teils Mann teils Frau sind.

Virginia Woolf

Das Problem mit dir
ist das Problem mit mir
das Problem zu meinen, wir seien so verschieden
das Problem ist eine Frage der Wahrnehmung

Anne Waldman *Duality (A Song)*

Wir leben in einer dualistischen Kultur, die die Polarität schätzt, sie erschafft und aufrechterhält – eine aufs Entweder-Oder fixierte Mentalität, die Ideen und Menschen an den jeweils gegensätzlichen Enden eines Spektrums ansiedelt und festmacht. Mathew Fox erklärt in seinem Buch *Original Blessing*, daß die Sünde hinter aller Sünde der Dualismus ist: Die Abtrennung vom Selbst, die Abtrennung vom Göttlichen, die Trennung zwischen Ich und Du, zwischen gut und böse, zwischen dem Heiligen und der Natur. Wenn wir dualistisch denken, behandeln wir den anderen als Objekt außerhalb von uns, als *etwas*, das es zu verbessern, zu kontrollieren, dem es zu mißtrauen, das es zu beherrschen oder zu besitzen gilt. Dualismus führt zu Mißtrauen, Verwirrung, zu einer falschen Wahrnehmung, zu Verachtung und mangelndem Vertrauen.

Die Sünde des Dualismus beschädigt unsere Psyche, vergiftet unsere Einstellung zu Körper, Geist und Seele, zu Frauen, Männern, Kindern, zu Tieren, der Natur und Spiritualität, wie auch zu den politischen Strukturen. Wir teilen Ideen und Menschen in hierarchischen Kategorien von gut und böse ein, von wir und sie, schwarz und weiß, richtig oder falsch. Wir trennen das Seelisch-Geistige von der Materie, den Geist vom Körper, die Wissenschaft von der Kunst, das Gute vom Bösen, das Leben vom Tod, Frauen von Männern, dick von dünn, jung von alt, die Sozialisten von den Kapitalisten, die Liberalen von den Konservativen. Wir betrachten den anderen als Feind und rationalisieren unsere Kritik, unser Urteil und die Polarisierung, die wir schaffen, indem wir arrogant verkünden, daß wir »im Recht« sind oder daß Gott oder die Göttin auf unserer Seite stehen.

Diese Form der Polarisierung hat es ermöglicht, daß die einen arm, unwissend oder schwach gehalten werden, die anderen reich, gut versorgt und mächtig sein können. Sie hat es Nationen erlaubt, ihre Herrschaft über Menschen zu etablieren und aufrechtzuerhalten, deren religiöse Überzeugungen oder Realitätsvorstellung sie verachten. Sie hat es den Feministinnen gestattet, den Männern für das Ungleichgewicht auf diesem Planeten die Schuld zuzuweisen, ohne Verantwortung für die eigene Gier und das eigene Verlangen nach Macht zu übernehmen. Sie hat den Männern die Freiheit gegeben, sich nicht der für eine Veränderung notwendigen gründlichen Selbstprüfung zu unterziehen, während sie fordern, daß Frauen die ganze emotionale Arbeit für sie leisten. Sie hat es den Mächtigen gestattet, Wissen zu unterdrücken und zu verzerren, freie Äußerungen zu zensieren, die »Untauglichen« zu sterilisieren und unglaubliches Leid über den Planeten zu bringen. In unserer menschlichen Arroganz erkennen wir nicht, daß *wir alle eins sind* und alle miteinander innerhalb eines Lebenskontinuums existieren.

Diese Polarisierung führt dazu, daß wir den anderen als ein »es« betrachten. Der Philosoph Martin Buber beschreibt in seiner Schrift *Ich und Du* zwei Einstellungen des Menschen in bezug auf seine zwiespältige Anschauung von sich selbst und anderen. Er spricht von zwei Grundworten beziehungsweise Wortpaaren: Ich-Es und Ich-Du. Die Einstellung des Ich-Es beinhaltet, daß der andere als ein vom Selbst getrenntes *Ding* behandelt wird, das zu messen, strukturieren und kontrollieren ist; sie erkennt den anderen nicht in seiner Heiligkeit. In der Einstellung des Ich-Du wird der andere als ein und dasselbe wie das Selbst angesprochen.[1]

Buber sagt weiterhin, daß das Du nicht beherrscht oder in der Suche gefunden werden kann. Wir begegnen dem Du durch Gnade, in einem Mysterium. Das Du ist eine Erfahrung des Heiligen. Wenn ich mich an dich als ein »Du« statt an ein »Es« wende, gleich ob du ein Mensch, ein Tier, ein Stein oder ein Ozean bist, und wenn ich meine eigene Göttlichkeit ehre, dann ehre ich das Heilige in dir und gestatte dir, dein Leben vertrauensvoll zu leben, ohne von meiner Seite aus Zwang oder Herrschaft auszuüben.

Der vietnamesische Lehrer Thich Nhat Than lehrt, daß es keine Dualität, kein losgelöstes Selbst geben kann. Wir sind alle miteinander verbunden; *sind in-einander*. Um mit etwas ineinander oder mit etwas *eins* zu sein, müssen wir es verstehen; wir müssen in es eintreten. Wir können nicht als Beobachter nur draußen bleiben.

»Du kannst nicht nur für dich ganz allein existieren. Du mußt mit jedem anderen Ding ineinander sein. Dieses Blatt Papier existiert, weil alles andere existiert. Wenn du in dieses Blatt Papier hineinschaust, wirst du ganz klar eine Wolke darin sehen; ohne Wolke kann es keinen Regen geben; ohne Regen können die Bäume nicht wachsen; und ohne Bäume können wir kein Papier herstellen. Diese Wolke ist für die Existenz des Papiers unbedingt notwendig. Ist die Wolke nicht hier, kann auch das Papier nicht hier sein. Wir können also sagen, daß die Wolke und das Papier *in-einander sind*. Die Form weist an sich kein gesondertes Selbst auf, aber sie ist erfüllt von allem, was im Kosmos existiert.«[2]

Weiter erklärt er, daß der Dualismus eine Illusion ist. »Es gibt rechts und es gibt links; wenn du Partei ergreifst, versuchst du die Hälfte der Realität zu eliminieren, und das ist unmöglich. Es ist eine Illusion zu denken, daß du rechts ohne links, das Gute ohne das Böse, Frauen ohne Männer, die Rose ohne Dornen haben kannst.«[3]

## Heilung der Spaltung zwischen dem Weiblichen und Männlichen

Die Spaltung zwischen Frauen und Männern mag ihre Wurzel im Eigentumsrecht und in der Frage der Nachkommenschaft haben, aber diese Kluft wurde durch die meisten religiösen und politischen Systeme noch erheblich erweitert und vertieft. Die Aussage in Genesis 3:16, wonach der Mann über die Frau herrschen solle, war kein göttliches Dekret, sondern patriarchale Propaganda. Die Religion unseres westlichen Kulturkreises hat die Menschheit dazu ermuntert, den Frauen die Schuld für das Böse in dieser Welt anzulasten und sie von einer gleichberechtigten Stimme in spirituellen, politischen und wirtschaftlichen Angelegenheiten auszuschließen. Die

Erbsünde, die sich auf Adams und Evas Sündenfall im Paradies gründet, spielte seit der Zeit des Augustinus im vierten Jahrhundert eine wichtige Rolle, weil sie, wie Matthew Fox schreibt, »den Imperiumerbauern, den Sklavenhaltern und der patriarchalen Gesellschaft im allgemeinen hervorragend in die Hände spielt. Mit ihr läßt sich teilen und herrschen, lassen sich Gedanken gegen Gefühle, der Körper gegen den Geist, politische Geschäfte gegen persönliche Bedürfnisse, Menschen gegen die Erde, Tiere und die Natur im allgemeinen ausspielen.«[4]

Als Elaine Pagels Recherchen zu ihrem Buch *Adam, Eve and the Serpent* anstellte, mußte sie schockiert feststellen, »wie außerordentlich tief religiöse Traditionen in die Strukturen unseres politischen Lebens, unserer Institutionen und Einstellungen zur menschlichen Natur eingebettet sind« und wie tiefgreifend diese alle unsere moralischen Entscheidungen beeinflussen.[5] Wenn die vorherrschende religiöse Tradition besagt, daß nur Gott und dem Kaiser als seinem Stellvertreter auf Erden die höchste Gewalt zukommen, dann ist es niemandem möglich, eigene moralische Entscheidungen über die persönliche Lebensweise zu treffen. Für diese Entscheidungen müssen Gesetze geschaffen werden. Dieses grundsätzliche Mißtrauen sehen wir sich jetzt im gegenwärtigen politischen Aufruhr manifestieren, den die Debatte über die freie Entscheidung der Frauen, Kinder zu bekommen, auslöst.

Betrachtet man die menschliche Natur als im wesentlichen sündig und verderbt, dann kann kein Vertrauen entstehen. Und es bleibt auch wenig Platz für eine veränderte Einstellung gegenüber jenen, die man für seine Feinde hält. Viele Politiker zeigten diese Haltung in ihrem Umgang mit der ehemaligen Sowjetunion und verzögerten die Verhandlungen über ein Ende des Wettrüstens. Sie flüchteten sich in eine Mentalität des kalten Krieges, wonach Vertrauen in den »anderen« nichts weiter als ein Zeichen von Ignoranz, Naivität oder Schwäche ist.

Die Botschaft Christi, daß jedes menschliche Wesen – Frau, Mann und Kind – nach dem Bilde Gottes geschaffen ist, bedeutete für die Kultur seiner Zeit eine sehr radikale Aussage. Im Römischen Reich waren dreiviertel der Bevölkerung Sklaven oder Nachkommen von Sklaven, und er predigte, daß diese Menschen, und nicht nur allein der Kaiser, eins mit Gott seien.[6] Eine Einheit von Göttlichkeit und

Menschsein hatte weitreichende politische Implikationen, und deshalb wurde Christus zum Tode verurteilt.

In patriarchalen Beziehungen, seien sie nun politischer, religiöser oder persönlicher Art, kann nur einer oben sein. Es gibt immer einen Herrschenden und einen Beherrschten. Will eine dominante Person ihre Macht aufrechterhalten, dann muß sie ihren Partner unten halten. Dies schafft ein ganz bestimmtes Denkmuster, in dessen Kontext die eine Person davon ausgeht, daß sie herrscht, und die andere erwartet, daß sie beherrscht wird. Bildlich dargestellt sieht dieses Modell im Falle von zwei beteiligten Personen wie eine Wippe aus, sind mehr daran beteiligt, dann wird eine Pyramide daraus.[7]

In den meisten Arbeitssituationen gibt es einen Boß, der die Vision und das Denken der Firma beherrscht und kompetente Arbeitskollegen anheuert, die schnell lernen, die Wünsche des Chefs zu erahnen. Auch die meisten Familien bedienen sich der Pyramidenstruktur. Ein Erwachsener dominiert, und der Partner und/oder die Kinder lernen, sich an dessen Bedürfnisse, Anordnungen und Stimmungen anzupassen und ihnen zu entsprechen. Manchmal ist diese dominante Person natürlich auch ein seine Eltern tyrannisierendes Kind. Die Armee, die katholische Kirche, die meisten Korporationen, Konzerne, Schulen und Gewerkschaften sind hervorragende Beispiele einer solchen rigide hierarchisch strukturierten Pyramide. Ein Fakultätsleiter in Los Angeles sagte kürzlich, daß es leichter sei, einen Friedhof in Bewegung zu setzen, als seine Dozenten zur Kooperation zu veranlassen.

Mary Ann Ceijka schreibt über die Sünde des Sexismus, die diese Hierarchiepyramiden in unserer Gesellschaft geschaffen haben, wobei sie die Wurzeln dieser Strukturen und Einstellungen nicht auf das Christentum oder Judentum, sondern auf das Römische Reich zurückführt. Sie fordert eine Konvertierung von der Hierarchie zur Gemeinschaft.

»Marc Ellis von der Maryknoll School of Theology vertritt die Ansicht, daß es die Hauptaufgabe des heutigen Christen, der Kirche sowie der Einzelperson, ist, die Umwandlung vom Gedanken des Imperiums zum Gedanken der Gemeinschaft zu bewerkstelligen. Dies heißt, daß wir uns von der Idee der Pyramide lösen müssen. Die Struktur der Gemeinschaft ist ein Kreis. In einem Kreis ist Bewegung ein leichtes und findet nicht auf Kosten anderer statt. Ein Kreis als Ganzes hat die Grundform eines Rads und ist somit die angemessene soziale Struktur für ein ›Pilgervolk‹, *ein Volk, das gemeinsam eine Reise unternimmt*. Menschen, die sich innerhalb eines Kreises befinden, teilen die gleiche Perspektive; sie können einander in die Augen sehen. Ein Kreis erleichtert Verantwortlichkeit und Verpflichtung.«[8]

## Eine runde Perspektive

Ein Kreis schließt ein, er schließt nicht aus. Das Symbol des Weiblichen ist ein Kreis, er steht für den Schoß, das Gefäß und den Gral. Frauen neigen dazu zusammenzuhocken; sie mögen sich gern auf etwas beziehen, sind gerne hilfreich und mit etwas verbunden. Sie haben immer Dinge *zusammen* getan, zusammen genäht, gestickt, eingemacht und die Kinder im Park beaufsichtigt. Sie bitten sich gegenseitig um Unterstützung und feiern miteinander Erfolge. »Frauen haben sich immer im Kreis getroffen, sich kollegial aufeinander bezogen, ohne daß eine von ihnen Autorität oder Macht ›über‹ die anderen haben müßte.«[9]

Riane Eisler bezieht sich in ihrem Buch *Von der Herrschaft zur Partnerschaft* auf die Berichte von Marija Gimbutas' archäologischen Ausgrabungen, um aufzuzeigen, daß sich ganze Gesellschaften auf das Modell des Kreises oder Grals gründeten statt auf das Modell der Pyramide und des Schwerts.[10] Diese Gesellschaften lebten das partnerschaftliche Modell einer Macht, um etwas in Gemeinschaft mit anderen zu vermögen und zu tun, statt eines Modells der *Macht über*. Die neolithischen Gesellschaften dieser Region entwickelten im Zeitraum von ungefähr 7000 bis 3500 v. Chr. eine komplexe soziale Organisation, zu der auch die handwerkliche Spezialisierung gehörte. Sie verwendeten Metalle wie Kupfer und Gold zur Herstellung von Schmuck und Werkzeugen. Sie entwickelten sogar eine Art rudimentärer Schrift. Sie waren geschlechtlich gleichgestellt, weniger autoritär und friedfertiger als die hierarchisch organisierten Gesellschaften.

Ausgrabungsstätten in Catal Hüyük und Hacilar – »wo sich für einen Zeitraum von über fünfzehnhundert Jahren keinerlei Anzeichen kriegsbedingter Zerstörungen nachweisen lassen«, deuten darauf hin, daß »männliche Vorherrschaft *nicht* die Norm war. ›Es gibt

Hinweise auf eine Arbeitsteilung zwischen den Geschlechtern, nicht jedoch auf Über- und Unterordnung.‹«[11]

Wie Marija Gimbutas feststellte, geht aus »praktisch allen bekannten Begräbnisstätten des alten Europa... aus den Grabbeigaben hervor, daß Männer und Frauen in den Gesellschaftsformen der damaligen (neolithischen) Zeit gleichrangig waren«. Und sie schreibt weiter: »Aus dem 53 Gräber umfassenden Friedhof von Vinca ließ sich, was die Üppigkeit der Beigaben anbetrifft, kein Unterschied zwischen Männer- und Frauengräbern erkennen... Im Hinblick auf die Rolle der Frau in der Gesellschaft läßt die Beweislage in Vinca eine gleichberechtigte und eindeutig nichtpatriarchalische Gesellschaft vermuten. In Varna verhielt es sich kaum anders. Ich kann dort keinerlei Rangordnung nach Art einer patriarchalischen männlich-weiblich orientierten Werteskala erkennen.«[12]

Es fanden sich Anzeichen dafür, daß es sich vielmehr um matrilineare Gesellschaftsformen handelte, in denen Abstammung und Erbe durch die Mutter weitergegeben wurden und Frauen in allen Lebensbereichen eine Schlüsselrolle spielten. »In Nachbildungen von Hausschreinen und Tempeln sowie in tatsächlichen Tempelruinen werden Frauen dargestellt, wie sie die Vorbereitung und Durchführung von rituellen Handlungen überwachen, die den verschiedenen Aspekten und Funktionen der Göttin zugeordnet sind. Enorme Energien wurden auf die Produktion von Kultgegenständen und Votivgaben verwendet... Die künstlerisch wertvollsten Schöpfungen des alten Europa – die feinsten Gefäße, Skulpturen usw., die heute noch erhalten sind – waren das Werk von Frauen.[13] Die in den paläolithischen Höhlen, den Ebenen Anatoliens und an anderen Stätten des Nahen und Mittleren Ostens gefundenen Skulpturen zeigen, daß die Verehrung der Göttin stets eine zentrale Rolle spielte. Diese »ermöglichen uns einen unverstellten Blick auf die mythischen Vorstellungen, die den religiösen Ritualen jener Zeit zugrunde lagen. Vor allem aber zeigen sie uns, daß ... weibliche Statuetten und Symbole eine zentrale Position einnahmen«.[14]

Bemerkenswert an der neolithischen Kunst ist das Fehlen von Waffen, von idealisierenden Darstellungen von Helden und Schlachten, es finden sich keine Hinweise auf Sklaverei und im übrigen auch keine militärischen Befestigungsanlagen. Diese Gesellschaften waren noch nicht von der späteren Invasion nomadischer Kurgan-Völker tangiert, die blutdurstige Götter anbeteten. Die Göttin spielte in allen Lebensbereichen eine zentrale Rolle. Überall in den Schreinen und Häusern, auf Vasen und Tongefäßen fanden sich Natursymbole – Sonne, Wasser, Stiere, Vögel, Fische, Schlangen, das kosmische Ei, Schmetterlinge und Darstellungen der Göttin sowohl im schwangeren Zustand wie auch im Moment des Gebärens.[15] »Und wenn das zentrale religiöse Symbol eine gebärende Frau war statt, wie heutzutage, ein sterbender Gekreuzigter, dann ist auch die Annahme berechtigt, daß Leben und Lebensfreude und nicht Tod und Todesangst in jener Gesellschaft und ihrer Kunst eine dominierende Rolle spielten.«[16]

In diesen Gesellschaften gab es keine Trennung zwischen dem Säkularen und Sakralen; Religion war Leben, und Leben war Religion. In den Göttinnenreligionen war das Oberhaupt der heiligen Familie eine Frau: die große Mutter. Was die säkulare Familie angeht, so war die Abstammung matrilinear bestimmt und der Wohnort matrilokal, das heißt der Mann lebte im Klan oder in der Familie der Frau.[17] Das machte diese Gesellschaften noch nicht matriarchal. Männer wie Frauen waren Kinder der Göttin; »es war eine partnerschaftlich strukturierte Gesellschaft, in der von beiden Hälften der Menschheit keine Vorrang vor der anderen genießt und in der Unterschiedlichkeit nicht mit Unter- und Überlegenheit gleichgesetzt wird«.[18] Ein Miteinander statt Rangfolge, Partnerschaft statt Herrschaft war die vorherrschende Einstellung.

Marija Gimbutas schreibt, daß »es in der Welt des Mythos keine Polarisierung in Weiblich und Männlich gab, wie es bei den indoeuropäischen sowie vielen anderen Nomaden- und Hirtenvölkern der Steppe der Fall war. Beide Prinzipien manifestieren sich Seite an Seite. Die männliche Gottheit in Gestalt eines jungen Mannes oder eines männlichen Tiers (die die Göttin oft begleitete) scheint die Kräfte des schöpferischen und aktiven Weiblichen zu bestätigen und zu bestärken. Keines ist dem anderen untergeordnet. Sie ergänzen einander und verdoppeln so ihre Macht«.[19]

Im Rahmen der überlieferten Geschichte der Menschheit existierten einige partnerschaftlich strukturierte Gesellschaften, in denen die lebensspendenden Aspekte des Göttlichen als Bestandteil des Alltags verehrt wurden, wobei geschlechtsspezifische Unterschiede bei der Ausführung religiöser und alltäglicher Praktiken keine Rolle spielten. Wir wissen das nicht nur aus der paläolithischen Höhlenkunst Westeuropas und den Begräbnisstätten in Catal Hüyük und Halicar, sondern auch aufgrund dessen, was uns über die minoischen Kreter, die christlichen Gnostiker, die frühen Kelten, die Ureinwohner Amerikas, die Balinesen bekannt ist, um nur einige zu nennen.

## Die Doppelnatur des Göttlichen

Mirca Eliade schreibt über die in vielen Religionen existierende Doppelnatur des Göttlichen, in denen sich auch die allerobersten weiblichen oder männlichen Gottheiten androgyn zeigen. Und ganz gleich, in welcher Form sich die Gottheit manifestiert, er oder sie ist die letzte Wirklichkeit, die absolute Macht, und diese Wirklichkeit, diese Macht läßt sich nicht durch irgendwelche Attribute (gut, böse, männlich, weiblich oder was immer) einschränken.[20]

Mary Ritchie Key berichtet in *Male/Female Language* davon, daß die Azteken, die kein auf das Geschlecht gegründetes grammatikalisches System hatten, glaubten, daß ein einziges Prinzip dualer Natur der Ursprung der Welt und aller menschlicher Wesen gewesen sei. »Dieses höchste Wesen hatte ein männliches und weibliches Antlitz ... Diese in ihrem Wesen duale Gottheit verfügte über die männlichen und weiblichen regenerativen Fähigkeiten. *Ometeotl* als alleiniges oberstes Wesen vereinigte zwei unterschiedliche Aspekte in sich. *Ome* = zwei, und *teotl* = Gott.«[21]

Elaine Pagels schreibt über die gnostischen Evangelien, jene zweiundfünfzig im ersten bis vierten Jahrhundert von frühen Christen verfaßten Texte, die 1945 von einem arabischen Bauern in Nag Hammadi in Oberägypten entdeckt wurden. Diese häretischen Schriften liefern Beweise dafür, daß Jesus von Gott der Mutter und Gott dem Vater gesprochen hatte. »Im Evangelium des Thomas stellt Jesus seine irdischen Eltern, Maria und Joseph, seinem göttlichen Vater, dem Vater der Wahrheit, und seiner göttlichen Mutter, dem Heiligen Geist gegenüber.«[22] Der Geist ist sowohl die Mutter wie die Jungfrau; die Gemahlin und Ergänzung des himmlischen Vaters. Auch im Evangelium des Philippus wird davon gesprochen, daß sich die Jungfrauengeburt Christi »auf die geheimnisvolle Vereinigung der zwei göttlichen Mächte, dem Vater des Alls und dem Heiligen Geist« bezieht.[28] Ewiges mystisches Schweigen und Heiliger Geist waren die Namen der göttlichen Mutter, aber auch Sophia: Weisheit, der Urgedanke. »Nicht nur, daß sie der ›erste universale Schöpfer‹ ist, der alle Geschöpfe hervorbringt, sie erleuchtet auch die Menschen und macht sie weise.«[24]

Um das Jahr 200 n. Chr. waren praktisch alle weiblichen Abbildungen von Gott aus der Hauptströmung christlicher Tradition verschwunden. Bis dahin allerdings hatten, worauf einiges schließen läßt, auch Frauen Machtpositionen in der Kirche inne. »Unter solchen gnostischen Gruppen wie den Valentinianern wurden die Frauen den Männern gleich geachtet; einige wurden als Propheten verehrt, andere handelten als Lehrer, herumreisende Evangelisten, Heiler, Priester, wahrscheinlich sogar Bischöfe.«[25] Diese allgemeine Beobachtung ist nicht überall anwendbar, aber um 180 n. Chr. schrieb der verehrte Kirchenvater der ägyptischen Kirche, Clemens von Alexandria, der sich selbst als orthodox bezeichnete, jedoch Kontakt mit gnostischen Gruppen hatte, daß »Männer und Frauen gleichen Anteil an der Vollkommenheit haben und dieselbe Unterweisung und Disziplin erhalten sollten. Denn den Namen ›Mensch‹ haben Männer und Frauen gemeinsam; und für uns ›gibt es in Christus weder männlich noch weiblich‹«.[26]

Leider gewannen Clemens' Ansichten über die Gleichberechtigung der Geschlechter nur wenige Anhänger unter den Kirchenführern des zweiten Jahrhunderts. Das Bewußtsein von einer männlichen Hierarchie konnte sich aus sekulären oder religiösen Gründen einer Gleichberechtigung der Frauen nicht öffnen. »Ob sich kreative Möglichkeiten oder aber eine regressive Zerstörung durchsetzen, hängt nicht von der Natur des Archetypus oder Mythos ab, sondern von der Einstellung und dem Grad des Bewußtseins.«[27] Clemens mußte feststellen, daß seine Anschauung, die durch die in den gebildeten und wohlhabenden Kreisen der ägyptischen Gesellschaft vorherrschenden kosmopolitischen Atmosphäre Alexandrias geprägt war, nur wenig Auswirkung auf die in Kleinasien, Griechenland, Rom, in den afrikanischen Provinzen und in Gallien verstreuten christlichen Gemeinden hatte.[28]

## Keltisches Christentum

Der Same des frühen Christentums blühte je nach der Kultur, in der er sich verwurzelte, verschiedenartig auf. Bei den frühen Kelten war die gesamte Gesellschaft auf eine Integration von Spiritualität und Leben hin orientiert. Sie glaubten, daß alles Leben aus einer höchsten Quelle hervorging und daß es die Funktion des Lebens sei, mit den unsichtbaren Welten in Harmonie zu leben. Die dreifache Spirale, die wir in der keltischen Kunst finden, spiegelt die Energie der dreifachen Göttin wider; die kausale Welt, die Welt des Gedankens (die mystische Welt) und die physische Welt. Da sich die Gottheit sowohl in der Natur wie in der Seele zeigt, wurde die Welt der Natur als eine Tür zu den unsichtbaren Welten verstanden.

Die Gestalt des Jesus, der wußte, wie man zwischen den beiden Welten hin- und herwandert, traf so auf ein fruchtbares Verständnis vom Geheimnisvollen. Die Fähigkeit, dieses zu leben, zwischen den Welten zu wandern, war bereits Teil des keltischen Bewußtseins, und daher wurde Jesus im gesamten keltischen Reich mit Inbrunst von den druidischen Lehrstätten adoptiert. Das keltische Kreuz hatte in seiner Bedeutung nie den Tod Christi zum Inhalt, sondern stets die Fähigkeit des Hin- und Herwanderns zwischen den Welten.

Das keltische Christentum betonte nicht die Doktrin, sondern die direkte, persönliche Erfahrung des Geistes. Die Menschen wurden ermuntert, ihr Ausdruck zu geben und sie zu leben, wobei sie Seelenfreunde als Berater hatten. Die Gemeinschaft war nicht hierarchisch gegliedert; der Seelenfreund war vor allem ein spiritueller Berater und weniger eine eklesiastische bischöfliche Autorität. Das keltische Christentum nahm bereitwillig das Weibliche an, förderte die Entwicklung der Intuition und die sinnenhafte Erfahrung des Lebens. Die sinnliche Emotion galt als Weisheit des Körpers, und nie konnte der menschliche Körper für etwas Schlechtes gehalten werden. Man legte ein enormes Gewicht auf das Lernen und Verstehen der Tatsache, daß Menschen durch ihren freien Willen die Macht haben, ein Leben innerhalb des Plans der Natur zu führen.

Da die Kelten Stammesvölker waren, waren ihre Lehrstätten dezentral organisiert; die Autorität lag bei der Gruppe, und die Äbtissin oder der Abt fungierten als erfahrene Therapeuten. Dies ähnelte in seinem Aufbau dem Zen-Buddhismus. Die keltischen Christen glaubten, der Geist manifestierte sich in einem interagierenden Energiefeld von fünf nicht hierarchisch gegliederten Schichten: Die Welten der Minerale, Pflanzen, Tiere, Menschen und Engel waren miteinander verflochten.

Dieses fünfschichtige Energiefeld wurde für mich zur lebendigen Realität, als ich auf der schottischen Isle of Iona bei Vivienne Hull das keltische Christentum studierte. Die wunderschöne Insel ist ein »sehr lichter Ort«, ein Ort, wo sich leicht zwischen den Welten wandern läßt, ein Ort, an dem wir spüren, daß wir von den unsichtbaren Welten berührt werden.

In der keltischen christlichen Kirche nahmen die Frauen ihren gleichrangigen Platz neben den Männern ein; sie durchreisten als Predigerinnen die Britischen Inseln und nahmen hohe Posten ein. St. Brigit war im fünften Jahrhundert eine der Äbtissinnen von Kildare, die das heilige Beltanefeuer am Brennen hielt, was auch elf ihrer Nachfolgerinnen taten. Dieses Feuer brannte bis ins elfte Jahrhundert hinein, wo es dann auf Anordnung Roms vom Bischof ausgelöscht wurde. Trotz der Zensur der römischen Kirche hat das keltische Christentum seine Hinwendung zum Weiblichen, zur Natur, zum Mystizismus und zur intuitiven Einsicht nie verloren. Die keltischen Christen hatten das Gefühl, sie würden sich von der Erde abtrennen, wenn sich die Religion vom Weiblichen abspaltete. Und das keltische Christentum blühte eintausend Jahre lang und erfährt gegenwärtig eine Wiederbelebung und neue Blüte. Es stellt die Frage, die wir uns alle stellen: »Sind wir bereit, Grenzbewohner zu sein und zwischen den Welten hin- und herzuwandern?«[29]

Die Welt sieht sich gegenwärtig mit vielen schwierigen Übergängen konfrontiert, und Menschen in allen Ländern machen sich Sorgen um den Planeten als Ganzes und das Wohl der Erdengemeinschaft. Es ist dringend notwendig, daß wir im Kern unseres Lebens die spirituelle Vision wiederherstellen. Jetzt, da wir auf die Jahrtausendwende zugehen, kommen viele der alten Lehren wieder auf uns zurück, die die Wechselbeziehungen zwischen Materie und Geist, Körper und Seele, Natur und dem Heiligen, dem Menschlichen und Göttlichen achten und ehren. Die Spiritualität der Maya, der tibetischen Buddhisten, der Ureinwohner Amerikas und Göttinnenreligionen beleben diese alten Wahrheiten wieder.

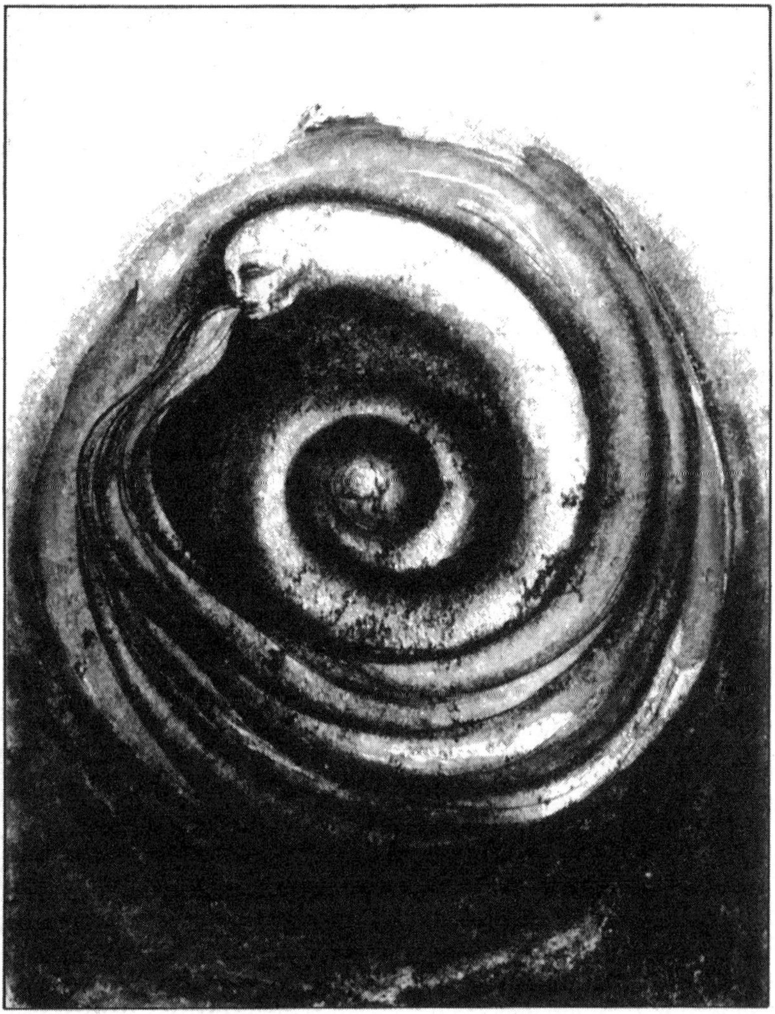

*»Geburtsstein«, Gemälde von Deborah Koff-Chapin*

## Der Kreis als Lebensmodell

Die reinste, einfachste, allumfassendste Form ist der Kreis.[30] Es ist die erste Form, die ein Kind malt, eine Form, die sich in der Natur endlos wiederholt. Sie drückt Harmonie aus, spendet Trost und wirkt transformativ. Ein Kreis ist ohne Anfang und Ende. Nichts wird ausgeschlossen, alles findet seinen Platz und wird als integraler Aspekt eines Gesamtgeschehens begriffen.[31] Wenn wir mit anderen im Kreis sitzen, sind alle gleichberechtigt und miteinander verbunden. Niemand nimmt eine Machtstellung ein; die Macht wird geteilt, und für Egozentrik ist kein Platz. Dadurch, daß wir im Kreis alle miteinander verbunden sind und für uns nur Bedeutung im Kontext des Kreises ableiten können, wird die Vision einer jeden von uns transformiert. Im Kreis ereignet sich Magie. Ein Kreis bedeutet eine Umarmung im Geben und Nehmen; er lehrt uns etwas über bedingungslose Liebe.

»Das uranfängliche Mandala war zweifellos ein auf den Boden gezeichneter Kreis. Aus diesem Kreis heraus bewegte sich der Initiand durch eine magische Welt, in der er nichts weiter als die Zunge der Erde war, die den Sternen ihr Lied singt. Das Rad der Zeit dreht sich. Und ein weiteres Mal wird der magische Kreis gezogen.«[32]

Kürzlich hatte ich die Gelegenheit, an einem fünftägigen Retreat für höhere High-School-Semester teilzunehmen, wobei wir uns des indianischen Stammesratsmodells als primärer Kommunikationsform bedienten. Dabei sitzen wir im Kreis und geben einen Redestab weiter. Nur die Person, die diesen rituellen Gegenstand in Händen hält, darf sprechen, und die anderen hören mit dem Herzen zu. Wir treten in eine rituelle Raum-Zeit ein.

Das Thema der Besprechung waren die männlich/weiblichen Beziehungen, und wir begaben uns in eine zeitlose Zeit, innerhalb derer sich die Einstellung einer jeden Person zu diesem vielseitigen Thema transformierte. Im Verlaufe dieses Geschehens wurde mir klar, daß dieser Kreis ein mächtiges Vehikel war, das Männern und Frauen erlaubte, ihre Einstellung zu sich selbst und zueinander zu verändern, zueinander zu sprechen und sich gegenseitig mit dem Herzen zuzuhören.

Wir hörten vom Schmerz eines jungen Mädchens, das von seinem Vater sexuell belästigt worden war, und von seiner daraus folgenden

Wut auf alle Männer, weil sie nicht aufhören, Frauen verdeckt oder offen zu mißbrauchen. Es machte jedes anwesende männliche Wesen dafür verantwortlich. Die Jungen beantworteten diese Anschuldigungen mit ihrer eigenen Wut und Abscheu von der Unsensibilität und den Übergriffen bestimmter Männer, die sich nur Macht auf Kosten anderer aneignen können. Sie gaben auch ihrer Angst und Scham Ausdruck, weil sie nicht wußten, wie sie eingreifen konnten, und äußerten ihre Besorgnis, selbst zu dieser Kategorie von Männern gezählt zu werden. Ihre Gefühle von Unzulänglichkeit waren überdeutlich spürbar.

Mädchen äußerten ihren Zorn über die sexuellen Belästigungen auf der Straße und ihre Angst um ihre Sicherheit. Jungen sprachen über ihre Unsicherheit in bezug auf ihre physischen Körper, darüber, daß sie in unserer Gesellschaft einem männlichen Machobild zu entsprechen haben, und über ihre Verwirrung, weil sie nicht wissen, wie sie mit Mädchen gesellschaftlichen Umgang pflegen sollen, ohne daß von ihnen eine sexuelle Leistung erwartet wird. Mädchen sprachen darüber, daß sie in der Schule ständig nach ihrem Körper und Aussehen beurteilt werden und intelligenter als ihre männlichen Mitschüler sein müssen, um in der Klasse auf sich aufmerksam zu machen. Jungen schilderten ihren Schmerz und ihre Frustration, wenn sie zuhören müssen, wie sich Freunde von ihnen mit ihren sexuellen Eroberungen von Mädchen brüsten, die ihrem Freundeskreis zugehören. Mädchen und Jungen äußerten ihre Ängste über die bevorstehende Trennung von der Familie und ihren Freunden, wenn sie die High-School beendet haben.

Es flossen viele Tränen, und es gab viele spannungsgeladene Momente. Zorn über die falschen Wahrnehmungen voneinander kam zum Ausdruck. Angst, daß bei all dieser großen und oft unausgesprochenen Verwirrung in bezug aufeinander Frauen und Männer nie harmonisch zusammenleben könnten. Wir hörten die Vorurteile, die Menschen über andere Menschen hegen, die einer anderen Rasse oder einem anderen Alter zugehörten oder eine andere sexuelle Neigung haben. Es dauerte vier Stunden, bis alle sechsundzwanzig Studentinnen, Studenten und Fakultätsmitglieder gesprochen hatten. Man konnte eine Nadel zu Boden fallen hören; alle Aufmerksamkeit war auf die Person gerichtet, die den Redestab in den Händen hielt. Und niemand verließ unberührt und unverändert diesen Kreis.

In dieser Nacht hatte ich einen Traum über unsere Ratsversammlung. Eine Schlange kam durch die Tür herein und schlängelte sich in die Mitte des Kreises. Niemand bewegte sich; alle beobachteten schweigend die Schlange. Sie bewegte sich im Kreis herum, sah jede Person an und hielt ab und zu inne, um etwas länger hinzublicken. Schließlich richtete sie den Blick auf mich, sah mir tief in die Augen, sah vielleicht durch mich hindurch. Sie öffnete das Maul und sagte nur ein Wort, das aber mit solchem Nachdruck, daß ich sofort verstand. *»Transformation«*, zischte sie.

Diese Ratsversammlung gab mir große Hoffnung. Wenn High-School-Studentinnen und -Studenten mit ihren Lehrern im Kreis zusammenkommen und mit dem Herzen einer jeden Person zuhören können, ihre Angst, ihre Wut, ihre Freude, ihre Verzweiflung und Hoffnung für die Zukunft hören können, dann werden vielleicht diese jungen Erwachsenen und die Kinder, die nach ihnen kommen, eine Heilung der Sünde der Dualität bewirken können. Diese Kinder lernen Mitgefühl; sie lernen einander zu akzeptieren und Fürsorge und Verbundenheit wertzuschätzen, statt Eroberung und Herrschaft. Sie lernen, daß wir im Grunde ein und dasselbe sind.

Diese gemeinsame Erfahrung von Mitgefühl wird jede und jeden von uns befähigen, ein tieferes Verständnis für die Verschiedenheit zu entwickeln, statt sich von ihr bedroht zu fühlen. Ich glaube, daß Frauen eine große Einwirkung auf die kritische Masse haben. Wenn jede und jeder von uns in sich die eigene weibliche und männliche Natur heilt, verändern wir das Bewußtsein auf diesem Planeten so, daß es von seiner Sucht nach Leiden, Konflikt und Herrschaft abkommt und die Notwendigkeit von Verbundenheit, Heilung, Balance und *Ineinander-sein* erkennt. Frauen müssen der Welt mehr Weisheit, mehr Prajna einhauchen, um das Gleichgewicht wiederherzustellen. Wir *sind* Pilgerreisende; wir unternehmen *gemeinsam* eine Reise, um zu lernen, wie wir die Würde aller sichtbaren und unsichtbaren Lebensformen achten und bewahren können; darin liegt unsere heroische Macht.

# Schlußbemerkung

Die alte Geschichte ist Vergangenheit, und der Mythos von der heroischen Suche hat auf der evolutionären Spirale eine neue Wendung bekommen. Die Suche nach dem »anderen«, nach dem Titel, dem Beifall, den Reichtümern, nach den fünfzehn Sekunden Ruhm in den Nachrichten ist nicht mehr angemessen. Diese mißgeleitete Suche hat dem Körper und der Seele der Frau und der zellularen Struktur der Mutter Erde einen zu hohen Preis abverlangt.

Die Heldin von heute muß ihr Schwert der Unterscheidung schwingen, um die Ego-Bande, die sie an die Vergangenheit ketten, zu durchtrennen, und sie muß herausfinden, was dem Ziel ihrer Seele dienlich ist. Sie muß ihre feindseligen Gefühle gegenüber der Mutter aufgeben, muß aufhören, dem Vater die Schuld zuzuschieben und/oder ihn zu verherrlichen, muß den Mut finden, sich ihrer eigenen Dunkelheit zu stellen. Es ist an ihr, ihren Schatten zu benennen und zu akzeptieren. Frauen erhellen diese inneren dunklen Schattenräume durch eine Praxis der Meditation, durch Kunst, Dichtung, Spiel, durch Beziehungen und das Graben in der Erde.

Das Wort *Heldin* hat viele Bedeutungen, und die Frau, die diesen Titel trug, kam in vielen Verkleidungen daher. Sie war eine Dame in Bedrängnis, die auf ihre Rettung durch einen Ritter in glänzender Rüstung wartete, eine Walküre, die durch die Luft brauste und ihre Truppen in die Schlacht führte, eine Künstlerin allein in der Wüste, die Knochen bemalte, eine kleine Nonne, die die Wunden der Armen in Kalkutta heilte, eine Supermutter, die mit Portemonnaie und Babyrezepten jonglierte. Und mit jeder neuen Generation verwandelte sie das Gesicht der Frau.

Die Aufgabe der Heldin von heute, kurz vor einer Jahrtausendwende, besteht darin, das Silber und Gold in ihrem *Selbst* auszugraben. Sie muß eine positive Beziehung zu ihrem inneren Mann mit Herz entwickeln und zur Stimme ihrer Frau von Weisheit finden, um sich von ihrer Entfremdung vom heiligen Weiblichen zu heilen. Indem sie Körper, Seele und Geist Achtung und Ehre erweist, heilt sie die Spaltung in sich selbst und in unserer Kultur. Die Frauen von heute entwickeln den Mut, ihrer Vision Ausdruck zu geben, die Stärke, Grenzen zu ziehen, und die Bereitschaft, auf neue Weise die Verantwortung für sich selbst und andere zu übernehmen. Sie erinnern die Menschen an ihre Ursprünge, an die Notwendigkeit, achtsam zu leben, und an ihre Verpflichtung, das Leben auf Erden zu bewahren.

Frauen sind Weberinnen; wir verflechten uns mit Männern, Kindern und miteinander, um das Netz des Lebens zu schützen.

Frauen sind Schöpferinnen; wir bringen die Jungen zur Welt und die Kinder unserer Träume.

Frauen sind Heilerinnen; wir wissen um die Mysterien des Körpers, Blutes und Geistes, weil sie ein und dasselbe sind.

Frauen sind Liebende; wir umarmen voller Freude einander, Männer, Kinder, Tiere und Bäume, und hören mit unserem Herzen auf ihre Triumphe und ihr Leid.

Frauen sind Alchimistinnen; wir decken die Wurzeln der Gewalt, Zerstörung und Entweihung des Weiblichen auf und transformieren kulturelle Wunden.

Frauen sind Beschützerinnen der Seele der Erde; wir holen die Dunkelheit aus ihrem Versteck hervor und ehren die unsichtbaren Welten.

Frauen sind Taucherinnen; wir tauchen tief in die Mysterien hinab, wo es sicher ist und voller Wunder und feucht von neuem Leben.

Frauen sind Sängerinnen, Tänzerinnen, Prophetinnen und Dichterinnen; wir rufen Mutter Kali um Hilfe an, damit wir uns auf unserer Lebensreise daran erinnern, wer wir sind.

Kali, sei bei uns
Gewalt, Zerstörung, nimm unsere Huldigung an.
Hilf uns Licht in die Dunkelheit zu bringen,
den Schmerz, den Zorn aus der Tiefe zu bergen,
damit es sich offenbare
das Hemmungsrad unserer verletzbaren, verlangenden Liebe.
Ordne den Heißhunger dort ein, wo er hingehört
im Schöpfungsakt.
Rohe Kräfte schmieden ein Gleichgewicht
zwischen Haß und Liebe

Hilf uns, immer Hoffnung zu bewahren
als Gärtnerinnen des Geistes zu wissen
ohne Dunkelheit
wird nichts geboren
so wie ohne Licht
nichts zur Blüte gelangt

Trage die Wurzeln im Geist
Du, die Dunkle, Kali,
Furchteinflößende Macht

May Sarton *Die Anrufung der Kali*

# Anmerkungen

## Einleitung

1. Joseph Campbell, Interview mit der Autorin vom 15. 9. 1981 in New York.
2. Anne Truitt: *Daybook: The Journal of an Artist*, New York 1982, S. 110.
3. Joseph Campbell, *Der Heros in tausend Gestalten*, S. 237.
4. Interview mit Joseph Campbell.
5. Ebd.
6. Starhawk, *Wilde Kräfte*, S. 75.
7. Madeleine L'Engle, »Shake the Universe«, S. 182–85.
8. Rhett Kelly, »Lot's wife«, 1989.

## Kapitel 1 Die Trennung vom Weiblichen

1. Harriet Goldhor Lerner, *Women in Therapy*, S. 230.
2. Polly Young-Eisendrath und Florence Wiedemann, *Female Authority*, S. 4.
3. Joseph Campbell, *Der Heros in tausend Gestalten*, S. 322.
4. Ich benutze die Begriffe *weiblich* und *männlich* zur Beschreibung von Seinsweisen, von inhärenten Prinzipien menschlicher Existenz, die sich in Frauen und Männern verkörpern. Sie meinen nicht das Geschlecht. Die Worte *weiblich* und *männlich* wurden in unserer westlichen Kultur in ihrem Inhalt so verzerrt, daß nun allgemein Frau mit Schwäche und Mann mit Stärke gleichgesetzt wird. Statt dessen sollten sie sich auf ein Kontinuum von Eigenschaften beziehen, die ohne Beschränkung auf das Geschlecht allen Menschen inhärent ist. Die Aufgabe der Frau besteht darin, ihre Seinsweise selbst zu definieren, ohne die Einschränkungen, die uns durch solche Worte wie *weiblich* und *männlich* aufgedrängt werden.
5. Sibylle Birkhäuser-Oeri, *The Mother*, S. 14.
6. Lerner, *Women in Therapy*, S. 58.
7. Carol Pearson und Katherine Pope, *The Female Hero in American and British Literature*, S. 105.
8. Ebd.
9. Kathie Carlson, *In Her Image: The Unhealed Daughter's Search for Her Mother*, Boston & Shaftesbury 1989, S. 55.
10. Pearson und Pope, *The Female Hero*, S. 120.
11. Young-Eisendrath und Wiedemann, *Female Authority*, S. 45.
12. Ebd.
13. Adrienne Rich, *Von Frauen geboren*, S. 235.
14. Barbara G. Walker, *The Woman's Encyclopedia of Myths and Secrets*, S. 488.
15. Siehe Marija Gimbutas, *Goddesses and Gods of Ancient* Europe, und Merlin Stone, *Als Gott eine Frau war.*

16. Der von der Dichterin Lynn Sukenick geprägte Begriff *Matrophobie* bezeichnet die Furcht nicht vor der eigenen Mutter oder der Mutterschaft, sondern davor, wie die eigene Mutter zu werden. Siehe Rich, *Von Frauen geboren*, S. 227.
17. Rich, *Von Frauen geboren*, S. 210.
18. Lerner, *Women in Therapy* S. 182.
19. Ebd.
20. Carol Pearson, *Der Held in uns*.
21. Cheri Gaulke, Interview mit der Autorin vom 23. Oktober 1986 in Los Angeles.
22. Ebd.
23. Nach einer im Februar 1989 veröffentlichten Studie der Rand Corporation stiegen zwischen 1980 und 1986 die Löhne aller Arbeiterinnen gemessen am Lohn der Männer von sechzig auf fünfundsechzig Prozent. Bei den Frauen zwischen zwanzig und vierundzwanzig stiegen die Löhne der Frauen gemessen an den Löhnen der Männer von achtundsiebzig auf sechsundachtzig Prozent. Nach konservativer Schätzung werden Frauen im Jahr 2000 vierundsiebzig Prozent von dem verdienen, was Männer erhalten. Frauen leben aufgrund der niedrigeren Löhne und weil sie in Fällen von Alleinerziehung im allgemeinen die Betroffenen sind, eher in Armut. 1940 gab es unter zehn Familien nur einen weiblichen Haushaltsvorstand. 1980 hatte sich diese Zahl bereits um vierzig Prozent erhöht. Und zweiundsechzig Prozent von in Armut lebenden Erwachsenen waren Frauen. Solange die Familien im großen und ganzen intakt waren, wirkten sich die unterschiedlichen Löhne von Frauen und Männern noch nicht geschlechtsspezifisch in den Armutsstatistiken aus. Doch dieser Schutz hatte mit der steigenden Scheidungsrate und der zunehmenden Anzahl von unverheiratet lebenden und alleinerziehenden Müttern ein Ende.

    In ihrer Studie *The Second Shift* (New York 1989) über Eltern aus der Arbeiterschicht und die Revolution in den eigenen vier Wänden fand die Soziologin Arlie Hochschild heraus, daß Frauen den Hauptteil der Hausarbeit sowie der Kindererziehung leisten und somit versuchen, zwei Vollzeitjobs an einem 24-Stunden-Tag zu bewältigen. Nach ihren Erkenntnissen, die sie in einem Zeitraum von acht Jahren gesammelt hatte, arbeitete die amerikanische Frau in den letzten beiden Jahrzehnten durchschnittlich 15 Stunden mehr in der Woche als die Männer. Aufs Jahr gesehen summiert sich das Ganze auf einen ganzen zusätzlichen Monat von vierundzwanzig Stunden am Tag. Nur Frauen, die mehr als ihre Männer verdienen, verrichteten weniger als die Hälfte der Hausarbeit.
24. Janet O'Dallett, *When the Spirits Come Back*, S. 27.
25. Young-Eisendrath und Wiedemann, *Female Authority* S. 63.
26. Carlson, *In Her Image*, S. 77.

### Kapitel 2 **Identifikation mit dem Männlichen**


1. Linda Schmidt, »How The Father's Daughter Found Her Mother«, S. 8.
2. Kathy Mackay, »How Fathers Influence Daughters«, S. 1–2.
3. Ebd.
4. Ebd.
5. Ebd.
6. Ebd.
7. Ebd.
8. Linda Leonard, *Töchter und Väter. Heilung und Chancen einer verletzten Beziehung*, S. 150.
9. Mackay, »How Fathers Influence Daughters«.
10. Jean Shinoda Bolen, *Göttinnen in jeder Frau*, S. 121.
11. »Making It«, *L. A. Times Magazine*, 4. Dez. 1988, S. 72.
12. Polly Young-Eisendrath und Florence Wiedemann, *Female Authority*, S. 49.
13. Carol Pearson und Katherine Pope, *The Female Hero in American and British Literature*, S. 121.
14. Lewis Caroll, *Alice hinter den Spiegeln*, S. 63.
15. Pearson und Pope, *The Female Hero*, S. 123.
16. Linda Leonard, *Töchter und Väter*, S. 39–40.
17. Mackay, »How Fathers Influence Daughters«.
18. Carol Pearson, *Der Held in uns*, S. 224.


### Kapitel 3 **Der Weg der Prüfungen**


1. Kathy Mackay, »How Fathers Influence Daughters«.
2. Harriet Goldhor Lerner, *Women in Therapy*, S. 159.
3. Ebd., S. 162.
4. Betty Friedan, *Der zweite Schritt*, S. 191.
5. Carol Pearson und Katherine Pope, *The Female Hero in American and British Literature*, S. 66.
6. Ebd., S. 255.
7. Polly Young-Eisendrath und Florence Wiedemann, *Female Authority*, S. 119.
8. Pearson und Pope, *The Female Hero*, S. 143.
9. Die Geschichte von Psyche und Eros wurde Robert A. Johnson, *She: Understanding Feminine Psychology*, S. 5–22, entnommen.
10. Johnson, *She*, S. 23.
11. Ebd., S. 69.


### Kapitel 4 **Der illusorische Lohn des Erfolgs**


1. »Making It«, *L. A. Times Magazine*. 4. Dezember 1988, S. 72–74.
2. Betty Friedan, *Der zweite Schritt*, S. 47.
3. Ebd., S. 100.
4. Helen M. Luke, *Woman, Earth and Spirit*, S. 8.
5. Madonna Kolbenschlag, *Kiss Sleeping Beauty Goodbye*, S. 83.

## Kapitel 5 **Starke Frauen können »nein« sagen**

1. Zitiert in »Fueling the Inner Fire: A Conversation with Marti Glenn«, *Venus Rising*, 3 Nr. 1 (1989).
2. Roger L. Green, *Heroes of Greece and Troy*, S. 222.
3. Ebd., S. 222–23.
4. Carol P. Christ, *Laughter of Aphrodite*, S. 97–98.
5. Ebd., S. 98–99.
6. Ebd., S. 99.
7. John Russell, *New York Times*, Teil »Arts and Leisure«, Februar 1981. Zitiert in Betty Friedan, *Der zweite Schritt.*
8. Ausschnitte aus einem Workshop mit Jean Shinoda Bolen in »The Journey of the Heroine«, *Venus Rising*, 3, Nr. 1 (1989).
9. Sylvia Brinton Perera, *Der Weg zur Göttin der Tiefe*, S. 9.

## Kapitel 6 **Initiation und Abstieg zur Göttin**

1. Patricia Reis, »The Goddess and the Creative Process«, in Patrice Wynne, *The Womanspirit Sourcebook*, S. 181.
2. Barbara Walker, *The Sceptical Feminist*, S. 117.
3. Ebd., S. 122.
4. Merlin Stone, *Als Gott eine Frau war*, S. 307.
5. Barbara Walker, *The Sceptical Feminist*, S. 133.
6. Barbara Walker, *The Woman's Encyclopedia of Myth and Secrets*, S. 218–19.
7. Ebd., S. 219–20.
8. Ebd., S. 220.
9. *Homerische Hymnen*, Hymnus auf Demeter, Zürich 1983.
10. Jean Shinoda Bolen, *Göttinnen in jeder Frau*, S. 248–250.
11. Helen Luke, *Woman, Earth and Spirit*, S. 56.
12. Christine Downing, *The Goddess*, S. 48.
13. Luke, *Woman, Earth and Spirit*, S. 65.
14. C. G. Jung, »Psychologische Aspekte der Kore« in C. G. Jung und K. Kerenyi, *Einführung in das Wesen der Mythologie*.
15. Luke, *Woman, Earth and Spirit*, S. 57.
16. Ebd., S. 54.
17. Ebd., S. 64.
18. Sylvia Brinton Perera, *Der Weg zur Göttin der Tiefe*, S. 11–13.
19. Ebd., S. 89.
20. Ebd., S. 31.
21. Ebd., S. 33.
22. Ebd., S. 59.
23. Ebd., S. 101.
24. Ebd., S. 105.
25. Ebd., S. 120.
26. Ebd., S. 124.
27. Ebd., S. 139.

28. Ebd., S. 145.
29. Ebd., S. 140.

## Kapitel 7 Das dringende Verlangen nach einer Wiederverbindung mit dem Weiblichen

1. Jean Shinoda Bolen, »Intersection of the Timeless with Time: Where Two Worlds Come Together«, Rede vor der jährlichen ATP Konferenz, Monterey, Kalifornien, 6. August 1988.
2. Carol Christ, *Laughter of Aphrodite*, S. 124.
3. Bolen, ATP.
4. Jean Markale, *Die keltische Frau*, S. 121.
5. Ebd., S. 121.
6. Ebd., S. 118.
7. Buffie Johnson, *Lady of the Beasts*, S. 262.
8. Markale, *Die keltische Frau*, S. 122.
9. John Sharkey, *Celtic Mysteries*, S. 8.
10. Marion Woodman, *The Pregnant Virgin*, S. 58.
11. Ebd.
12. In Maureen Murdock, »Changing Women«, S. 43.
13. Marie-Louise von Franz und James Hillman, *Zur Typologie von C. G. Jung*, S. 165–66.
14. P. L. Travers, »Out of Eden«, S. 16.
15. Der vietnamesische buddhistische Mönch Thich Nhat Hanh lehrt die einfache Methode des Atmens und Lächelns.
16. Sheila Moon, *Changing Woman and Her Sisters*, S. 139.
17. Ebd., S. 136–38.
18. Ebd., S. 138.
19. Colleen Kelly, Interview mit der Autorin in Point Reyes, Kalifornien, vom 1. November 1986.
20. Mina Klein und Arthur Klein, *Käthe Kollwitz*, S. 104.
21. Käthe Kollwitz, *Die Tagebücher*, S. 542.
22. Mina Klein und Arthur Klein, *Käthe Kollwitz*, S. 92.
23. Luisah Teish, Interview mit der Autorin in Los Angeles vom 7. November 1986.
24. Moon, *Changing Woman*, S. 157–58.
25. Ebd., S. 169.
26. Kathleen Jenks, »Changing Woman«, S. 209, zitiert aus Hasten Klah und Mary Wheelwright, *Navajo Creation Myths* (Santa Fe, N. M.: Museum of Navajo Ceremonial Art, 1942), S. 152.
27. Joan Sutherland, Interview mit der Autorin in Malibu, Kalifornien, vom 6. Februar 1986.
28. Murdock, »Changing Women«, S. 44.
29. Nancee Redmond, ohne Titel, 10. Dezember 1986.

### Kapitel 8 Heilung der Spaltung zwischen Mutter und Tochter

1. Janet Dallett, *When the Spirit Comes Back*, S. 32.
2. Marie-Louise von Franz und James Hillman, *Zur Typologie von C. G. Jung, S. 162.*
3. Rose-Emily Rothenburg, »The Orphan Archetype«.
5. Lynda W. Schmidt, »How the Father's Daughter Found Her Mother«, S. 10.
6. Ebd., S. 18.
7. Patricia C. Fleming, »Persephone's Search for Her Mother«, S. 143.
8. Ebd., S. 144–47.
9. Ginette Paris, *Pagan Meditations*, S. 167.
10. Ebd., S. 178.
11. Zu Informationen über Zusammenkünfte von Frauen siehe Patrice Wynne, *The Womanspirit Sourcebook* (San Francisco 1988).
12. Paris, *Pagan Meditations*, S. 175.
13. Flor Fernandez, Interview mit der Autorin, Venice, Kalifornien, vom 14. Oktober 1989.
14. Mark Schorer, »The Necessity of Myth«, in Henry A. Murray, Hrsg., *Myth and Mythmaking*, S. 355.
15. Hilary Robinson, Hrsg., *Visibly Female: Feminism and Art Today* (New York 1988), S. 158.
16. Estella Lauter, *Women as Mythmakers*, S. 170.
17. Ebd., S. 1.
18. Ebd.
19. Nancy Ann Jones, Interview mit der Autorin in Los Angeles vom 10. August 1988.
20. Ebd.
21. Mayumi Oda, Interview mit der Autorin, zum Teil zitiert in Murdock, »Changing Women«, S. 45.
22. Buffie Johnson, Interview mit der Autorin in Venice, Kalifornien, vom 18. Februar 1986.
24. Ebd.
25. Susan Griffin, »Diese Erde: Was sie mir bedeutet«, in *Frau und Natur*, S. 252.
26. Marion Woodman, *The Pregnant Virgin*, S. 10.

### Kapitel 9 Den inneren Mann mit Herz finden

1. Jean Shinoda Bolen, »Intersection of the Timeless with Time: Where Worlds Come Together«, Rede vor der jährlichen ATP Konferenz, Monterey, Kalifornien, 6. August 1988.
2. Edward C. Whitmont, *Return of the Goddess*, S. 155.
3. *Los Angeles Times*, 29. Mai 1989.
4. Whitmont, *Return of the Goddess*, S. 172.
5. Carol Pearson, *Der Held in uns*, S. 223.
6. Sybille Birkhauser-Oeri, *The Mother*, S. 121.

7. Helen Luke, *Woman, Earth and Spirit*, S. 63.
8. June Singer, »A Silence of the Soul«, S. 32.
9. Erich Neumann, *Amor und Psyche*, S. 152.
10. Ethel Johnston Phelps, *The Maid of the North*.
11. Ebd., S. 37.
12. Ebd., S. 38.
13. Ebd., S. 39.
14. Ebd., S. 40.
15. Ebd., S. 43.
16. Ebd.
17. Ebd., S. 44.
18. Ebd.
19. Whitmont, *Return of the Goddess*, S. 167.
20. Ebd., S. 171.
21. Ebd., S. 173.
22. Bolen, ATP.
23. Betty DeShong Meador, »Uncursing the Dark«, S. 37–38.
24. Janine Canan, Hrsg., *She Rises Like the Sun* (Freedom, Kalifornien, 1989), S. 20.
25. Anne Waldman, »Secular/Sexual Musings«, S. 13.

## Kapitel 10 **Jenseits der Dualität**

1. Martin Buber, *Ich und Du* in *Das dialogische Prinzip*.
2. Thich Nhat Hanh bot eine Reihe von Retreats und Vorträgen über den amerikanischen Buddhismus in den USA an. Ausschnitte daraus wurden von Peter Levitt in *The Heart of Understanding* zusammengestellt.
3. Ebd.
4. Matthew Fox, *Original Blessing*, S. 54.
5. Interview von Bill Moyers mit Elaine Pagels über »Welt der Ideen«.
6. Ebd.
7. Donna Wilshire und Bruce Wilshire, »Gender Stereotypes and Spatial Archetypes«.
8. Mary Ann Cejka, »Naming the Sin of Sexism«, *Catholic Agiator*, April 1989, S. 2.
9. Wilshire und Wilshire, »Gender Stereotypes«, S. 82.
10. *The Early Civilization of Europe*, Monograph for Indo-European Studies 131 (Los Angeles UCLA, 1980), Kap. 2, S. 32–33, zitiert in Riane Eisler, *Von der Herrschaft zur Partnerschaft*, S. 21.
11. Eisler, *Von der Herrschaft zur Partnerschaft*, S. 51.
12. Ebd.
13. Ebd., S. 52.
14. Ebd., S. 53.
15. Ebd., S. 58.
16. Ebd., S. 61.
17. Ebd., S. 64–66.

18. Ebd., S. 72–73.
19. Marija Gimbutas, *Goddesses and Gods of Old Europe*, 7000–3500 B. C., S. 27.
20. Mircea Eliade, *Patterns in Comparative Religion*, zitiert in Marta Weigle, *Spiders and Spinsters*, S. 267.
21. Zitiert in Weigle, *Spiders and Spinsters*, S. 267.
22. Elaine Pagels, *Versuchung durch Erkenntnis*, S. 98.
23. Ebd., S. 99.
24. Ebd., S. 100.
25. Ebd., S. 106–7.
26. Ebd., S. 114.
27. Edward Whitmont, *Return of the Goddess*, S. 164.
28. Pagels, *Versuchung durch Erkenntnis*, S. 115.
29. Aufzeichnungen der Autorin von den Vorträgen von Vivienne Hull von der Chinook Community auf Iona, Schottland, 20.–21. Juni 1988.
30. Jose Arguelles und Miriam Arguelles, *Mandala*, S. 23.
31. Ebd., S. 127.
32. Ebd.

## Schlußbemerkung

1. May Sarton aus »The Invocation to Kali« in Laura Chester und Sharon Barba, Hrsg., *Rising Tides*, S. 67.

# Literaturhinweise


Arguelles, Jose und Arguelles, Miriam: *Das große Mandala-Buch · Mandala in Aktion*, Freiburg 1978 (Aurum)

Birkhauer-Oeri, Sibylle: *Die Mutter im Märchen*, Stuttgart 1977

Bolen, Jean Shinoda: *Göttinnen in jeder Frau*, Basel 1986.

Buber, Martin: *Das dialogische Prinzip*, Heidelberg 1962.

Campbell, Joseph: *Der Heros in tausend Gestalten*, Frankfurt a. M. 1978 (Suhrkamp TB).

derselbe: *Die Kraft der Mythen*, Zürich/München 1989.

Canan, Janine, Hrsg.: *She Rises Like the Sun*, Freedom, CA, 1989.

dieselbe: *Her Magnificent Body: New and Selected Poems*, Manroot Books 1986.

Carroll, Lewis: *Alice hinter den Spiegeln*, Frankfurt a. M. 1963 (Insel TB).

Chernin, Kim: *Reinventing Eve*, New York 1987.

Chester, Laura und Barba, Sharon, Hrsg.: *Rising Tides: 20th Century American Women Poets*, New York 1973.

Christ, Carol P.: *Laughter of Aphrodite*, San Francisco 1987.

Clift, Jean Dalby und Clift, Wallace B.: *The Hero Journey in Dreams*, New York 1988.

Dallett, Janet O.: *When the Spirits Come Back*, Toronto 1988.

Downing, Christine: *The Goddess*, New York 1981.

Edinger, Edward F.: *Ego and Archetype*, New York 1972.

Eisler, Riane: *Von der Herrschaft zur Partnerschaft*, München 1989.

Fox, Matthew: *Original Blessing*, Santa Fe 1983.

Friedan, Betty: *Der zweite Schritt*, Reinbek 1982 (Rowohlt TB).

Gimbutas, Marija: *Goddesses and Gods of Old Europe, 7000–3500 B. C.*, Berkeley und Los Angeles 1982.

Green, Roger: *Heroes of Greece and Troy*, New York 1961.

Griffin, Susan: *Frau und Natur*, Frankfurt a. M. 1987 (Suhrkamp TB).

Hall, Nor: *The Moon and the Virgin*, New York 1980.

Hammer, Signe: *Passionate Attachments: Fathers and Daughters in America Today*, New York 1982.

Hildegard von Bingen: *Illuminations of Hildegard of Bingen*. Kommentar von Matthew Fox. Santa Fe 1985.

*Homerische Hymnen, Hymnus auf Demeter*, Zürich 1983.

Johnson, Buffie: *Lady of the Beasts*, San Francisco 1988.

Johnson, Robert A.: *She: Understanding Feminine Psychology*, San Francisco 1977.

Jung, Carl Gustav und Kerenyi, Karl: *Einführung in das Wesen der Mythologie*, Hildesheim 1980.

Klein, Mina C. und Klein, Arthur H.: *Käthe Kollwitz: Life in Art*, New York 1975.

Kolbenschlag, Madonna: *Kiss Sleeping Beauty Goodbye*, San Francisco 1979.
Kollwitz, Käthe: *Die Tagebücher*, München 1989.
Lauter, Estella: *Woman as Mythmakers: Poetry and Visual Art by Twentieth Century Women*, Bloomington 1984.
Leonard, Linda: *Töchter und Väter. Heilung und Chance einer verletzten Beziehung*, München 1985.
Lerner, Harriet Goldhor: *Women in Therapy*, New York 1988.
Levitt, Peter: *The Heart of Understanding*, Berkeley, Ca, 1988.
Luke, Helen M.: *Woman, Earth and Spirit: The Feminine in Symbol and Myth*, New York 1981.
Markale, Jean: *Die keltische Frau*, München 1984.
Moon, Sheila: *Changing Woman and Her Sisters*, San Francisco 1984.
Murray, Henry A., Hrsg.: *Myth and Mythmakers*, Boston 1960.
Neumann, Erich: *Amor und Psyche*, Solothurn und Düsseldorf 1993 (8. Auflage).
derselbe: *Die große Mutter*, Olten 1974.
Pagels, Elaine: *Versuchung durch Erkenntnis*, Frankfurt a. M. 1987 (Suhrkamp TB)
Paris, Ginette: *Pagan Meditations: The Worlds of Aphrodite, Artemis and Hestia*, Dallas 1986.
Pearson, Carol: *Der Held in uns*, München 1990.
Pearson, Carol und Pope, Katherine: *The Female Hero in American and British Literature*, New York 1981.
Perera, Sylvia Brinton: *Der Weg zur Göttin der Tiefe*, Interlaken 1985.
Phelps, Ethel Johnston: *The Maid of the North: Feminist Folk Tales from Around the World*, New York 1981.
Rich, Adrienne: *Von Frauen geboren*, München 1974.
Sharkey, John: *Celtic Mysteries: The Ancient Religion*, New York 1975.
Starhawk: *Wilde Kräfte. Sex und Magie für eine erfüllte Welt*, München 1993 (Goldmann TB).
Stone, Merlin: *Als Gott eine Frau war*, München 1989 (Goldmann TB).
dieselbe: *Ancient Mirrors of Womanhood*, Boston 1979.
Franz von, Marie-Louise und Hillmann James: *Zur Typologie von C. G. Jung*, Fellbach 1980.
Walker, Barbara G.: *The Sceptical Feminist*, San Francisco 1987.
dieselbe: *The Woman's Encyclopedia of Myths and Secrets*, San Francisco 1983.
Weigle, Marta: *Spiders and Spinsters: Women and Mythology*, Albuquerque 1982.
Whitmont, Edward C.: *Return of the Goddess*, New York 1988.
Woodman, Marion: *The Pregnant Virgin: A Process of Psychological Transformation*, Toronto 1985.
Wynne, Patrice: *The Womanspirit Sourcebook*, San Francisco 1988.
Young-Eisendrath, Polly und Wiedemann, Florence: *Female Authority, Empowering Women through Psychotherapy*, New York 1987.

## Artikel

Fleming, Patricia: »Persephones Search for Her Mother«, in *Psychological Perspectives 15*, Nr. 2 (Herbst 1984).
Jenks, Kathleen: »›Changing Woman‹: The Navajo Therapist Goddess« in *Psychological Perspectives 17*, Nr. 2 (Herbst 1986).
L'Engle, Madeleine: »Shake the Universe« in *Ms*, Juli/August 1987.
Mackay, Kathy: »How Fathers Influence Daughters« in *Los Angeles Times*, 6. April 1983.
Meador, Betty DeShong: »Uncursing the Dark: Restoring the Lost Feminine« in *Quadrant 22*, Nr. 1 (1989).
Murdock, Maureen: »Changing Women: Contemporary Faces of the Goddess« in *Women of Power 12* (Winter 1989).
Rothenberg, Rose-Emily: »The Orphan Archetype« in *Psychological Perspectives 14*, Nr. 2 (Herbst 1983).
Schmidt, Lynda W.: »How the Father's Daughter Found Her Mother« in *Psychological Perspectives 14*, Nr. 1 (Herbst 1983).
Singer, June: »A Silence of the Soul: The Sadness of the Successful Woman« in *The Quest* (Sommer 1989).
Travers, P. L.: »Out from Eden« in *Parabola 11*, Nr. 3 (August 1986).
Waldman, Anne: »Secular/Sexual Musings« in *Vajradhatu Sun 10*, Nr. 6.
Wilshire Donna W. und Wilshire Bruce W.: »Gender Stereotypes and Spatial Archetypes« in *Anima 15*, Nr. 2 Frühjahrs-Tagundnachtgleiche 1989).

## Gedichte

Connor, Julia: »On the Moon of the Hare« in *Making the Good*, Santa Fe 1988.
Di Prima, Diane: *Prayer to the Mothers«* in Chester, Laura und Barba, Sharon, Hrsg.: *Rising Tides*, New York 1973.
Jong, Erica: »Alcestis on the Poetry Circuit« in *Half-Life*, New York 1973.
Piercy, Marge: »For Strong Women« in *Circles on the Water: Selected Poems of Marge Piercy*, New York 1982.
Waldman Anne: »Duality (A Song)«. Fast Speaking Music, BMI 1989.

# Quellennachweis

Wir danken folgenden Dichterinnen und ihren Verlagen für die freundliche Nachdruckgenehmigung ihrer Arbeiten.

Janine Canan: »Inannas Descent« aus *Her Magnificent Body, New and Selected Poems* von Janine Canan, © Janine Canan, Nachdruck mit Genehmigung von Manroot Books.

Julia Connor: »On the Moon of the Hare« aus *Making the Good* von Julia Connor, © 1988 (Tooth of Time Press), Nachdruck mit Genehmigung der Autorin.

Diane Di Prima: »Prayer to the Mothers« aus *Selected Poems* 1956–1975 von Diane Di Prima, © 1976, Nachdruck mit Genehmigung der Autorin. »Ave« aus *Loba*, Parts 1–8 von Diane Di Prima, © 1978, Nachdruck mit Genehmigung der Autorin.

Susan Griffin: Ausschnitt aus *Like the Iris of an Eye* von Susan Griffin, © 1976 Susan Griffin. Nachdruck mit Genehmigung von Harper & Row, Publishers Inc. und der Autorin. Ausschnitt aus *Woman and Nature: The Roaring Inside Her* (dt.: Frau und Natur) von Susan Griffin, © 1978 Susan Griffin. Nachdruck mit Genehmigung von Harper & Row, Publishers Inc. und der Autorin.

Erica Jong: Ausschnitt aus *Alecestis on the Poetry Curcuit« aus Half-Lives* von Erica Jong, © 1971, 1972, 1973 Erica Mann Jong. Nachdruck mit Genehmigung von Henry Holt & Company, Inc.

Rhett, Kelly: »Lot's wife von Rhett Kelly, © 1989 Rhett Kelly. Nachdruck mit Genehmigung der Autorin.

Marge Piercy: »For Strong Women« aus *Circles on the Water: Selected Poems of Marge Piercy*, © 1982 Marge Piercy. Nachdruck mit Genehmigung Alfred A. Knopf.

May Sarton: Nachdruck der Zeilen aus »The Invocation of Kali« aus *A Grain of Mustard Seed, New Poems by May Sarton*, © 1971 May Sarton. Nachdruck mit Genehmigung von W. W. Norton & Company, Inc.

Anne Waldman: Ausschnitt aus »Duality« von Anne Waldman, © 1989 Anne Waldman, mit Genehmigung der Autorin.

# Bildnachweis

»Gorgo«: Illustration von Sandra Stafford, © 1989, nach einer Vorlage aus dem Tempel von Veji, 500 v. Chr., Museo di Villa Giulia.

»Geburt der Athene«: Illustration von Sandra Stafford/Ron James, © 1989, nach der Vorlage eines Ausschnitts von einem Bronzeband auf Schild, 580–570 v. Chr., Nationalmuseum Athen.

*Challenging Myth III (Anfechtung von Mythos III)*, Gemälde von Nancy Ann Jones, © 1986.

»Cathy«: Cartoon von Cathy Guisewite, © 1989, Universal Press Syndicate. Nachdruck mit freundlicher Genehmigung. Alle Rechte vorbehalten.

»Herrin der Tiere«: Illustration von Sandra Stafford, © 1989, nach einem Foto von Martha Walford. Vorlage: Ausschnitt aus einer Darstellung auf einer Terracotta-Amphore, Böotien, 7. Jahrhundert v. Chr., Nationalmuseum Athen.

»Sheela-na-gig«: Illustration von Sandra Stafford, © 1989, nach der Vorlage einer Schnitzerei an der Kirche von St. Mary und St. David in Kilpeck.

*Mutter und Tochter*, Gemälde von Meinrad Craighead aus *The Mother's Songs: Images of God the Mother*, © 1986 Meinrad Craighead. Abdruck mit freundlicher Genehmigung von Meinrad Craighead und Paulist Press.

»Gawain and Lady Ragnell«: Illustration von Sandra Stafford, © 1989.

*Geburtsstein*, Gemälde von Deborah Koff-Chapin aus *At the* Pool of Wonder: Dreams and Visions of an Awakening, © 1989 Marcia Lauck und Deborah Koff-Chapin. Nachdruck mit freundlicher Genehmigung von Bear & Company Publishing.

# Stichwortverzeichnis